異常現象
Lust Alert
下
AUTHOR
西耳
Lust Alert
異常現象
Lust Alert

異常現象
Lust Alert

LUST ALERT

目錄

CONTENTS

CHAPTERS 09 004
CHAPTERS 10 092
CHAPTERS 11 174
CHAPTERS 12 218

EXTRA CHAPTER 01 230 俞忌言視角（上）
EXTRA CHAPTER 02 236 俞忌言視角（下）
EXTRA CHAPTER 03 242 書房&手機
EXTRA CHAPTER 04 248 倫敦蜜月
EXTRA CHAPTER 05 258 寶寶
EXTRA CHAPTER 06 268 滿月
EXTRA CHAPTER 07 276 哺乳期Play
EXTRA CHAPTER 08 282 中秋節
EXTRA CHAPTER 09 292 紀念日

第九章

做個精明有城府的「壞人」，他擅長。但做個坦誠、直率的人，難度真的高了點。

俞忌言的目光沒有絲毫偏移過，他在等許姿的答覆。對等待的人來說，總有種「度日如年」的煎熬感。

很長一段時間，他並沒有得到回應。

四周只剩人影穿梭的嘈雜聲。

過了會，許姿揉了揉腿，直接跳過了這個話題，「剛剛站久了，腿好痠喔，我們回車上吧。」

竟然無視了自己的表白。

俞忌言自然不悅，一把扯住了許姿，她回頭，漂亮的雙眼，此時看起來很無辜，「怎麼了？不走嗎？」

她想繼續往前走，可俞忌言又一次將人扯了回來，「妳還沒回答我。」

草坡邊的大道上是幾陣刺耳的單車鈴聲。

天氣太熱，肌膚只要相貼一會，就感覺黏黏糊糊，許姿捏起俞忌言的手指，從自己手臂上掰開，「要回答你什麼？」

俞忌言面色嚴肅，「我剛剛的表白。」

許姿像是好玩般地朝他笑了會，然後轉過身子，踏著輕盈的腳步，往公園門口走去。

摩天輪表白計畫失敗，是第一次失控。

她無視自己的表白，是第二次失控。

俞忌言心頭一擰，胸腔裡突然憋了口氣，他快步跟了上去，剛想再逼問一次，只見許姿指著湖面說。

「在這裡划船，好像還挺不錯。」

「妳喜歡划船？」俞忌言順著問。

許姿又一次無視了他，應了聲，扭過頭，蹦蹦跳跳地往前走，「下次找阿 ben 來划船好了。」

俞忌言臉色一沉，追上去問：「阿 ben 是誰？」

許姿都懶得看人，皺著眉用手搧風，「好熱啊，還有蚊子，我們快走吧。」

終於回到了車裡。

吹到冷氣的許姿舒服多了，她看了一眼自己的小腿，被咬出了一個小包，癢得有點想抓，但又怕抓破皮。

車上沒有止癢藥膏，俞忌言只能拿出一瓶礦泉水，又抽了兩張紙，在車外弄濕後，擰乾，繞到她那一側，蹲下身子，「把腿給我。」

這個時間點，剛好都是要回家的人。

許姿有點尷尬，不太想伸腿，但被俞忌言直接拽到了手邊，瞬間引來了不少注目。

她拍了拍他的腦袋，「你放開，好多人看著我。」

俞忌言沒打算理會，用打濕的紙巾敷在紅腫的蚊子包上，然後用指頭稍微摁了摁，

她臉都紅了。

「先忍一忍，到家再塗藥。」

俞忌言上了車後，要導航時，問許姿道：「妳和朋友約在哪裡？我送妳過去。」

不想再被人這麼盯著，許姿收回了腿，理了理裙身，「你快開車。」

「哦，我讓阿 ben 來我家了。」許姿淡淡的說。

俞忌言扭過頭，直勾勾地盯著她，剛壓下去的怒氣，又衝到了胸口。見車還沒動，許姿催了催，「阿 ben 快來了，你快點開車。」

「許姿。」俞忌言低喊了聲，隱隱夾著怒氣。

許姿斜睨了他一眼，「幹嘛？」

雙目緊盯著她，搭在方向盤上的手，緊緊一握，像是在洩憤，俞忌言將話硬生生咽了回去，轉過頭，鬆開手掌，發動了車。

「沒事。」臉色卻冷到極致。

許姿偷瞄了一眼他的神色，然後低下頭，故意打開音量鍵，還調高了些，劈裡啪啦地敲擊著鍵盤，期間還發了幾條語音。

「你到哪了？」

「樓下嗎？」

「你知道我的大門密碼，自己先進去吧。」

俞忌言的臉色從冷淡變成慍怒，邁巴赫駛入社區外的街道時，他唇邊忽然提起輕笑，「許律師，沒想到才兩個禮拜，就認識新的人了？」

「嗯。」許姿點頭，乾脆地承認了。

俞忌言一驚。

「佳佳介紹的，體校的學生。」許姿微微扭頭，「是個小狼狗，身材很好。」她還笑得特甜。

俞忌言的呼吸聲越來越重，臉上在笑，但笑容很難看，「體會過了？」

許姿眼珠溜溜一轉，「約了今晚。」

車裡的氣氛頓時凝滯。

音響裡的交響曲，剛好奏響到高潮點，激昂頓挫，氣勢磅礴。那聲聲低頻的嗡鳴震動，震得俞忌言心煩，眉毛擰緊，方向盤上的手，用力一握。

沒幾分鐘，邁巴赫就駛入了清嘉苑的停車場。

下車前，許姿還特意對著鏡子，補了補口紅，她抿了抿唇，將口紅塞進了包裡，愉悅地向俞忌言道別：「我到了，你回去吧。」

他盯著人，沒說話。

不過，許姿沒當一回事，推開車門，邁著小碎步往電梯走去。

砰！

身後傳來關車門的聲響，是帶著怒氣的用力。

離電梯口還有幾步之遙。

許姿沒回身，按原速往前走，她知道那個走路帶風的男人是誰。

這時，電梯也到了。

電梯門一開，俞忌言就拽著許姿進了電梯。電梯門一合上，她就被抵到了鏡子上，也被那張濕熱的嘴唇猝不及防地覆上。

鏡子裡，男人雙腿朝兩側一跨，將女人緊卡在身下，抓著她的手臂，不讓她反抗，頂開了唇齒，舌頭毫不講理地探了進去，像是在掠奪的凶猛動物。

監視器裡的畫面，活色生香。

直到，電梯門打開，俞忌言才放了人。

他拽著許姿就大步走了出去，她的手腕被他拽出了疼痛的紅印。皮鞋的腳步聲在一四〇二號門前定住，他低頭，冷聲命令：「開門。」

許姿伸出了手，剛觸到密碼鎖時，又收了回來，帶點委屈地說：「阿 ben 在裡面，不太好吧。」

剛剛恢復冷靜的俞忌言，猜到了她的把戲，兩週以來倒是長進了不少，還學著耍起自己了？

他伸手掰住她的臉頰，眉一挑，「要麼跟我回悅庭府做，要麼當著阿 ben 的面做。」

許姿一怔，看來老狐狸知道自己在玩他了。不過，她還握著一份主動權。

她仰起頭，手臂懶懶地搭上他的肩，手指繞進他後腦的髮間，撩撥著道：「俞老闆，是要聽我的回答，還是要和我做？」

這張明豔的臉，媚起來真像隻小妖精。

「都要。」俞忌言眼一緊。

一頭烏黑的長髮順滑的垂落在背後，許姿笑得風情，輕輕搖頭，撒了撒嬌，「不能貪心哦，只能選一個。」

砰！

門被俞忌言一掌推上，另一隻手則攬著許姿。悄寂的屋子裡是兩人的悶喘和雙唇輾轉的黏膩水聲，一片情色。

「嗯、嗯嗯……」

身子失重般地被放倒在餐桌上，許姿整個人差點被俞忌言推到水杯邊，他將水杯推到一旁，高大的身軀壓下，雙腿分開，將桌上的人圈緊，西裝布料繃得很緊。

他盯著她，深邃的眼眸裡閃著情欲的光。

她閉著眼，紅熱的臉頰，迷離的神色，是一股媚世風姿。

俞忌言之前聽許老提過，孫女的名字是他取的，「姿」字本寓是美，沒有太多深意，他單純希望自己的寶貝孫女，一切都被美包圍。

每次接吻，他都捨不得閉眼，因為她的確人如其名，美得張揚、高調，一眼就能讓人沉淪。

情到濃時，連燈都忘了開。

一番深吻後，許姿有些暈，她忽然睜開了眼，笑得很媚，「所以俞老闆，選了和我做，是嗎？」

俞忌言暫時咽了口氣，「嗯。」

許姿以勝利者的姿態盯著他，看到這隻老狐狸失去了掌控權，內心一陣狂喜。

她故意皺鼻，捶了捶他的胸口，「大夏天穿西裝，都是汗，好臭。」

幾乎沒有男人可以拒絕這種美人的調情，俞忌言更是。

他直起身，拉起許姿，「一起洗。」

她嬌媚笑著，搖了搖頭，「你先洗。」

俞忌言剛用力拽緊她的手腕，像是要從前一樣強迫行事，卻見她瞪眼嗯了一聲，「俞老闆，不可以喔。」

聲音很綿，但其實綿裡藏針。

再次忍住氣，俞忌言鬆了手。他按開旁邊的燈，脫下西裝，扔到椅子上，側頭盯了許姿一眼，挑了挑眉，邊走邊解襯衫釦子。

等他離開自己的視線，許姿從桌上跳下來，哼了聲氣。

她覺得再精明的男人，也不過如此。在正經事與做裙下臣之間，還不是和大多數男人一樣，壓不住欲望，選了後者。

二十分鐘過去。

沖完澡的俞忌言正愁沒衣服可換時，竟發現浴室裡掛了一套男性睡衣。他問她是幫誰準備的，她笑著避開了這個話題。

要人功力，真的長進了不少。

俞忌言沒穿上衣，只穿了那條淺灰色的睡褲走到了臥室裡，胸膛濕漉，腹肌性感。

臥室色調素雅，米白色為主，很舒服，不過床上、地板上擺著幾隻粉色的公仔，還有芭比娃娃，看得他頭疼。

在臥室裡繞了一圈，檯面上整潔乾淨，看不到一絲凌亂。俞忌言在轉頭時，看到了桌角擱置的一個白色袋子，像是個未拆的禮物，上面貼了張紙條，他湊近了看。

Sex toy，送給我分居的美 Jenny，好好用，Enjoy night。

他打量一笑。

這時，許姿剛好走進來，穿了條淡粉色的吊帶睡裙，純色的絲質睡衣覆在玲瓏的身段上，能撩死人。

她在梳妝臺前，抹著身體乳，笑了笑，「俞老闆，現在才八點多，不然……再忍一下？」

話音未落，俞忌言就站到了她身後，手臂往前伸，擠了些身體乳，塗抹在她的脖頸上，揉了揉，「剛好，能多玩一會。」

許姿推開兩隻有些濕氣的手臂，站起來，想嘲笑他，「我是怕你力不從心。」

俞忌言直接反將一軍：「哪次許律師不是哭著求饒的？」

被嗆到懶得理人，許姿往床邊走去。

下一刻，她毫無準備地被身後男人推倒，整張鵝蛋小臉埋進了棉被裡，「你再這樣動我試試。」

做起這種事的俞忌言，不再順著她來，朝她緊翹的蜜臀上打去，「給妳一分鐘緩緩。」

許姿費力地翻過身，喘著氣。

只見，俞忌言拆開了那個白色袋子，她嚇得爬過去，抓住他的手腕，「你別動這個！」

他已經掏出了裡面的玩具，是一隻日本製的迷你AV自慰按摩器，簡化的設計，再加色澤較淺，還散著一股可愛感。

許姿軟著聲音求人，「可不可以不玩啊？」

俞忌言逼著她又躺回了床中間，他琢磨了會按摩棒，「我挺想看看，這玩意和我，誰能更讓妳爽。」

想到要更羞恥地被他用按摩棒弄自己，許姿緊張起來，她想躲，但哪裡躲得了。她以為在床上自己能繼續占上風，不過是她多想了。

他今天就算出再多醜，骨子裡仍是那個強勢的老狐狸。

俞忌言按著許姿的側腰，絲質睡衣在手中打滑，他將人往床沿邊拉下，又將她的玉腿擺成了M字。

「俞忌言……」

「嗯？」

許姿指著過亮的白熾燈，「關燈。」

知道她害羞，俞忌言關上了燈，然後打開了檯燈，轉著開關滾輪，調到了最亮的檔位。

雖然一會一定很羞恥，但許姿又有些好奇按摩棒的感覺，所以她沒有抗拒，腿也沒收攏，半仰著身子，將私處大幅度地敞開。

沒碰過這東西的俞忌言，按說明一步步操作，清潔後，在按摩頭表面塗抹了層潤滑劑。他跪在床邊的地毯上，先調到了微震的位置。

細微的噪音嗡嗡響起。

俞忌言將按摩頭放到了乾淨粉嫩的穴口邊，微弱的電流感穿過他的手中，他稍微往裡摁進去了些，轉著假龜頭。

只是最微弱的檔，被磨震幾下，許姿就敏感得出了水。底下傳來一陣陣又麻又酥的快感，她扭著頭，揪著被子，細腰扭晃著，喉嚨裡不斷溢出呻吟。

「嗯嗯嗯……」

看到她有了感覺，俞忌言將強度稍微調高了一點點，其實震感只比剛剛強了一點，但許姿的呻吟明顯更急促了。低頻震動的電流像是穿進了她的骨縫裡，震得她骨頭都發麻，她雙腿在顫。

她的私處全暴露在俞忌言眼底，粉嫩肥嫩的穴肉被按摩頭撐開到外翻，他又往穴裡塞進去了一些，暈光的淋漓水液一直流個不停。

俞忌言看著按摩棒，由自己的手旋轉著鑽進了那一張一縮的穴裡，他抬眼問：「要中檔，還是直接強檔？」

許姿全身都跟過了電般地顫抖著，說不出話來。

見她沒回答，俞忌言直接換上了強震模式，剛切換幾秒，許姿的叫喊劃破了嗓子：「啊啊啊、啊啊啊……」

突如而來的強烈快感，弄得她腰直往上拱。

俞忌言一會抬眼看看她銷魂的模樣，一會低頭看著被按摩棒操弄的小穴，粉肉變得越來越深，穴邊都是流出來的淫水，床單也濕了一小塊。

此時，許姿呻吟得更浪了。

俞忌言又鑽深了些，強震得電流也讓他手顫，「這麼舒服？」

許姿咽了咽口水，「嗯，舒服……」

順著本能說出了口，她的確被這玩具伺候得很舒服。

她越是表現得舒服，俞忌言就越不舒服，他的勝負欲強到，連玩具也要比。他突然將按摩棒拔了出來，關了電源。

底下從滿滿當當到空空一片，這種戛然而止，讓許姿難受極了，被撐開的小穴像在呼吸般，一張一縮，散發著「想要」兩個字。

隨後，俞忌言連同內褲一起脫下，直接跪上了床，將身下的人往上一挪，盯著欲求不滿的美人，「把我弄大，我就繼續讓妳爽。」

見許姿沒動靜，他抓起她的手，握住了自己已經硬起來的性器。而她，還沒有從剛剛的高潮緩過勁來，底下又被那被按摩棒塞滿。

還是強震的模式。

俞忌言俯下身，一手撐住床，另一隻手握著按摩棒，繼續在泛濫成災的熱穴裡研磨。他加大了轉動的力氣，許姿雙腿一綳緊，手差點從性器上抖落。

俞忌言咬著牙說：「用點力。」

「我、我沒有力氣……」

剛剛洗完澡還濕潤的唇，此時已經發乾，許姿意識渾渾沌沌，耳垂都發燙了，但還是她下意識地握緊了些，上下套弄著滾燙的莖身。

俞忌言覺得還不夠，「按一按龜頭。」

性器已經粗脹了好幾倍，許姿困難得手指往上移，拇指按了按碩大的龜頭，似乎有清水般的分泌物穿過指縫間。

她的手指比之前又靈活了些，俞忌言一陣爽欲湧來，喘著粗氣，「再快一點。」

許姿的手在陰莖上快速有力地套弄起來，而俞忌言也將按摩棒換著角度，又深深轉了幾圈。

他們的動作是同時進行的，也一起到達了高潮。

「我、我不行了……啊啊……」

許姿已經開始咿呀亂叫，緊緊閉著眼。

在她抖著手鬆開陰莖時，俞忌言也將按摩棒抽了出來，緊接著穴裡湧出了一灘淫水。

許姿有些睜不開眼睛，感覺一切都是霧濛濛的，她微微張著嘴，迫切地想要尋求一些舒服的呼吸。不過，穴裡那波按摩棒的高潮餘韻還沒過，又有手指塞了進來，還是三根。

她側頭，望著身旁那隻用力撐著床面的手臂，鼓起了清晰的青筋。俞忌言的手指直直地朝穴裡掏，淫靡水聲不斷傳出。

他眼裡是膨脹的欲火，「寶貝，妳還有很多水沒出來。」

第一次在床上換了親暱的稱呼。

什麼都聽不清的許姿迷茫地看著他，那張臉上像是帶著壞笑。

俞忌言退後一些，跪在了她的兩腿間，又拿起那隻按摩棒，調到強震。

「你還要幹嘛！」許姿一會舒服一會難受，要哭不哭。

俞忌言眉一挑，「讓寶貝更爽一點。」

他將按摩棒放到了腫起的陰蒂上，過快的震感，再加上他三隻手指併攏的力度，那陣陣灌進骨子裡的快感，讓許姿想直呼救命，她雙手不停亂抓東西，眼尾擠出了眼淚。

沒過一會，俞忌言停下了手中的動作。

像是劇烈晃動的湖面，終於恢復了平靜。許姿仰著頭，疲累到不知底底下此時是什麼情境，只感覺到穴裡的水一直往外洩。

俞忌言一直看著，眼沒挪開過，他弓下背，抱住她的雙腿，朝濕膩膩的大腿內側親了親，最後還在汁水淋漓的陰戶上吸了吸。

「你這個死變態。」

許姿被他的舉動嚇到了，雙腿在他手臂間亂踢，還使勁拍了拍埋在自己私處的腦袋。

那張沾著汁液的熱唇，一路從她的小腹往上親，用牙齒叼住裙子往上扯，俞忌言抬起眼，突出的喉結滾動了幾下：「寶貝，我還沒開始呢。」

氤氳的情欲暫時退落，他們貼合的身體分開了。

冷靜下來後，許姿才想起這老狐狸竟趁機叫了自己幾聲「寶貝」，她朝床邊的他踹了一腳，「別再噁心我了啊。」

這一腳不輕，俞忌言反身就抓住那條白細的腿，「我很公平的，妳也可以叫我——」他身子往前一俯，眼一眯，「寶貝。」

許姿拿起枕頭就朝他砸過去，身子掙脫開來後，往屋外走。

俞忌言把枕頭扔回床上，撈起桌上的打火機和菸，「介意我抽一根嗎？」他指指那頭，「我會稍微開點窗。」

「隨你。」許姿太渴了，她只想喝水。

到廚房喝了一整杯溫水後，許姿才覺得自己重新活了過來。她再回臥室時，看到俞忌言坐在窗戶邊的沙發上，翹著腿，手指夾菸，緩緩放到嘴邊，淺淺吸入一口，悶了一會，才吐出，煙氣被窗外的風捲走，他眼底蘊著的情緒，在夜影裡暗暗流轉。

俞忌言看到門口婀娜的女人身影，模糊的明豔面龐，混淆目光的感官，讓曖昧肆無忌憚地蕩漾在屋內。

他揚起笑容，朝許姿勾了勾手。

光著腳的人影慢步走來，絲質睡衣極其貼身，每走一步，胸部、小腹、臀部的玲瓏線條就顯得更清晰。

許姿也不知為何自己會如此聽話，像是被一種強烈的吸引力，帶著她往沙發邊走去。還有半步之遙時，俞忌言將她扯入了懷裡，沒有面對面，而是讓她反身坐在自己懷裡，反擁著人。

沙發邊是地毯，地毯靠牆的位置，擺放著一張全身鏡。鏡子，剛好刺激到了他。

裙身下沒有任何阻隔物，許姿的穴口剛好被性器頂著。俞忌言沒有出聲，只用硬物往上蹭磨著穴邊，一手搭在沙發上，手中的菸還剩一小截，星火微弱。

俞忌言將菸頭摁滅在容器裡，然後開了桌上的檯燈，「以後準備一個煙灰缸。」

許姿沒理，側臉被他親了一下，「妳休息好了嗎？」

她輕輕嗯了聲。

俞忌言將人往懷裡再撈近了些，抓住許姿的手臂，聲音低啞：「寶貝，再玩玩它。」

許姿還是聽不得這兩個字，煩躁地道：「我說了，不要叫我……」

「寶貝。」俞忌言恰逢其時地打斷，語氣極致溫柔，他強拉著那隻白嫩的手，放在了自己的性器上，「它很喜歡被妳玩。」

低沉磁性的嗓音，像沾了酒意，能讓人醉。許姿沒再抗拒，又一次握住性器，上下滑動了起來。

滑動幾十下後，性器再次粗硬起來，許姿覺得差不多了，便鬆了手。俞忌言拿過保險套，緩緩套了進去。

一雙修長的腿大幅度地分開，大腿繃起結實的線條，他扶著她的手臂，將人重新調整了位置，滾熱腫脹的陰莖在穴口抵了抵，沾了點穴邊黏濕的水液，非常順利地插了進去。

四處無物，許姿只能將他的腿當支點。

好幾個禮拜沒做了，她竟有些不適應這個尺寸。那根凶器完全硬起來後，太粗太長，從下往上撐開小穴，帶著一種強烈的撕裂痛楚。

俞忌言為了給許姿一點適應的時間，暫時維持不動。直到，他看到她挪了挪屁股，像是想要去吃那根肉棒，他一笑，然後朝上一頂，她身子往上震出微微的弧度。

「你瘋了嗎，你輕一點……」她垂頭小聲喘息著，可能真是被頂疼了，想嗆人，「下次……我一定要找個溫柔……」

「柔」字還沒說完，底下又是一記凶狠的頂入，軟肉被粗硬的陰莖層層戳開，沒一會，許姿就全身痠軟無力。

俞忌言憋了一天的氣，還是竄了上來，捏住她的下巴，聳動著臀肌，狠狠頂插，「寶貝，這種事，溫柔起來很無趣的。」

每個字都咬得很重。

「啊啊……嗯嗯……死變態……」

許姿不太習慣這個姿勢，尤其是，俞忌言還扣住了自己的腰，不停地挺臀，碩大的龜頭次次頂磨到最深處，她感覺那根硬物戳到了自己的小腹裡，脹得她好難受。

她被圈在俞忌言懷裡，他弓著背，帶著她身子往自己身上撞，兩人身子稍微傾斜了些，陰莖換了個角度，狠狠在穴裡頂弄。

許姿小嘴微張，剛剛的水都白喝了，口乾舌燥地不停吞咽著唾沫。

此時，俞忌言的手掌朝上張開，對她一邊的胸部，用力掐揉起來。

「啊啊……啊啊……好痛……」她顫著身體不停求饒，「你輕一點嘛……」

俞忌言親了親她漂亮的蝴蝶骨，手還在揉捏那顆雪白的胸部，「寶貝，舒服嗎？」

他將那飽滿豐盈的胸部扯得上下左右晃動。

其實疼痛是和爽欲並行的，但許姿不想承認，免得他洋洋得意。

穿著西裝是個像模像樣的生意人，在床上就是個變態禽獸，這是許姿對俞忌言的評價。

同一個姿勢遠遠不夠，俞忌言稍稍停下了動作，將沙發轉了一個位置，讓他們對上了那面鏡子。

看到鏡子裡的自己，許姿喊道：「不行不行！」

鏡子離沙發大概就一步距離，茶几上的檯燈開著，雖然光線是暗黃色，但鏡子裡的人影算是清晰的。

俞忌言再次將人抱回自己身上，雙腿朝兩側打開，重新將陰莖插了進去，穴裡早就湧出了濕滑的液體，許姿沒了剛剛那樣疼痛感，但還是刺激。

她以為是像剛剛那樣繼續做，沒想到，俞忌言竟然抱起了她，抬起她的臀和腿。

「你別這樣，換個姿勢好不好……」她好怕掉下去

這個姿勢很考驗男人的力氣，但俞忌言的確體力很好，而且許姿本來就瘦得很，算抱得輕鬆。

他挺動了兩下，「年輕人，很多都中看不中用的。」

小心眼！

許姿真服了這隻老狐狸，但實在說不出話了，只能仰著脖子，臉埋在他的脖邊，抓著他的手臂，任由他用這種極其羞恥的方式插著自己。

俞忌言抱著她，頂得又重又凶。

鏡子裡，猩紅粗硬的肉棒呈一個稍微彎曲的角度，狠狠地進出著小小的嫩穴，劇烈

摩擦著緊致的穴肉。插入時，穴口捅出一條寬口，拔出時又縮緊起來，畫面相當情色下流。

「啊啊啊啊啊……」

許姿幾乎整個人都要被撞飛了，本來就半懸空，還被如此凶猛的操幹，她又一次哭了出來，不停吸鼻嗚咽，「太深了，這樣太深了……」

俞忌言盯著鏡中兩人疊在一起交纏的畫面，刺激到他全身發緊，「寶貝，操得妳舒不舒服？」

許姿將他的手臂都抓出了紅印，蹙眉應道：「嗯嗯……」

「爽嗎？」他臀部不停地發力，往高聳動，陰莖幾乎嚴絲合縫地填滿穴中。

他每撞一次，許姿的身子就往下墜落一次，這種來回被拋起落下的感覺，讓她又舒爽又疲憊。

她沒答，咬住了唇關。

俞忌言繃緊了手臂肌肉，抬起她又放下，撞得不留一絲餘地。淋漓的汁水順著穴口往外流，不知流了多少，沙發、地毯都濕了。

放下人後，又抱著軟到無力的她，走到了鏡子前。

俞忌言抬起她的一條腿，陰莖斜著強勢塞入了她溫熱的穴裡。還來不及反應過來，她又被狠狠深頂起來，再次撞出了舒爽感，令她忍不住迎合起來。

一條白細的腿被抬得很高，側面敞開的角度，剛好能讓兩人交合處，清清楚楚地映在鏡中。

「俞忌言……」

許姿的身體被往前撐著，手被他擒住，她只能仰起脖頸，夾著哭腔求饒：「我不想站著做，真的好累……」

真把人做哭了。

俞忌言放下了許姿的腿，將她身子翻轉了過來，此時的她已經被自己操幹得沒了力氣，他將人擁進懷裡，兩人滾熱又濕黏的肌膚，緊緊相貼。

許姿用僅剩的力氣，揍了他一拳，「你還是忙一點比較好，省得你成天躲那個書房研究了什麼鬼東西。」

俞忌言貼在她濡濕的頸邊說：「研究怎麼讓我寶貝更爽。」

許姿來氣般地踩了他一腳，皺起眉道：「就說了，不要這樣叫我！」

還沒等到回答，她又一次被俞忌言懸空抱起，這次被帶到了床上，不過不是躺，而是讓她撐住床頭，跪趴著。

「這樣舒服一點了嗎？」俞忌言問。

許姿弱聲一應：「嗯……」

很快，俞忌言以後入的姿勢重新插了進去。

兩人都有了支撐點，也在舒服的地帶，做起來更肆無忌憚。許姿好像是從上一次意識到，自己好像比較喜歡後入，雖然會比較痛一點，但更有快感。

俞忌言也很喜歡後入，因為很好出力，以及他很喜歡聽皮肉的拍擊聲響，能攪動他的欲火。

接連著幾十下快速又深重的抽插，俞忌言挺著腰腹往裡狠狠地頂，剛剛那幾個姿勢，穴裡早就全是滑液，讓他進出得更順暢。

因為喜歡這個姿勢，所以許姿比剛剛更加配合了，她不自覺地撅起屁股，甚至還會去主動吃那根熱熱的粗物，那水蛇腰，很會扭。

俞忌言看得喉嚨發緊，他喘著又粗又沉的呼吸，朝她臀部狠狠一拍，白皙的皮膚上馬上浮現紅印。

許姿叫一聲，他拍一次。

俞忌言腰臀肌肉死死繃緊，後背線條結實分明，身上掛著的汗珠，都是他的勞力結果。聽著身下美人一聲聲的呻吟和哭喘，他更是來了勁地頂操。

許姿又哭了，她這麼嬌氣的身子，經不住這麼猛的幹法，雙腿打軟，都快要跪不住，膝蓋跟要碎了一樣。

不知何時，外面下起了小雨，淅淅瀝瀝的雨，溫柔得往下墜，而屋內，交合的拍擊聲和急促的水聲，重聲迴盪。

欲火似乎快要膨脹到最高點，俞忌言後來還是放倒了許姿，讓她乾脆趴在床上，他以騎人的方式，跪在她的背後，還沒疲軟的陰莖，硬猛地從上往下朝穴裡頂刺。

「啊啊啊，好重，重死了……」許姿已經到了極限，細細的手臂使勁抓著床沿，幾度喊不出話。

俞忌言大身一壓，趴在了她的背上，手臂向前伸去，抓住她的雙手，十指緊扣，臀肌不停地向下刺，能感覺到她的確快到高潮了，小穴咬得他快忍不住了，最後幾十下的衝刺後，滾熱的精液全射進了套子裡。

一切恢復平靜，方才的洶湧消失殆盡。

激情褪去後，俞忌言抱著許姿，吻了吻她的臉頰、脖頸和唇，然後起了身，站在一旁摘保險套。

像是煙花驟然消失在暗夜裡，許姿漸漸恢復了意識。

「俞忌言。」她叫住他，像是有話要說。

俞忌言扔掉保險套，微微別過頭，「嗯？什麼事？」

許姿目光直白，「給你答案。」

聞言，俞忌言一怔。不過下一刻，他還是淡定地扯起一旁的睡褲，套上後說：「嗯，妳說。」

許姿也重新穿上了睡裙，不過沒有下床，而是坐在床沿邊，仰頭看著他，「還不夠。」

俞忌言疑惑地轉過身，「什麼還不夠？」

其實分居的這兩週，許姿心底已經有了答案。

「對我而言，婚姻是人生裡很重要的一件事。雖然這段時間，我的確對你有點動心，但還不到我心中對婚姻的標準，我並沒有那份堅定感，想要和俞忌言你這個人，共度一生。」

恍惚間，俞忌言第一次在她面前處於下風，目光垂下，心底深深地嘆了一口氣。如他這般高高在上的人，仍流露出了被擊潰的無力感。

很長的時間裡，屋裡沒人說話。

氣氛和任何一次都不同，不是僵持，也沒有怒意，而是低落情緒的暗湧。

見俞忌言很久都不說話，許姿也不再延續這個話題，她起了身，語氣有些淡：「今天就結束吧，我明天一早還有事。」

只是，繞過他身旁時，手腕卻被他抓住，他低啞卻有力地喊道：「姿姿……」

這個稱呼，以往他只在長輩面前叫過，那是配合的演戲，沒有什麼感情。但此時，他語氣裡充滿了溫柔，甚至是情意。

許姿愣在原地，不敢與他對視。

俞忌言低眼，看著那隻被自己抓緊的手腕，然後掌心下滑，試著去撐開她的五指，勾住，緊握。

「我會努力讓妳肯定我的。」

真情流露，來得有些意外。

許姿是錯愕的，但在情欲還未消散之時，她並不想去思考這件事，只隨意地應了聲，便打算朝浴室走去。

全身黏死了，迫不及待想泡個澡。

但手指剛從俞忌言的掌中滑出，馬上又被他強有力地扯住，他將整個人往上一抱，她像被扛著往客廳走。

客廳裡只有餐桌投射的微弱昏光。

窗簾也沒拉，雨幕覆在玻璃上，恰好成了一道天然的薄紗，高樓間隔較遠，倒是看不清屋裡的人影。

「俞忌言，我說了今天到此為止……」

話剛說完，人就被重重地摔在沙發上。

許姿趴在沙發上，手扒著邊沿，剛想再吼人，下體又被塞入了滾熱的巨物。

「俞忌言……我才剛對你有點改觀，你不要……啊啊……」

話語被零零碎碎地打散，壓入了腹中。

俞忌言一條腿跪著，另條腿曲起，又是騎人的姿勢，一手按著她的腰窩，一手撐著膝蓋，不停地發力挺動。

俞忌言邊狠刺邊說：「寶貝，我可沒說結束。」

體內剛剛褪去的餘熱，像是瞬間湧了上來，將平靜攪翻，許姿敏感得雙腿繃住，被那粗硬的陰莖極重地抽插到手腳都要抽了筋。

許姿仰起面來，「你最好別做扣分的事……」

可在這件事上，他們似乎有認知上的差異。俞忌言並不認為這是扣分項，他抬起那軟陷下去的腰，毫無章法的深插，相連處拍擊的水聲響徹空間中。

他單手牢牢拴住她的細腰，悶人的氣意，全融進了身下的洩欲裡，「沒想到，我竟然還拿不到滿分？」

沙發上傳來女人的哼氣聲，「滿分？五分都沒有。」

俞忌言臉色驟然一變。

就算是不帶喘息的，被他折騰到筋疲力盡，許姿也不能輸了氣勢。

忽然，她揚起一抹風情萬分的笑，「俞老闆，你好像真的很喜歡我。」

俞忌言覺得她話中肯定有轉折。

果然，許姿話鋒一轉，「但可惜，我目前對你，很一般。」

她還沒意識到，一時嘴快的後果，就是惹火上身。

俞忌言懶得多說，他拔出了濕淋淋的性器，然後將許姿抬起來，逼到了沙發狹窄的對角裡，抬高她的一條腿，搭到沙發背上，一隻手撐著她的另一條腿，朝右側大幅度掰開。

M字擺得比任何一次都色情。

這個姿勢極具壓迫性，許姿被逼到沒有任何逃掉的可能，被圈在那個濕熱的身軀下，她總算怕起了眼前這個面帶凶意的男人。

俞忌言生來性子就強勢，而本性哪能輕移。陰莖重新插入小穴裡，挺腰就是一記深插，這個逼迫性極強的姿勢，更加方便了他出力。

啪啪啪——

屋子像被淫靡的情欲染得渾濁不堪。

這個姿勢更是要了許姿的命，她被擠在角落裡，兩條腿都失去了自由，將自己最私密的一面撕扯掉，完全暴露在空氣裡，任由眼前的男人欺壓。

嫌睡裙礙事，俞忌言伸手就想扯，但被她制止，「很貴的，不能……」

俞忌言根本不管，直接將兩邊吊帶扯落，強勢地脫落到腰間，扯下來時，後背的絲質布料發出了撕裂的細微聲。

許姿剛想罵人，被俞忌言直接堵了回去，「明天就買新的給妳，更性感的。」

沒給她回答的機會，他就加快了速度，盯著那對亂顫的圓潤白嫩的大奶，喉嚨緊得難受，忍不住捏上了奶肉。

玩她的奶，會上癮。

「嗯嗯……啊啊……」

許姿被他弄得爽欲和疼痛夾雜，上面和下面的快感，劇烈地衝進身體裡，快要失了神。

兩人貼得太近，俞忌言能看到她的每個神態細節。她仰起雪白纖細的脖頸，小口微張，乾澀得時不時吞咽唾沫，被幹到迷離浪欲的模樣，是銷魂入骨的漂亮。

她越是迷人，俞忌言的占有欲就越強，想起她戲耍自己時的得意，他眉頭皺緊，身下是沒停歇的深插重頂，快把她人都撞化了。

真絲睡裙在腰間堆成了凌亂的褶，兩顆圓挺的奶子晃晃蕩蕩，腿被俞忌言放下，盤到了自己腰間。

剛剛那番不把自己當人的幹法，許姿感覺自己的雙腿要瘓死了。

「你是不是瘋了啊！」她像有了哭腔，「沒人願意跟你這種死變態過。」

一急，就愛引火自焚。

俞忌言笑著摸了摸她濡濕的髮絲，笑得極輕浮，「可是……死變態只想操妳。」

被火熱的大身壓得喘不過氣來，許姿像被欺凌的可憐鬼，聽著這沒羞沒臊的話，她又羞又氣。

俞忌言指尖溫柔的穿過她柔軟的青絲裡，俯下身，在她頸部咬下了一排齒印，「不管是什麼阿 ben 阿 ken，都沒資格和我比。」

姿態總是盛氣凌人。

他斜著目光，濕唇在她的側臉上輾轉了一會，「他們只要讓我不爽一次，我就讓妳狠狠爽一次。」

自然懂那個「爽」所指何意，許姿心一驚，不敢再出聲。

俞忌言壓著她，汗濕的結實胸膛摩擦著滾圓的奶子，都壓到變了形，他抬起臀腰，狠狠朝穴裡插頂，囊袋重重地拍著穴邊，猩紅的陰莖帶出淋漓的熱汁淫液，黏在了兩人的陰毛上。

幾十幾百下的發力，不要命的深頂。

帶著占有和怒意的情欲，是一發不可收拾的狠。

許姿激爽得視線朦朧，哭過的眼裡，是模糊的水霧氣。她早就被折磨得完全沒了力，但身體裡的欲望還在漸漸往腦巔頂，小穴張大了吃著整根肉棒，咬著不放。

感覺到穴裡湧出了幾股水，俞忌言拇指摁住她的額邊，輕佻地笑道：「想噴了？」

羞恥死了，許姿抿緊唇，不語。

俞忌言也夠壞，故意放慢了抽插的速度，磨得她情欲難耐，下意識反手抓住了他的肩。

「我們循序漸進一點，我比許律師大，妳叫我一聲哥哥，我就滿足妳。」

連個「呸」字都喊不出聲，許姿乏力極了，薄瘦的身子上布滿了細密的汗珠。她想抗拒，卻被突然的減速弄得渾身難受。

俞忌言輕柔地抹去她鼻尖的薄汗，「乖一點，嗯？」

下面層疊湧來的癢意，就像伸手在亂找支撐物般的急躁。最後，許姿認輸了，她想要，很想要穴裡的硬物再插重一點。

她吞咽了幾下，叫了聲：「哥、哥。」

聲音很輕很輕，輕到似乎都聽不清。

不過，俞忌言聽清了，雖然極其心不甘情不願，但也算是滿足了。他一記狠撞，讓許姿忍不住浪吟起來。

激烈的拍打聲重新在室內響起。

又過了十分鐘左右，他們同時到了一次高潮。

這次俞忌言射在了許姿的小腹上，她哪裡顧得上去阻攔他的行為，像失禁般地噴著水，剛剛被他幹弄得憋了好多股，這會像是流不完似的。

俞忌言抽了幾張紙巾，將她小腹上的精液都擦了乾淨，只是剛回身，就被她無情地踹了一腳。

累成一灘水的她，只能躺著嗆人：「你一個大男人怎麼這麼愛計較呢，開玩笑說你兩句，你非要贏。」

辛苦伺候完這位大小姐，還反被數落一頓，俞忌言自然不痛快。他將衛生紙揉成團，用力扔進垃圾桶裡，反身再次罩住她。

許姿連忙往旁邊一躲。

不過，俞忌言沒再強迫什麼，只是橫抱起了身下軟綿無骨的人，繞開沙發，往浴室走，「我幫妳洗澡。」

許姿一愣，半抬起眼，看了看他，然後眼皮又輕輕垂下。

這次，她並沒有抗拒。

這一夜，俞忌言是在許姿住處過的夜，只是他被趕到了隔壁的客房。一張小床窩得他難受，早上起來，筋骨都痠痛不已。

雨夜後，是如洗後的晴日。

逆著燦白通亮的光，穿著舒服的棉質睡衣的許姿在煮咖啡。聞著咖啡豆的香味，換好衣物的俞忌言走了出來。

「快走吧，別賴在我家。」她沒轉頭看人，只是直接道。

咖啡煮好，她剛端起杯子，轉過身，就被他搶走，先抿了一口，皺眉頭的樣子像是不滿意。

「改天拿好一點的咖啡豆給妳。」

懶得理，許姿拿過杯子，在餐桌前坐下。

其實俞忌言今天約了朋友打高爾夫球，就算他想待也待不了。走之前，他想起手錶落在了臥室裡，他前腳剛走進去，門鈴響了。

像是一直在等人，許姿放下杯子，小跑到門邊開門，熱情地打招呼：「阿 ben，你來啦！」

門邊站著一個年輕男子，大約二十歲出頭，一身淺色的美式休閒裝，體型是勻稱的高壯，樣貌是帶點痞氣的俊氣。

他看起來和許姿很熟，拖了鞋就往裡走，「昨天被放了鴿子，早知道昨晚就來找妳了。」

臥房的門拉開了一條縫，俞忌言隔著一段不遠的距離偷看，雙目散著冷意。

原來，真的有阿 ben 這個人。

許姿招呼阿 ben 在客廳裡坐下，然後走去了自己的臥室，想拿點東西。經過客房時，她斜睨了俞忌言一眼，回過頭，剛推開自己的臥室，就被一掌推了進去。

俞忌言將人抵在門邊，雙腿一跨，下身往前頂壓得許姿一陣難受，跟著就是一個侵占性極強的濕吻，他蠻不講理地探入舌頭，撬開齒貝，勾住了她的軟舌，吮舔的水聲，黏膩又色情。

她閉眼，嗚嗚咽咽起來。

沒吻太久，俞忌言就鬆開了。

許姿扶著胸口喘了幾口，嘴邊全是他碾磨過的唾液。

她擦了擦，哼道：「俞老闆這醋勁很大啊。」

撐在門上的手掌，赫然握緊，俞忌言憋著股煩躁的氣意，冷下聲問：「他是誰？」

許姿隨口應道：「阿 ben 啊。」

「妳還真釣了個新男人？」俞忌言冷哼。

許姿笑了笑，「要你管。」

俞忌言呼吸聲明顯變重，更不悅了。

下一刻，一個暖暖的身子緊貼上自己胸懷，身上是好聞的櫻花香，對方竟還嬌柔地叫了聲：「哥哥。」

他一怔，整個身子都僵住，手像失了力般懸垂下來，喉結一滾，這好聽的聲音，酥麻得令他有些失神。

但許姿很快就打破了曖昧的氛圍，「這局妹妹說了算，你要加油哦。」

俞忌言一愣，嘴角揚起一抹無奈的笑意。

而後，兩人一同走出了臥室。

阿 ben 看到家裡冒出一個男人，嚇了一跳，不知道該怎麼打招呼。許姿眼神示意他淡定一點，然後趕緊送走了俞忌言。

出門前，她送了他一個鬼臉。

見男人走了，阿 ben 趴在沙發上問：「Jenny 姐，那是誰啊？」他突然想起來，敲了敲自己腦袋，「我是笨蛋嗎，妳都結婚了，那肯定是妳老公。」

「哇靠！」他突然緊張，「他是不是誤以為我是妳的小三？妳趕快跟他解釋啊，我對女人一點都不感興趣！」

許姿止住了他的絮叨：「你好吵，我會自己處理啦。」

阿 ben 只好乖乖坐回去，玩起了手機。

走回餐桌，許姿捏起一個三明治，咬了一口，「你姐起來了嗎？每次都遲到。」

阿 ben 打起了遊戲，「應該吧，反正她昨天也沒睡家裡。」

許姿還有點疲憊，「嗯，一會催她。」

阿 ben 似乎想起什麼，笑了笑道：「欸，妳老公長得不錯啊，身材也不錯，屁股很翹。」

「靳佳海！」許姿吼出了他的全名。

放下手機，阿 ben 連忙解釋：「Jenny 姐，妳放心吧，他不是我的菜，我也沒有掰彎直男的癖好。」

許姿決定跳過這個話題，繼續邊啃三明治邊講：「你週一能到職嗎？這回我真的怕了，只敢用信得過的人了。」

「我不會放鴿子的。」阿 ben 撿起手機，「等著我。」

「嗯。」

恒盈。

一早，旋轉門就沒停下來過，潔淨的磁磚地是紛亂的腳印，就算是在ＣＢＤ最好的辦公大樓裡上班，也同樣對週一感到厭惡。

會議約在下午三點，俞忌言早上十點半左右才抵達，他從地下二樓上來，電梯裡只有他一個人，一身合身的西裝，儀表堂堂。

電梯門在一樓打開。

一個眼熟的年輕男人，穿著休閒，戴著耳機哼著歌走進了電梯。

俞忌言認出來了，是阿 ben。

靳佳海也認出來了，本想熱情打個招呼，但他放棄了。因為俞忌言一副生人勿近的模樣，腰杆一挺，抬起下頜，高傲又冷漠。

到了二十四層後，靳佳海聽著歌走了出去。

直到電梯門關上，俞忌言還死死盯著門縫，努力抑制著胸口的起伏。

「Jenny 姐，我剛見到妳老公了，看起來一副難搞的樣子。」

一進辦公室，靳佳海就坐在椅子上，說起了剛剛遇到俞忌言的事，還吐槽了幾句。

許姿今天穿了件 Chanel 的淺橘色套裝，不過膝的短裙搭尖頭鞋，總是稱得她腿特別美。關於這件衣服，也有點別樣的來歷。

週末她和靳佳雲姐弟去逛街，也不知是巧合還是有人通風報信。俞忌言竟剛好出現在了商場裡，大方地為她買下了五套 Chanel 的衣服。

不過此時，靳佳海的話就像是風隨意刮過耳畔，許姿不太在意，她摁下了一通電話，叫來了費駿。

費駿近來後，許姿指著靳佳海，吩咐道：「帶阿 ben 熟悉一下助理的業務，給你一週時間帶好他，沒問題吧？」

費駿有些無精打采，「嗯，沒問題。」

因為這兩個禮拜以來，公司裡的員工一直在討論老闆的私生活。有說她和樓上俞總在辦公室裡做不雅事的，也有傳他們是合約夫妻的，甚至更誇張的說她出軌了韋思任大律師。

許姿查出了傳謠言的人，是 Mandy，就此 Mandy 也給出了解釋，但許姿不想再留會亂傳消息的人。於是，當天下午就幫她辦了離職手續。

所以，她才找來了自己人——靳佳海。

見費駿不對勁，許姿先讓靳佳海回自己的位子上等。等室內只有他們後，費駿拉著許姿，委屈地說：「舅媽，我真的不是內鬼。」

他知道那個阿 ben 和舅媽關係好，日後自己可能會被逐漸冷落，所以有了職場危機感。

「你和阿 ben 雖然都是助理，但是負責的業務不同，你不用太擔心自己的位置會被搶掉。」

費駿又拉住她，表示衷心，「舅舅和妳，我一定站妳這邊！」

許姿輕輕挪掉了手臂上的手，「嗯，好好工作。」

費駿洩氣地垂著頭，走出了辦公室。

二十五樓坪數闊氣的辦公室裡，外面陽光太烈，玻璃像要被曬化，即使窗簾全部拉下，但室內仍是遮不住光的盈亮。

俞忌言在辦公桌前處理檔案。

忽然，辦公室的門被推開，是費駿。

抬眼看了一眼人，俞忌言又低下眼，邊在合約上簽字邊問：「坐吧。」

現在在舅媽心裡失寵，又要天天當舅舅的線人，費駿不明白為什麼自己成為了這對夫妻的犧牲品。

「我就不坐了。」他還有點硬氣起來，「舅，這是我最後一次幫你，你以後找別人吧。之前你嫌我達不到你助理的要求，不要我，現在我好不容易有一份穩定的工作，我不能丟了飯碗。」

看著這個委屈巴巴的外甥，俞忌言放下鋼筆，沉聲說：「好。」

費駿面無表情地說：「阿 ben 是靳律師的親弟弟，他們三個從小就玩在一起。阿 ben 之前還和舅媽單獨旅遊過，去過泰國，也去過韓國追女團演唱會，反正就是關係很好，有點青梅竹馬的感覺……」

嘴一快，他知道自己說錯了話。

俞忌言並不想再聽下去，面色沉得難看。

費駿感覺再多說一句，舅舅就要起身揍人了。

他小心翼翼地指了指電腦，「我能借用一下嗎？」

俞忌言關閉了檔案，將 mac 轉了過去。

費駿在 mac 裡輸入了一個女團名，敲下回車鍵，點開百科，又將 mac 轉到了俞忌言的手邊，「這就是舅媽最喜歡的女團，半個月後要在香港開演唱會，不過舅媽一直沒弄到到票，你要能弄到，她一定愛死你。」

聽到「愛死你」三個字，俞忌言眼眉稍稍一動，「真的？」

「嗯。」費駿很肯定。

俞忌言盯著螢幕裡的女團，若有所思地點了點頭，隨後支走了費駿。緊接著，他立刻接到了俞婉荷的電話，她像是在商場裡，喧嘩的人聲灌入通話裡。

俞婉荷有些煩，「哥，你能不能別拿停卡威脅我啊，我真不想做這種事。」

俞忌言將手機擺在桌上，按下免提，取過一份財務報表，握著鋼筆批閱，緩聲說：

「妳看上的那臺保時捷，我找了熟人幫忙處理，明天就可以取車。」

只聽見那頭的俞婉荷，內心掙扎般地嗯嗚了幾聲，最後還是敗給了自己的物質欲望。

「好。」

下午，許姿接到了俞婉荷的電話，兩人聊了起來。

俞婉荷說自己在市區租了間公寓，很巧也在清嘉苑，又問她晚上有沒有空，約她一起看個電影。

自從被老狐狸壓制了一段時間，許姿長進了不少，一聽便知醉翁之意不在此。不過她還是答應了，好奇看看，他到底要耍什麼花招。

在眾多上映的片子中，俞婉荷唯獨挑中了一部法國愛情片，叫《愛欲晚夜》。去的路上，許姿就搜了搜簡介和影評。

有幾個影評實屬過火。

「能把人看硬。」

「想看無刪減版。」

「男主角真會親。」

許姿想都能想到，這種限制級的片，哪可能是俞婉荷找的，只能是那個汙穢的老狐狸。

平日晚上的電影院人不多，座位上零零散散地坐著人，大多數都是情侶，手捧著飲料，親密地挨在一起。

越過幾顆人頭，從扶梯上來的許姿，一眼就看到了俞忌言，他正在買爆米花，手上還拎了兩杯奶茶，一身西裝，跟現場氣氛完全不搭。

許姿太過明豔漂亮，還滿身名牌，瞬間就吸引住了周圍人的目光，尤其是幾個男人，盯著那雙長腿看呆了。

單手抱起爆米花，俞忌言在她身前定住，朝一旁望去，尖銳的目光將幾個男人嚇到低頭，「下次去唐西花園的那家百老匯。」

唐西花園的百老匯，是成州最高級的一家電影院兼劇院。

「嗯。」

許姿盯著那張冰冷的臉，暗自得意，然後抬起手看了看時間，「能進場了，走吧。」

其實俞忌言幾乎不去電影院，因為比起和一群陌生人擠在同一個空間裡，他更喜歡獨處。

在檢票口，許姿伸手，「票呢？」

抱著一堆東西，俞忌言沒了手，他壓了壓眉額，示意道：「左邊的褲子口袋裡。」

顧不上他是不是故意，許姿將手伸進他的褲子口袋裡，西裝褲不厚，五指一伸進去，就觸到了腿臀的熱度，但她並沒有摸到票。

「沒有啊，在哪？」

俞忌言就是故意的，盯著她，挑了挑眉，「抱歉，我記錯了，在右邊。」

許姿咬著牙從他右邊口袋裡拿出票，輕輕拍了拍他的臉頰，「我的哥哥啊，別太調皮。」

不管她用的什麼語氣，總之喊出「哥哥」兩個字，俞忌言心底又泛起一陣酥麻。

六號廳是情侶廳，總共就六排階梯式的座椅，全場只有三對情侶，因為片子很小眾，沒什麼人看，所以場次很少。

俞婉荷訂了最後一排最靠裡面的位置，許姿一眼便看出老狐狸安了什麼壞心。

他們坐下時，影片剛好開始。

燈光暗下來，只剩螢幕裡的光亮，這部法國電影是偏復古色調，也是法語原聲。恍然間，有種置身午夜巴黎的錯覺，浪漫中又夾染了些朦朧的情欲。

許姿在認真看，俞忌言卻忙得很。

剛擺好爆米花，又打開奶茶，遞到她手邊，「無糖的。」

她接過，捧著喝了一口，笑他：「俞老闆，你很弱耶，不敢主動約我，還讓妹妹來。」

俞忌言眉梢抬起，望著那張被光影覆住的巴掌小臉，「我約妳，妳會同意嗎？」

許姿一手握著奶茶，一手托著下巴，仰頭對上他的眼神，手指在臉頰上好玩似的彈了彈，笑著說：「不一定。」

俞忌言眼神一暗，是被戲弄後的不悅，他扭過頭，朝沙發上靠去，雙手交叉在胸前，看起了電影。

許姿憋住笑，沒再理人。

電影放映了一個小時，前半段是浪漫的法式風情，進入後半部分時，畫面變得纏綿起來。男人將女人壓在白紗的帷幔裡，雖沒有露骨的畫面，但那拉絲般的深吻、撫摸、哼吟，足以將情欲推到高潮。

許姿陷入了畫面裡。

直到，前排的情侶不自覺地擁吻起來，她聽到了女人投入的低吟，雖然光線很暗，暗到只能看到兩個模糊的影子，但她還是害羞了。

以及，她似乎感覺到那股熟悉的氣息在慢慢覆近自己，濃烈又帶著極強的攻擊性，她整個右半邊的身子，被那麻麻癢癢的氣息弄得起了雞皮疙瘩。

不過，情濃的曖昧卡著點被中止。

許姿放下奶茶，「我去一下廁所。」

不悅，但俞忌言還是放她走了。

只是，直到電影放完，許姿都沒回來。

等到影廳裡的人散去後，俞忌言拎著那她的包包走了出來，在講電話的許姿身邊定住。

結束電話後，許姿轉過身，接過自己的包包，笑著道歉：「不好意思啊，我剛剛有個電話會議。」她說了聲，「走吧。」

但人被俞忌言一手拽回，他力氣很大，她直接跌撞進了他的懷裡，他壓下的眉眼很冷，跟著就撐住她的後腦，強勢壓上了她的粉唇。

他從來都不要什麼蜻蜓點水，次次都是舌吻，儘管是在公眾場合。

被吻得太深，許姿下意識只能揪住他的領口，下巴仰得發痠。直到，她嗚咽出了聲，俞忌言才緩緩鬆開。

這樣的張狂熱烈的吻，自然招人注目。

幾乎路過的人都看了過來，在大庭廣眾之下被偷了香，許姿羞得不敢抬頭。

相反的，俞忌言的聲音很灼熱，「這是妳自己選的。」

本想耍人，結果被耍。

許姿剛抬起手，就卻被俞忌言抓住，手掌三兩下就被撐開，然後順理成章的與他十指交扣。他帶著她往前走，掌心裡的溫熱似電流般穿過她的指縫間，心尖微微一顫。

這是他們第一次牽著手走在商場裡。

俞忌言背脊挺得筆直，平視前方，問道：「妳下下週日有空嗎？」

似乎還沉浸在牽手的思緒裡，許姿愣了一下，「怎麼了？」

俞忌言停住腳步，鬆開手，從口袋裡掏出手機，點開了一張照片，亮給她看——是兩張演唱會門票。

許姿興奮到差點尖叫出聲，她盡量壓著聲，眼裡閃著亮亮的光，「你怎麼搞到票的啊？」

俞忌言看不出過多的情緒，臉色淡定地回答：「朋友幫的忙。」

可許姿處於極致亢奮中，笑得眼睛都要瞇成一條縫了，「太好了，我可以和佳佳一起去看了！」

倏忽間，俞忌言將手機放回口袋裡，眸光一暗，也沒牽人，沒等人，獨自往前走。光是一張背影，許姿都能感受到對方在生悶氣。她追了上去，側頭盯著他的半張臉，「難道你想和我一起看嗎？」

俞忌言沒回頭，聲音微冷：「不能嗎？」

「可是……」許姿皺皺眉心，「你又不追星，也不認識她們，也不會唱她們的歌，你去幹嘛？」

見他沉默不語，她繼續說：「這樣吧，我把你那兩張票買下來，加多少錢我都可以。」

這並不是一筆能讓俞忌言滿意的交易，「無價。」

許姿被狠狠噎住。

兩人就這樣一前一後，繞著圓弧型的商場走了一圈。

俞忌言上了手扶梯，許姿跟在他身後，俯著眼，盯著他的後背問：「你真的想跟我一起看？」

只是半晌都沒有等到回答。

扶梯向下運行到下一層，俞忌言等許姿也走到平地後，還是背著身，但稍稍側了一點頭。

「嗯。」

半個月後的週末，許姿和俞忌言一起飛到了香港。

在此之前，許姿從不關心俞忌言的個人資產，而這次到了香港，他第一次將自己的財富值，豪邁地展現給她看。

出了機場，司機開來一輛車型復古的賓利，她知道這輛車售價近千萬。許家是有錢，但比起在港圈混的商界大佬，那還是隔了一道高牆。

她沒想過，俞忌言能在不完全依附俞家的情況下，將自己的地位和財力提高到這個層級。

賓利駛入了一幢半山宅邸。

進了屋，許姿環顧四周，建造在太平山白加道的豪宅，視野極其開闊，這裡的市值有多驚人，她很清楚。

山間空氣怡人，她站在敞開的玻璃門間，面朝搖曳的闊葉，感嘆道：「你在成州和在香港還真是兩種人。」

俞忌言在廚臺前倒了兩杯溫水，遞到了她手邊，抬目一笑，「怎麼，後悔了？」

「後悔什麼？」許姿回頭。

俞忌言眼神炙熱，「後悔沒早點對我投懷送抱。」

許姿就怕他這種吃人的目光，一怔，然後別開臉，嘖了聲，「你這麼有錢，能是個處男，還沒藏情人，我還真不信。」

俞忌言不疾不徐地走去外面，吹了吹山間的柔風，答道：「這兩個問題，我只解釋最後一遍。」他稍稍側頷，咬字肯定，「妳是我的第一次，我也沒有情人。」

許姿沒再出聲。

演唱會在晚上八點，許姿求俞忌言別開那臺賓利了，別人看見還以為是什麼高官來了呢，她只就想融到人群裡，玩得肆意盡興點。

俞忌言同意了。

不過，令他不痛快的是，許姿穿得過於暴露，一件吊帶裙，薄薄一片，胸口的兩條抽繩，擠出了明顯的乳溝，裙子也短得離譜。

進場前，俞忌言老是想拿外套繫在她的腰間，「妳之前看演唱會，也穿成這樣？」

許姿特別討厭別人約束自己的穿著，「當然，看演唱會就是要夠嗨啊，誰會裹成粽子一樣來啊？」

她指了指四周著裝張揚的人，「你看看，又不是只有我穿成這樣。」

俞忌言忍著口氣，將外套拎回了手中。

場館不大，人影密密麻麻，還未開始，氣氛就已經高漲到極點，人聲鼎沸，再加上是夏天，全場飄散著一股濃郁的汗味。

內場離舞臺近，但人和人也挨得更近。

許姿是有些潔癖，但因為是自己喜歡的女團演唱會，她能忍，還一直美美地自拍著。不能忍的是俞忌言，旁邊的人一直動來動去，幾次都碰到了他的手臂，他差點失去耐心。

突然，他手裡被塞了一臺有些發燙的手機，是許姿，「快，幫我拍一張。」

俞忌言聽話的給她拍了十幾張，她開心的瞇眼笑，剛伸手想取過手機，卻被他一把擁進了懷裡。

而後，他舉起手機，迅速拍了兩張合照。

許姿看了一下，然後關上螢幕，心想反正也不會發，沒差。

沒過幾分鐘，投射照明燈一關，場內瞬間暗下，當升起舞臺燈時，演唱會正式開始。場內的人聲比剛剛高出十倍不只，是極致怒放的熱情。

其實已經是內場前幾排了，但許姿還是覺得視線不夠寬，而且場子一嗨，旁邊的人哪坐得住，椅子都是廢的，轟一聲，全站了起來。

剛好，她跟著就起來了。

好像一瞬間，內場裡，只有俞忌言一個人坐著，被黑漆漆的人影壓住了所有視線。完全投入的許姿，都快忘了身旁有個人，直到她想找人幫忙拍照，才拍了拍一本正經坐著的俞忌言，「你稍微把我抱起來一點，我想拍她們幾個。」

這會，俞忌言才站起來，像被圈在了一個震耳的嘈雜環境裡，唱著他聽不懂的韓語，快要磨光了他的性子。

他從背後托起許姿，雙臂牢牢拴住她的腰，她視野瞬間開闊了，瘋狂地按著手機，開心忘我到像個幼稚的小女生。

「你幹嘛！別、別……」

忽然，一根手指悄悄挑開布料，撥了撥軟軟的乳肉，弄得許姿迷糊了幾下。雖然光很暗，也幾乎沒人會管旁邊的人在做什麼，她還是緊張到全身發麻。

一道低啞的聲音，貼著她背後發出：「妳玩妳的，我玩我的。」

俞忌言體力好，許姿是知道的，哪怕是在擁擠的人潮裡，一直托著自己，有一下沒一下玩著自己的胸，他好像也沒有一點疲累。

從一根手指，換成了兩根手指，捏著她渾圓的奶肉，一用力，那種疼麻的爽欲感，混在沸騰的歌聲裡，讓她好想叫出來。

食指往上一探，摸到了那顆飽滿的小豆粒，已經挺立了些，俞忌言一摁，他見許姿不覺後背一仰，雙腿都在抽搐。趁此，他拇指跟上，一直揉捏著乳頭，毫無節奏地把玩。

「啊啊，啊啊……」她還是叫出來了，臉灼燒似地紅成一片，還好旁邊太過喧鬧，誰都聽不到這聲淫靡的呻吟。

微仰頭，俞忌言看著那漂亮的脖頸，此時越繃越緊，細密的汗珠順著線條流下，他眼一緊，玩勁更凶。他直接用上了整張手掌，一會包住乳肉，一會揉摁著乳頭，最後還加快了手速，弄得她快感加劇，渾濁的意識裡，她只能抓住腰間的手臂，雙腿亂踢。

她不停地吞咽，一張粉唇發乾，求饒起來：「俞忌言，嗯嗯……你放我下來……」

畢竟是公眾場合，就算是尋求刺激，也不能玩得太過火。俞忌言抽出手指，將裙面整理了一番，才把人放下。

爽了之後就翻臉不認人，許姿緩了緩呼吸後，狠推他一把，「剛剛那首是我最喜歡的，什麼都沒聽到！」

俞忌言只挑眉一笑，然後把人往懷裡摟。

兩個多小時的演唱會過得很快，就算安可了幾首，誰都不捨得放她們走，但當投射燈再次打開時燈光，白晃得刺眼，被照透的場地，一片混亂不堪，人頭像浪潮般往外湧。

後來，俞忌言真的陪許姿嗨了整場，熱得兩人出了一身汗，許姿的吊帶都濕透了，那道白溝裡的乳肉更明顯了些。

好熱……她去了趟洗手間。

隔間裡，她準備推開門，卻聽到洗手臺前有人在聊八卦，她並沒偷聽的癖好，但八卦的對象竟然是自己。

「那不是俞忌言嗎？跟他一起來的是他老婆還是情婦啊？」

另一個女人不屑，「誰知道呢，他和那個朱少爺能是什麼正經人，之前老混在紀爺身邊，天天去那種地方，女人自然是換著玩。」

「也是。」

等閒言碎語散去後，許姿才推門而出。

俞忌言再看到她的時候，她像變了一個人，看不到半點剛剛的興奮，對自己也是冷言冷語：「走吧。」

「這是怎麼了？」他拿著外套，邊走邊問。

停住腳步，許姿輕瞪了俞忌言一眼，但又收回目光，她覺得發這種火很奇怪，不過還是忍不住嘲諷道：「俞老闆，你在香港比我想像中還有名啊。」

說完，她逕自走掉，留下一臉疑惑的俞忌言。

賓士駛回半山的路上，深夜窗外山道間的樹影婆娑，兩邊的窗戶都開了一半，夜風微熱。

俞忌言平穩地開著車，一路上許姿不發一語，他又側頭看了她一眼，發現她縮在一角專心地玩著手機，怕螢幕光傷眼，他按開了車內的燈。

許姿沉浸在搜尋裡，她鬼使神差地搜起了老狐狸的花邊新聞。其實沒什麼八卦，搜「俞忌言」三個字，只能出來亞匯的相關資訊。

不過，她還是火眼金睛地看到了一條。

這一路，察覺到了許姿的悶悶不樂，俞忌言將賓士停在車庫後，邊解安全帶邊問：「妳到底怎麼了？」

解開安全帶後，許姿只說了一句「沒事」，就推開車門走了。

俞忌言跟在她身後，「是我惹妳生氣了嗎？」

「不是。」許姿撥了撥被山風吹亂的髮絲，「是工作。」

俞忌言低頭看了她一眼，若有所思。

香港的七月很濕熱，尤其是剛剛還經歷了一場沸騰的演唱會，許姿累癱在浴缸裡，身上的黏膩感被溫水洗淨後，終於舒服了。

她將長髮隨意盤起，閉目休憩，臉頰白裡透著紅暈。不過，那條花邊新聞像扯著她頭皮，猛地睜開眼。其實也沒什麼，只是三年前港媒在傳，紀爺想讓自己的女兒嫁給俞忌言。

許姿莫名手癢，不受控制地搜起了名媛「紀子琪」的資料，還翻了她的ＩＧ。紀子琪從妝容到打扮都偏歐美，身材也是，尤其是胸和臀，圓潤挺翹，張張照片都是噴鼻血的性感。

一下子，許姿便翻到了三年前的照片。

忽然，手指在一張合照上停下，是紀子琪在遊艇上，與三個男人的合影，一個是紀爺，一個是朱賢宇，還有一個就是俞忌言。她毫不避諱地挨著俞忌言坐，雖然沒有任何親密動作，但看得出來，他們關係不生疏。

呼吸聲很沉，她關掉螢幕，扔到了低矮的椅子上，又泡進了水裡，還好玩似地拍了拍水花。

「無所謂。」

被溫熱的水霧包裹，身子慢慢往下陷。

俞忌言在另一間浴室洗完已久，卻還是不見許姿出來，他擔心出事，敲了敲浴室的門。

裡面傳來了嬌滴滴的聲音，「俞老闆，你能不能幫我一個忙？」

雖然很反常，俞忌言還是順著問：「什麼忙？」

「你先進來，我聽不清你說話。」

俞忌言推開了門，在浴缸邊，看到一個濕漉漉的美人裸體，身上掛著晶瑩的水滴，似出水芙蓉。

他竟看入迷了。

許姿扯下一塊毛巾，邊擦著身子邊說：「我忘了拿內褲，你能不能幫我拿一下？是一條……白色的丁字褲。」

目光由緊變鬆，俞忌言嗯了聲，聽話第出去了。

卻不知身後的許姿，朝他吐了吐舌。

俞忌言再進浴室時，許姿已經擦乾了身體，他手裡勾著一條分外性感的白色蕾絲丁字褲。她取過後，他的目光挪不開，就想看著她穿。

剛彎下腰，許姿又緩緩站直了，撒著嬌勾著內褲在他眼底晃了晃。

「哥哥。」她抬起一條腿，輕輕踢了踢他的大腿，「幫我穿，好不好？」

在飄渺的霧氣裡，「哥哥」兩個字，像螞蟻爬在肌膚上，癢得難以忍受，俞忌言的魂被勾走了一半，他拿回了那條內褲。

許姿很乖，撐著他的肩膀，第一次被男人伺候著穿內褲，有股說不出的酥麻。

剛剛沐浴完，她的腿嫩滑得像牛奶，俞忌言將內褲慢慢地往上帶，穿過她細膩筆直的長腿，每往上一寸，他吞咽一次，蕾絲很薄，陰毛在白紗裡若隱若現。

又清純又騷。

俞忌言太壞，將內褲提到私處時，還用力勾住兩邊的帶子，用力一提，底部的布料勒住了穴縫，一陣敏感，許姿身子痠軟，下意識地抱住了他。

俞忌言彎著身子，她剛好能貼到他的頸窩，「好像，有點癢。」

「哪裡？」他明知故問。

許姿的聲音太嬌了，「底下。」

「底下是哪裡？」他壞心地逼問。

那繡花小拳捶了捶他的後背，羞澀到快無聲，「小穴裡面……」

頭一次聽她如此坦承，俞忌言的手已經順著那平坦的小腹，從上至下的伸進了蕾絲裡，溫熱的手掌摩搓在陰毛上，食指還在往下滑，按住了還未凸得明顯的小粉豆。

陰蒂是最敏感的地方，碰不得，許姿軟聲「嗯嗚」了幾聲，順勢把俞忌言抱得更緊了。他托起她的屁股，股肉從丁字褲的縫隙中分開，擠得更盈滿了，他扇了一掌，情色的啪聲很清脆，嫩肉晃晃蕩蕩。

「你幹嘛每次都打我屁股啊……」她委屈巴巴。

俞忌言眼裡都是洶湧的欲望，「不光想打，還想咬。」

「啊！」許姿的身子被翻了面，手被他強迫撐在浴缸上，還壓下了她的腰，她被弄得頭有些暈，「你能不能溫柔點啊，哥哥。」

俞忌言用行動拒絕了她的請求，他雙掌捧住她的臀側，用力朝裡一按，白花的股肉從細帶裡擠得更肥嫩。他對她的確有無盡的下流想法，唇舌在股肉上舔舐、吮吸，偶爾輕咬。

做起這種事的老狐狸，真是個不折不扣的變態。許姿還沒從股肉的吮舔敏感中緩過神，舌頭又抵到了底部，隔著小小的布料，不停地用舌尖按壓溫熱的穴口。

「嗯、嗯……」她被弄得舒服極了，仰起頭，不自覺地擺著臀，扭著細腰，「好舒服……哥哥弄得我好舒服……」

並不想去揣測今晚她到底為何如此反常，因為被撩撥起來的情欲火焰，根本壓不下去。俞忌言在這一刻，只想讓他情動的女人，徹底地舒服個夠。

許姿的確舒服得閉上了眼，雪白纖細的脖頸撐起，呼吸不勻地發著細柔的聲音，「舔進去，好不好？」

這聲主動的索要，將俞忌言另一半的魂也勾走了。他半抬起眼，看了看她銷魂迷離的嬌樣，一把將丁字褲扒下，嘴唇剛覆上去，她反手摸了摸他的頭，「這樣我好累，我想坐著。」

俞忌言隨手抽來了旁邊的椅子，可許姿沒動，扭了扭蜜臀，「抱我。」

在她的撒嬌面前，他早已喪失了理智。他把人抱到椅子上，擺好，將礙事的內褲扒落，再將那兩條長腿架在了自己肩膀上，跪在地上，張著唇，含上了那溫熱的逼穴。舌頭在穴裡靈活地打轉、舔弄，許姿閉眼享受著，咿咿嗚嗚的呻吟，她抱著俞忌言的腦袋，時不時睜開眼，看看他服侍自己的樣子。

她又想起了那些閒言碎語和紀爺的女兒。

她開始懷疑，他技術這麼好，真的是處男？真的沒對別人做過這種事？

越想越氣。

「嘶——」

俞忌言的頭髮被頭上的手揪得發疼，他只能停住了動作。抬起頭，卻看到一張不知是委屈還是含怒的臉蛋，像女王一樣，挑眉發號施令。

「還不夠舒服。」

從不知她如此欲求不滿，俞忌言再次掰開她的大腿，內側都被淫水弄得濕潤無比，唇瓣又一次緊貼上去，這次他用了些力，舌頭被穴裡的水液浸泡著，將裡面和外壁都狠狠舔吮了一遍。

衝入腦顱的快感，讓許姿的意識漸漸往遠飄走，屁股在椅子上不停地抖，她晃著身子，低下眼，看著他的舌頭送進拉出，水汁不停地流，全部被他咽入了喉嚨裡。

舌頭竟抽插出了水聲。

許姿滿臉漲得通紅，眼中一片水霧迷離。

不光她熱，俞忌言的耳根也紅透了，她揉了揉他的耳朵，「哥哥，跪著累不累啊？」

俞忌言半抬起頭，伸手撥開她黏著臉頰的髮絲，「怎麼今天這麼乖？」

許姿沒說話，只是放下腿，用腳尖去蹭了蹭他下面那團硬物，也伺候起他來，光嫩的腳掌隔著睡褲摩擦性器，邊踩揉邊淺淺嬌吟。

「嗯、嗯……」

俞忌言喉嚨發緊地盯著眼前又純又欲的美人。

許姿手肘撐著椅子，扭著屁股，身子高高低低地起伏，白奶左右晃來晃去，粉嫩的乳頭色氣挺立著，一切都讓他發瘋似地想立刻狠狠插幹她。

許姿輕聲笑了笑，媚眼如絲，「你硬了。」

俞忌言咬著牙，「嗯。」

「想幹我？」她又破天荒說了句騷話，還盈著更嫵媚的笑。

僅剩的意識早就被欲火沖走，俞忌言點點頭，「想幹死妳。」

許姿挪開腿，站起身，將他扶到了椅子上，捧著他的臉說：「那妹妹去拿保險套，乖乖等我哦。」

俞忌言盯著那個光著腳輕盈跑出去的玉體，血液沸騰，欲望翻滾成巨浪。

可是五分鐘過去，跑出去的人影再也沒回來。

恢復冷靜的俞忌言，意識到自己被耍了，他憤怒地衝出去，見次臥的門緊閉，他用力叩響。

裡面傳出了成功耍人後的得意聲音，「俞老闆，謝謝你讓我舒服了，你自己解決吧。」

「許姿。」俞忌言不悅地低吼，「開門。」

「不開！」

從香港回去後的一週裡，許姿和俞忌言再沒碰過面，但每晚十點半，俞忌言還是會打視訊電話給她，讓她看看咪咪。

誰也沒再提過，演唱會那晚的事。

恰逢週五，許姿有一個局，是江淮平邀約的，在成州一家莊園飯店舉辦，被邀的都是赫赫名流，他說可以拓寬人脈。

晚宴在晚上七點開始，場地設在了莊園戶外泳池邊，氣派歐式的長廊裡，是著裝優雅的名流在攀談。

沒了 mandy，許姿改帶了費駿，她穿了條黑色緞面的魚尾吊帶裙，稱得雪白的直角肩和鎖骨更優越。

費駿寸步不離地跟著她，「舅媽，我幫妳盯著，不會讓那些老闆有機會吃妳豆腐。」

拿起一杯香檳，許姿輕哼，「以前叫你陪我來，你總能用八百個理由逃掉。今天見鬼了一樣的獻殷勤，是不是你也被某人控制了？」

「還會有誰……」費駿又嘴快說漏了。

許姿看著長桌上擺滿的美食，在想哪一道熱量最低，「她妹妹。」

費駿低下頭，一臉心虛。

「嗨，許律師。」

從旁邊走來的江淮平，穿著合身的白色西裝，臉上揚著笑。

許姿知道他最近剛拿下一個高爾夫球場的大專案，真是人逢喜事精神爽。

江淮平引著她往泳池邊走去，「我帶妳去見幾個朋友，他們最近都遇到了點麻煩。」

聽起來像是可以撈幾筆，許姿帶著費駿一起過去了。

雖然她不喜歡應付一群遊走在生意場裡的人精，但不得不說，她是有交際天份的，像她這種長相的大美人，稍微圓滑點，會做人一點，便能輕鬆拿下案子。

江淮平事先和幾個朋友說明了許姿的背景，包括丈夫是誰，所以他們對許姿很客氣。

泳池這一角聊得輕鬆愉快。

費駿在後背扯了扯許姿的裙子，悄悄做了一個ＯＫ的勝利手勢，她得意地笑著扭回頭，視線恰好被泳池對面身著正裝的男女拉走。

她認出來了，是俞忌言兄妹。

這頭，費駿像是真不知情，「舅舅沒和我說他要來啊。」

許姿一臉無所謂地回過身，她打算再待一會，就提前回去。反正今晚托江淮平的福，有了不少收穫。只是，她的目光總會莫名被牽走。

泳池對面，一身黑色西裝的俞忌言，到哪都站得筆挺有力，是位於高位的沉穩。俗話說，自信者常沉著，驕傲者常浮揚，顯然他是前者。

他正在和一位談吐幹練的女士聊天。

俞婉荷穿著一條白色珍珠小禮服，站在一旁，不太能搭上話，時不時看看四周。突然，眼底出現了一張硬朗俊氣的臉，男人正朝著自己的方向走來，她連忙退到了哥哥身後。

興奮的卻是俞忌言，他伸出手，拍了拍男人的手臂，「好久不見啊。真是夠敬業，居然連頭髮都剃了。」

旁邊的女士笑著搭腔，「影帝可不是白拿的。」

人有了光環加持，散發的氣場和氣質都和普通人不同。男人是俞忌言的多年好友，路今，上半年剛在香港剛拿下影帝桂冠。

俞忌言見身旁的人影縮了起來，他退開了一步，俞婉荷身前一空，心底緊張不已，不敢看人。

俞忌言攬上她的肩，「這是路今，高中看過妳一段時間的哥哥，還記得吧？」

路今看向俞婉荷，但她只半抬起眼，聲音很虛：「他很紅，我怎麼會不認識……」

「嗯，也是。」俞忌言含笑點頭。

糾結了半晌，俞婉荷不想太小家子氣，她舉起酒杯，想敬一下許久未見的友人。

不過，路今直接忽略了她的敘舊，向俞忌言匆忙告別：「我晚上還有個採訪，先走一步了，有空再約。」

「嗯，好。」俞忌言點點頭。

俞婉荷無力地垂下眼，有些失落。

斜對面的棕櫚樹下，江淮平的幾個朋友都走了，費駿去了洗手間，就剩許姿一個人。

「許律師？」有點熟悉的聲音。

許姿轉身，認出來了，是自己律所剛營業時，第一個案子的客戶，姓韓。他是一位小老闆，當時對她有些想法，有幾次差點被他吃到豆腐，因此鬧得些不愉快。看他現在的一身行頭，應該是生意做大了。

韓老闆晃著酒杯，故意露出手上的名錶，「真是好久不見啊，聽說妳結婚了。」

「嗯。」許姿很不喜歡這個人。

見人想走，韓老闆連忙跨了幾步，攔住了她的路，眼角皺紋是堆成褶的難看，「哪個男人這麼有福氣，能擁有妳這種美人啊？」

蒼蠅哪都有，許姿忍了口氣，「韓老闆，沒事的話，我要先回去了。」

這個韓老闆出了名的不尊重女性，他似乎還在記著當年許姿嗆的幾句難聽話，此時竟然想直接動手。

此時，一道黑影籠住了兩人面前一半的光亮。

不知是不是本能反應，許姿立刻挪了幾小步，藏到俞忌言身後，莫名被一股極強的安全感包裹住。

韓老闆自然認識俞忌言，他的態度立刻畢恭畢敬起來，弓著背，伸出手，「俞總您好，真是難得見您一面啊。」

俞忌言瞥了一眼那隻迫切想要得到自己回應的手，他雙手始終背在身後，壓下眉額，「許律師是我的妻子。」

韓老闆吃驚地抬起頭，扯著僵硬的笑，連忙道歉：「對不起對不起，我可能喝多了。」他假裝誠懇地向許姿道歉，「對不起啊，許律師，您大人有大量。」

根本沒人想理他。

隨後，俞忌言牽著許姿，離開了這裡。

繞過長廊的盡頭，是一片小花園，夜裡開了幾盞地燈，石欄裡簇擁的花嬌豔欲滴。

但俞忌言覺得更美的是眼前人。

「許律師，今天真美。」他並不吝嗇於對她的讚美。

雖然這樣令人情迷的話是從他口裡說出，但哪個女人不喜歡被誇呢。許姿也一樣，只是她還是故作驕傲，「哼，我哪天不美。」

一到無人的黑靜之地，俞忌言就忍不住地對許姿起了欲望。他雙手撐著牆，吻住了她的唇，都喝了些酒，酒精氣瀰漫在溫柔的唇齒間，像是催情的藥水。

他沒太深吻，而是變著角度，將她的唇仔仔細細地吮舔了一遍，鬆開時，她的口紅全被他吃乾抹淨。

「你好煩。」

嘴上這麼說，但許姿清楚地意識到，她的心情早和幾個月前不同了。剛剛接吻時，心化成了一灘柔水，是享受的。

俞忌言抹了抹她嘴角殘留的口紅印跡，「該用我的時候，還是要多用用，」他聲音低啞下來，「哪方面都是。」

真是動不動就提到這種下流事！

許姿故意越過這句，不信地說：「別把自己說得這麼全能，難道這個圈子只要提你名字，大家都怕你嗎？」

俞忌言緩緩搖頭，「他們不怕我，是尊重我。」

許姿無話可說。

俞忌言替她將快要滑落到手臂的吊帶，整理了一番，「還沒離婚，妳就是我的妻子，但我沒辦法次次都在，妳大方用我的身分，他們絕對不敢為難妳。」

突然的正經言辭，令許姿有些羞意，她低下頭，抿住了唇。

而後，俞忌言暫時先回去找俞婉荷，許姿則去了洗手間補唇膏。

補完之後，她本來想叫費駿送自己回去，卻在長廊的拐角處收住了腳步，像做賊一樣，藏在牆角看。

她認出來了，同俞忌言親密攀談的是紀子琪。

不過，聽不太清他們的聲音。

紀子琪一條合身的平口小洋裝，身材凹凸有致，是男人看一眼就挪不開視線的惹火。

她撇著嘴抱怨道：「還想說好不容易來一趟成州，想讓你帶我到處玩玩呢。」

俞忌言隔了段有分寸的距離，「抱歉，我有點忙。」

「你才不是忙。」紀子琪眼神妖媚，「果然是有老婆了，連和我講話都不敢靠太近。」

沉默，是俞忌言的回答。

紀子琪隔著西裝，摸了摸他的手臂，「真沒意思，要不是我好心，當時和我爸說，給你點時間想想，也不至於能讓人鑽了空。」

畢竟對方是紀爺的女兒，俞忌言不敢拒絕得太過分，只能悄無生息地撥開她的手。但紀子琪就是不鬆手，她挑著眉，一副看好戲的樣子。

畫面清清楚楚呈現在自己眼前，許姿挪回了身子，沒再看他們。眼見為憑，俞忌言和紀爺的女兒的確有段「過去」。

不一會兒，長廊裡的人影消失了。

費駿在四處找許姿，俞忌言和俞婉荷也剛好要走，俞忌言便讓費駿送俞婉荷回去，他和許姿單獨走了。

因為兩人都喝了一些酒，俞忌言提前叫來了司機。

黑色的邁巴赫緩緩從郊區往市區行駛，樹影層層疊疊如水浪般掃過潔淨的車面上。

俞忌言和許姿坐在後座。

許姿不想挨他太近，縮在一角，也不知道有什麼可氣的，但心底就是不舒服，像吞了一顆大酸梅。

見她又鬧起情緒，俞忌言沒打擾，給了她空間去緩緩。
而後，他吩咐司機：「先開去清嘉苑。」
一直壓著心情的許姿，立刻做了更改，「直接開去悅庭府。」
因為上次被戲耍過，俞忌言對許姿今晚的反常之舉起了疑心……即使她用的理由是她想咪咪了。
不覺間，許姿已經從悅庭府搬走了一個月，但畢竟在這裡住了一年多，不論哪處都相當熟悉，開門、脫鞋、放包、抱咪咪，一氣呵成，儼然女主人的樣子。
玄關邊，俞忌言挽著脫下的西裝，看著坐在地毯上逗著咪咪的許姿，烏黑的長髮傾瀉到肩膀下，溫柔地撫著咪咪，眼睛微微瞇起，是平日裡少有的甜美。
恍惚間，他想起了多年前的午後。
一個炎熱的夏日。
茶園的那面湖水，偶爾被風輕柔吹過，湖面像揉皺了的綢緞，知了藏在茂密的綠樹裡，試圖想要打破「祕密基地」的靜謐。
綠蔭下，穿著白色連身裙的少女，未施粉黛，才十六歲，長相就已明豔亮麗，出挑甚至耀眼。她懷間抱著一隻白色貓咪，輕柔的喚著，「咪咪……」
一顰一笑都勾人心魂。
沒有勇氣的他，只敢躲在一棵大樹後面，悄悄探出頭，眼底像融不進任何景色，只能放下少女的身影。他詞窮，只在心底重複了一萬次，好美。

手裡的情書被握皺，可當他的一隻腳要邁出去時，少女的身邊多了一個高瘦白淨的少年，蹲下來和她一起撫摸著小貓。

就算隔著一段距離，他也能清晰看到，她看少年的眼裡，盈著光，也刺眼到讓他嫉妒。

「喵——」

咪咪的一聲奶叫，讓俞忌言從回憶裡醒了過來。恰好，許姿回頭，兩人四目相對。

他沒有說話，確切的說，是無法出聲。

因為，有那麼一瞬間，他以為是幻影。

「我先去洗澡了。妳要是玩夠了，就自己回去吧，不用和我打招呼。」

俞忌言轉過了身。

看到那個無情的背影，許姿手不自覺抓緊了身後的沙發，像是在盡量抑制情緒，「你……不留我？」

有一絲錯愕，俞忌言定住腳步，「妳想留下來嗎？」

許姿微張的嘴又閉上了，答不出口。

此時，一陣手機震動聲傳來，是俞忌言的手機。

他從口袋裡掏出，異常認真地看著手機螢幕。

應該……是個很重要的人？許姿感覺到胸口的呼吸漸漸不暢起來。

當俞忌言關掉螢幕，重新抬起頭時，許姿假裝隨口一問：「你晚上要幹嘛？」

但她不是能隱藏情緒的高手。

俞忌言聳肩答：「睡覺。」

本是一個稀疏平常的答案，但對許姿來說，卻是沒有態度的模棱兩可。她撐著沙發，站起身來，「俞老闆精力這麼旺盛的人，能受得了夜夜寂寞？」

語氣卻是不受控的諷刺。

「不然呢？」俞忌言握著手機，手臂一攤，「我每天晚上都是這麼過的，下班，吃飯，餵貓，洗澡，看書，睡覺。」

許姿不太信，「是嗎？你沒有要去找……」

她差點說出了紀子琪三個字，好險。

「找誰？」俞忌言好奇。

許姿別開了眼，遮掩自己的慌亂。

見她不說話，俞忌言說了聲「我去洗澡」然後便朝浴室緩步走去。

成州的夏夜溫度不減，襯衫領卡在脖間，勒得發悶，他歪著脖子，單手扯了扯，將領口扯鬆了些。

沒走兩步，忽然聽到身後傳來略急的腳步聲，接著便是一雙手從背後環抱住他。

俞忌言低下眉眼，笑了笑，「許律師，又來？」

香港那夜，心有餘悸。

許姿沒鬆手，用臉頰輕輕蹭著他的後背，只隔了一層單薄的襯衫，俞忌言被那股溫流磨蹭得全身僵硬繃緊。

「我不想回家。」

說著話，她已經探近了俞忌言的襯衫中，從他的腹肌撫摸到了胸肌，還有意無意間，碰了碰他的乳頭。

男人這個部位一樣敏感，俞忌言一聲重喘，用力抓住了襯衫裡作亂的手，「不回家，妳想幹嘛？」

明知故問。

許姿掙脫開，手順著腹肌中間往下滑去，不害臊地伸進了他的褲子裡，摸到了那團被內褲包裹的溫熱硬物，優越的尺寸觸感駭人。

她貼著寬闊的背脊，俏皮地說：「想幹你啊。」

像是朝平靜的湖面裡，砸下了一顆石子，瞬間蕩漾成一片粼粼波光。

陣陣情欲，瀰漫開來。

臥室的浴室裡，細柔的水聲戛然而止，玻璃被霧幕遮得嚴嚴實實，也遮住了裡面男女的視線。

許姿下垂的睫毛沾著水霧，和著身下的陣陣快感，她快要看不清眼前男人的臉。他手指屈在濕潤的穴裡，搗弄抽插，不滿意她亂動的雙腿，便朝她大腿扇去。

「腿再分開一點。」

許姿咬著唇，雙腿朝兩側打開，腳差點在磁磚地上打滑。

俞忌言的手指反覆攪動，穴縫裡湧出了一股熱流，一插一拔之間，指節上還帶出了淫靡的銀絲。

好像是被中指頂到了花心深處，許姿身子骨瞬間軟了，像化掉的奶油，一頭埋進了俞忌言結實寬闊的胸膛裡，她伸手環住了他的腰際。

「好喜歡、嗚嗚……」陷入情欲裡時，許姿是幾乎忘我般的在呻吟，五指摳進他的肌膚裡，「再、再用力一點，好不好？」

她還不太確定，今夜不想放過這隻老狐狸，是因為自己很想做愛，還是怕他去和別人做愛，又或許……兩者都有。

但她能確定的是，她不允許他離開自己的視線。

俞忌言又加了一根手指，剛剛的一番插弄，熱道裡早已盈滿了汁水，塞在裡面的三根手指，進出順暢。如了她的意，手指往更深處裡掏。

「太、太滿了……」她蹙著眉，呻吟都跑了調，「塞得好滿，我……」

「妳什麼？」俞忌言手指在不停歇的抽插間，往上一屈，加快了速度。

只是用手而已，就快讓許姿有了高潮的感覺，她頭埋得更深了些，「我好喜歡……好喜歡……」又像貓咪一樣，嬌氣哼唧，「哥哥……好厲害……嗯嗯……」

柔媚的聲音讓俞忌言抓心撓肝，哪還有什麼理智，只想用盡渾身解數去餵飽這隻饑渴的小饞貓。

「還要重一點嗎？」

「嗯……」

俞忌言快速又重重地抽插起來，插出了淫靡的水聲。

許姿被插弄得身體止不住地晃，圓潤的奶子不停彈起又墜下，在被滅頂的快感裡，她擺出了羞恥的姿勢，抬起了腿，「你抱著我的腿，我想這樣弄一會，好不好？」

俞忌言平時就見過，這位大小姐對自己的家人有多會撒嬌，用在情色之事上，更是不得了。他迅速架起了那條纖細的白腿，另一手的手指還插在穴裡，他渾身火熱，低下眼，「張開嘴。」

大腦一片渾濁，許姿只能乖乖張開嘴，而他直接將舌頭伸了進去，勾上了她的軟舌，強勢地堵住了她的唇。在迷濛的白霧裡，用纏綿濕熱的吻，一寸寸掠奪她。

上面是頂到喉嚨的深吻，下面是更快速的手指抽插。許姿的臀和小腹抽搐起來，快被他用手指伺候到高潮。

三隻手指從穴裡抽出，她體內裡的淫水全流了出來，甚至還有一些更色情的白沫。

就算手指已經不在自己的穴裡，那股酥麻的低頻震感還在攪動許姿的下體，拔出後，是更難以忍受的癢意，以及想要比手指更粗的東西插入。

她放下腿後，撐著俞忌言的胸口，緩緩抬起眼，眼神雖然都虛了，但還是一副盯人的模樣，目光忽然挪到了他的右手臂上，想起了，剛剛被另一個女人撫摸的畫面。

心中哼出一個字，髒。

不知哪裡湧來了怪異的嫉妒心，許姿朝他的手臂狠狠咬了一口，真咬疼了他？

「妳幹嘛？」

她沒看人，盯著手臂上深深的牙齒紅印，是故意在找刺激的挑釁，「俞老闆，你還有沒有更厲害的本事呢？」

浴室是半全景的，兩面都是落地窗，朝外沒有緊密的樓房，是視野寬闊的空景。室內也足夠寬敞，還擺了一張真皮沙發。

地板被昏柔的光線籠罩著，不知是黃還是白，牆面上的人影撞迭起伏。

未著一絲衣物的許姿，被俞忌言用後入的姿勢抵在沙發上操幹到發抖，她指尖摳著沙發，一會仰面，一會垂頭，不時乾澀的吞咽。

欲火是她先挑起的，俞忌言像是在用身下凶狠的頂撞告訴她，要對自己的話負責。

剛抽插了幾十個來回，他甚至覺得還沒太使力，陰莖上已經裹上了淋漓的水液與白漿。

做愛的次數多了，自然懂得彼此的敏感點。

比如，俞忌言就知道許姿很愛被後入，即使她回回都吃力，卻叫得一聲比一聲騷，小穴也極致配合。

他的喘息越漸加重，臀肌繃緊地朝前刺入，一根粗紅的陰莖整根沒入了一雙玉腿間。但他只是頂得重而已，沒有加快速度。

底下是塞滿後帶來的滿足感，但許姿都不清楚，什麼時候開始，隱壓在身體裡羞恥的欲望，正毫不害臊地一點一點暴露給他看。

「嗯嗯……」她的身子快弓到了沙發上，奶子摩擦著冰涼的真皮，不滿足的搖著臀，「還、還不夠舒服……」

俞忌言兩手掰著早被扇紅的臀肉，剛拔出一截的陰莖又頂入了進去，「咬我咬這麼狠，還不夠舒服？」

或許骨子就是個會調情的妖精，許姿哼唧了聲，「那不是讓你舒服嗎？」

一隻手繞到她的身下，食指從陰毛間往下劃，俞忌言摸到了那顆還沒腫立的豆子，先輕輕揉著，「寶貝這麼會，我更捨不得和妳離婚了。」

微微仰起細長的脖頸，許姿吞咽了唾沫，「那你得努力一點，讓我舒服死。」

俞忌言一笑，暫時停下了身下的動作，只玩弄著那顆豆子，只揉揉的時候，許姿還不算太敏感，直到他用指腹一摁，她雙腿一繃，上身仰起，長髮甩起時，還掃到了他的臉頰。

陰莖沒從穴裡拔出，那股熱流讓許姿泛起酥酥麻麻的癢意，但隨著他手指的用力摁動，她抓住那隻手臂，蹙眉叫出了聲。

「啊啊……我、我……」

俞忌言加快了摁揉的頻率，另一隻手包住晃蕩的白奶，那種疼痛的快感讓許姿顫著喉嚨浪喊，雙腿繃緊時，陰莖從穴裡滑了出去。

她總覺得老狐狸這雙手是練過的，不然怎麼從第一次就如此遊刃有餘。她不知道男人在性愛這件事上，是不是真有天賦異稟一說，但犯了疑心病的此時，她又升起了一股醋意。

許姿繃著身子，抓住了俞忌言的手腕，濕熱的氣流覆向了他的下巴，「只有這樣嗎？」

俞忌言不懂她今晚吃了什麼火藥，渾身長滿了刺，像是帶著一口咽不下的氣意般主動勾引著自己。

他摸了摸她發顫的白細手臂，「應該問問自己還撐不撐得住吧。」

許姿反手，摸住了那根滾熱的陰莖，保險套上濕漉漉的，她一寸寸抵到了自己的穴口，「繼續。」

俞忌言低眼，看著那纖細白嫩的五指，繞在自己的性器上，極度誘人。

他推開她的手，「妳休息一下，我換個新的套子再繼續。」

許姿乖乖地坐在沙發上，讓痠軟的雙腿休息一會，她盯著在水池邊換保險套的高大背影，出了些神。在喘息的空隙裡，她在想，他有情人，自己不該開心嗎，怎麼會這麼不是滋味？

一會兒，換好保險套的俞忌言走回了沙發邊，拉起了許姿，她站起來的瞬間，兩人剛好貼得很近，四目相對裡，有拉濃濃的情欲。

而後，俞忌言將許姿抱了起來。

突然雙腳離地，她下意識抱住他脖子，有些慌，「你要幹嘛？」

「抱著操妳。」

沒這麼做過，她緊張，但也再一次感受到了俞忌言的力量感。他手臂力氣太大了，甚至能單手撐住她，另一隻手扶著勃脹的陰莖，對準小穴狠狠刺入。

「不想掉下去，就抱緊一點。」

「嗯嗯……」

可能是面朝著俞忌言，他男性的力量和火熱將自己包裹得嚴嚴實實，許姿竟羞得有些乖欲，不敢看他的雙眼，將臉埋到了他的頸窩邊。

啪啪聲穿在整間浴室裡，大到甚至依稀有些回音。

「啊啊……嗯嗯……」

這個抱著幹的姿勢，被俞忌言壓著屁股往他小腹上撞，真要了許姿半條命。

整個私處連帶著陰毛，都是水光淋漓，白液順著用陰莖的抽插一點點的流了出來，粉嫩的肉瓣上是淫靡的水液光澤。

俞忌言越做力氣越大，掌心都搓熱了她的股肉，她像是騰空般主動坐上他粗紅的大肉棒，幾乎是不講道理地貫入她的身體。

許姿將他抱得很緊，明明是被迫擁抱而已，可貼上他的身子時，她卻有了種別樣的親密感，與情欲無關。

「是要抱著我睡著了嗎？」感覺到她在享受擁抱，俞忌言笑著問。

許姿聞言，心像過了電，不受控地慌亂顫跳，害羞地抿緊唇，埋下頭不回答。

俞忌言溫柔地撫摸著她的背，「忍著點，做完就放妳去睡覺。」

一旦情緒不對勁，對每個字都敏感，許姿在他的脖肉上一咬，「我不睏！」語氣像學老虎凶人的小貓，把俞忌言逗笑了。隨後，他沒再客氣，上下抬動起她的屁股，直直地往自己的陰莖上撞。

這樣的姿勢很容易就頂到最深處，許姿意識飄忽地順著本能去吃那根粗粗的熱物，酸脹感很快就湧向全身，她十指交扣住，腳趾也蜷起。

俞忌言並沒有憐香惜玉，反而抱著人，在浴室裡邊走邊操。

許姿被剛剛的幾番操弄擠出了眼淚，睫毛不知被汗水還是眼淚打濕，她都不知道自己被帶去了哪裡，只知道身下被陰莖頂刺得小腹開始產生微微的疼痛。

對於精力旺盛的俞忌言來說，這還沒費他太多力氣，他還是柔聲問了一句：「還要嗎？還是讓我現在就射？」

「不。」許姿埋在他汗濕的肩上，搖頭道，「不、不要射，還想要……」

俞忌言抱著她，最後在落地窗前停下腳步。他喘了幾口粗氣，然後再次按壓這她的臀肉，反覆上下抬動，比剛剛動得更加厲害。

在快感和疼痛揉雜時，許姿的確佩服他的體力，居然抱著自己幹了這麼久。

不知是發自內心還是故意想調情，她嬌聲誇道：「好厲害……嗯嗯……」

任何一個男人在情事上，都抗拒不了被誇，這使他更加亢奮了。

幾十下凶狠的快速抽插，嫩肉像要被滾燙的陰莖絞爛，陰莖的尺寸太大，好幾次頂入時，肉瓣都被擠壓到外翻，已經處於高度敏感的小穴，吃力又愉悅地吞吐著它。

俞忌言扭頭，親了親許姿發熱的側臉、耳朵和薄肩，細密的汗珠都吞進了唇裡，「真緊，下次繼續站著操妳。」

咬字發狠，也頭次說了更汙穢的詞。

換做以前，許姿一定很厭惡，此時的她卻更面紅耳熱，還發出細柔的嬌嗔，「咬死你。」

會互動和調情的她，就是一隻活生生的妖精。俞忌言太喜歡，他稍微放緩了速度，命令她看著自己，壓下眉眼，是蘊著欲火的強勢。

「舔舔我的脖子。」

老狐狸的花樣出奇得多，俞忌言已經仰起了頭，脖頸白皙修長，在男人中屬於好看的。許姿伸出小舌，從鋒利的喉結，慢慢往上舔，舌尖勾住了他繃緊的下頜，黏膩的唾液不噁心，反而像是催情液。

沉淪裡，她又一次被他帶著做了極致羞恥的事。

而後，塞在穴裡那硬邦邦的陰莖再次頂動起來，整根沒入後又拔出，如此反覆拚命的劇烈抽插，兩人都漸漸到了高潮。

落地窗裡，一半琉璃的光影一半人影。

許姿被俞忌言抱著一頓猛操，雙腿、尾骨、背脊全是發麻的快感，逐漸意識消散。

她是舒服的，他也是。

「我、我好像要、要噴出來了……」她真的快暈過去了，底下也是失禁般的爽欲。

俞忌言轉過身，將許姿抵在玻璃上，衝刺般發力，臀肌繃得死緊。

而玻璃太涼，她後背的涼意和下身的火熱，是冰火兩重天的刺激摩擦，她覺得自己的小穴快被那根肉棒插爛。

最後幾十下的抽插後，他們同時到了高潮，腦中白光乍現。陰莖還塞在穴裡，但裡面的水液跟堵不住似地往外洩。

這種要噴卻噴不了的感覺，憋得她直捶他，「拔出來，快……」

隨著陰莖的拔出，幾股淫水噴了出來，弄濕了地板。

許姿也終於徹底舒服了，感覺到俞忌言想要結束，她哼哼唧唧地撒嬌：「我還要、還想要……」

激烈的情欲轉戰到了臥室。

許姿被俞忌言壓在身下，又欺負了十多分鐘，腿心一片濕滑黏膩，沾著些許白色的黏液。

她的頭塞在兩個枕頭的縫隙間，從沒睡過老狐狸的床，竟還挺舒服。

看著她趴得如此舒服，俞忌言不爽地往深一頂，「怎麼？我賣力，妳享受？」

剛剛那一深入花心的頂撞，疼得許姿頭皮發麻。

其實她知道這是句玩笑話，但心情被晚宴弄得亂七八糟，聽著就是不舒服，揪住枕頭，「你以前不是很喜歡強迫我做這種事嗎？怎麼現在多給你點福利，你還不樂意了呢？」

陰莖整根沒入穴中，粗紅的莖身早將穴肉完全撐開，殷紅的肉瓣又一次被抽插出的淫水打濕，甚至細密地流在了床單上。

俞忌言有律動的聳動腰胯，他低眼琢磨著身下反應異常的美人，捏住了她的下巴，眉頭一皺，「今天妳怎麼講話陰陽怪氣的，我哪得罪妳了？」

五指用力地朝枕頭一揪，許姿被那根極粗的肉棒抽插得出聲困難，「誰讓你招人煩。」

她意識到自己說錯了話。

不過，和以往不同，俞忌言卻鬆開了人，將性器拔了出來。

穴裡突然空了，許姿反手抓住他，「你幹嘛？」

他冷漠回應：「沒心情了。」

俞忌言坐在床沿邊，準備拔保險套。

許姿也坐了起來，好像從第一次被他欺壓的委屈全湧了上來，「你當時強迫我做那些事的時候，你也沒有考慮過我的感受啊，怎麼我說兩句不中聽的話，你就有脾氣了？」

屋內只開了一盞床頭燈，燈影穿過那張寬闊結實的背，一半明一半暗。俞忌言垂頭，手指怔住，沒回，只聽到他的呼吸聲有些沉。

「自私鬼！」或許是所有壞情緒的堆壓，讓許姿在意識並不清醒時，說了中傷對方的話，「隨便，反正我也沒心情了。」

她穿上拖鞋，就往浴室走。

忽然，那隻手臂往前一伸，用力將許姿扯了回來，俞忌言又將人壓回床上，以同樣的姿勢騎了上去，摁著她的腰窩，將還粗硬著的陰莖緩緩塞入了潮濕的穴裡。

剛縮起來的穴口，猛地被那尺寸駭人的肉棒撐開，許姿疼得蹙眉，情緒還好沒好轉，又被迫做起了這事，逼得她說了更狠的話。

「俞忌言，我們真的不合適。」

俞忌言目光微冷，「可我怎麼覺得，我們很合適呢？」

他們所指的合適，並不同。

俞忌言這人，吃軟不吃硬，一旦聽了不中聽的話，他只會更狠地折磨身下人。他的呼吸變得越來越快，對她的撞擊，也越來越凶狠。

許姿和他一樣，也是吃軟不吃硬，他一無理地強迫自己，她就滿是反感和委屈，眼裡擠出來的淚，不知是氣哭的還是被操哭的。

「你這樣的性格，就算換一段婚姻，還是會失敗，你根本不懂得尊重……」

突然，身下的肉棒隨即插得極深，狠狠地侵犯著小穴。許姿喉嚨裡那些嗆人的話瞬間被打散，只剩支離破碎的呻吟。

一雙灼目盯著趴在床上的許姿，只要她試圖張嘴罵人，俞忌言臀胯聳動的力度就會加大，不給她半點說難聽話的餘地。

猩紅的粗大肉棒從上至下的進出，嬌嫩的穴肉裹咬在莖身上，都快被操成了深紅色。

這會，許姿真的哭了，眼淚一顆顆地流，悶在枕頭裡，鼻音很重，「我一定要和你離婚，我一定要換一個溫柔的人。」

是氣不過的狠話。

「溫柔？」俞忌言放緩了速度，雙掌按著她的側腰，慢慢抽插起來，似乎在笑，「嗯，明年我也換一個溫柔可人的。」

忽然間，他捕捉到了一些小動作。

比如枕頭被她揪得發皺，再比如，她的背像是因為煩怒在起伏。

許姿悶著頭不出聲，呼吸急促，像被什麼刺了一下，胸口微微泛疼。

剛剛被快速猛烈的抽插過，哪裡受得了這種提不起勁的研磨。她知道俞忌言是故意的，但在欲望面前，她輸了，「你別磨了，快點。」

俞忌言得意地俯下身，摸了摸她細嫩發燙的臉頰，「像剛剛那樣騷一點，好不好？」

許姿憋著口氣，「不要。」

俞忌言也不生氣，只是親了親她的臉頰，酥麻的熱流噴灑在她頸窩間，「剛剛是開玩笑的，我只要妳。」

在這樣情欲籠罩的氛圍裡，許姿分不清這句情話，是否真誠，可她好像信了，剛剛還緊繃的心，逐漸像軟了一些。

隨後，她被俞忌言翻過身，剛剛沒看到她做愛時的表情，他有些不夠爽。此時，他抱住她兩條纖細的長腿，盯著她，那潮紅的面頰，水霧迷離的雙眼，都使他更像一隻發情的猛獸，凶狠頂入。

「嗯嗯……」那張櫻桃粉唇再張開時，終於不是刺人難聽的話，而是動情的淫叫，「舒服……好舒服……繼續這樣……」

俞忌言太喜歡欲求不滿的許姿，盯自己的眼神能勾人魂，見她小嘴微張，他將食指順勢伸了進去，感覺到她想掙扎，他命令道：「別吐，含著。」

穴肉早就被肉棒操得淫靡軟爛，隨便抽插兩下，就汁水橫流，底下的快感一加劇，她身體沒有意識去抗拒，便吮吸起那根手指。

俞忌言壞透了，還將手指往裡伸，教她，「用舌頭舔一舔。」

底下的抽插太凶猛，許姿在渙散的意識下，只能將口張大了些，用那濕軟的舌頭舔舐著他的食指，忽然，他往喉嚨一頂，她的小嘴一合，包含住了手指，感受著奇異的快感。

漂亮的五官扭曲起來，像極了在含一根假陰莖。

為了不讓她太難受，俞忌言抽出了手指，口液成絲地全拉了出來，她困難地吞咽著口裡的唾沫。

許姿知道自己剛剛有多情色，羞恥地想埋起臉，卻被俞忌言一掌擰到自己眼底，「寶貝，妳太迷人了，下次舔舔真的，好不好？」

她拍開他的手，別開了眼，臉又更紅了。

俞忌言每多看她一眼，禽獸不如的想法就膨脹開來。

他喜歡她，十年前就喜歡她了。

那個炎熱的夏日午後，他看著穿著粉色泳衣，在湖水裡游泳的她，他第一次對她產生了齷齪的想法。想要她，要她的身體，還要她的心。

當像作夢般得到的人，此時被自己壓在身下，俞忌言只想狠狠操幹她，想聽她叫得更騷，想讓她高潮迭起。

抽插的水聲在屋裡一直蔓延，許久未消停。

許姿感覺老狐狸又換了兩個姿勢，她被抵在床頭，自己抱著雙腿，高高抬起，大幅度地打開。

她看著俞忌言對著自己的窄穴，蠻橫凶猛地頂插著，火熱的身軀上全是汗珠，卻又不知疲憊。

但她真的到了極限，全身都疲軟到不行，「我、我不行了……」呻吟越來越淫浪，嗓音又細又柔，「啊啊啊、啊……」

她的任何一個行為，對俞忌言都有催情的作用，他皺著眉，繃著下頜，繼續聳動，「好想做一整夜。」

「不要！」許姿帶著哭腔搖頭，「我會累死的……」

這副嬌滴滴的樣子，真能讓俞忌言為發狂一夜，他掐住了她的下巴，向上一抬，「這麼會叫，是真的想結束，還是想讓我再繼續操？」

只是，沒給許姿回答的機會，俞忌言將人翻過身，雙臂撐在床頭的牆壁上，一頓猛操，頂得她支撐不住，差點趴在床上，他及時按住她的雙肩，固定住了人。

許姿真的快不行了，全身是到達沸點的發燙，還有幾乎滅頂的快感，雙腿、小腹都快要痙攣，表情痛苦的亂扭。

「啊啊、啊、我……好多水……要出來了……」在臨近高潮的邊界線裡，許姿顧不上自己有多羞恥，「你快射……好不好……」

俞忌言也被她咬得頭皮發麻，手指揉上她的陰蒂，想讓她更欲仙欲死。

她劇烈的快感衝到腦顱，細嗓叫得更高了，「啊啊啊、不要、不要弄這裡……」

最後，他邊摁著陰蒂，邊幾十幾百下的抽插後，兩人又一次達到了高潮。

許姿感覺自己快要昏厥過去，沒力抬腿。

最後，還是俞忌言扶著她將底下的水都流盡後，才將人平放在床上乾淨的區域。

俞忌言沒下床，而是側躺在許姿身邊，他撥了撥她被黏住的髮絲，「紀爺的女兒以前的確喜歡我，但是我不喜歡她，我們之間清清白白。看來妳應該是看到她摸了我手臂吧？」

室內是驟然恢復安靜。

許姿撇開頭，並不想承認自己偷看過他們。

俞忌言卻覺得她逃避的樣子很可愛，繼續哄人，「但她畢竟是紀爺的女兒，我不太敢貿然得罪……」

「哼，那就讓人隨便摸？」一急，許姿竟把憋在心裡的不痛快說了出來。

俞忌言笑了笑，輕柔地撫著她的額頭道：「所以，我需要妳。下次，妳就一直挽著我，她就不敢靠近了。」

許姿愣住，彆扭地咬著唇，「誰要挽著你啊。」

盯著那張潮韻未退的臉蛋，俞忌言的笑容是難得一見的溫柔，「我老婆。」

隔日，許姿側身縮在被窩裡，疲憊地睜開眼。

房間裡的空調溫度適宜，窗簾拉得嚴實，再加上老狐狸的床墊實在舒服，這一覺她睡得特別好。

只是一下床，雙腿就發痠發軟。

想到昨晚俞忌言把自己抱進浴室的時候，問她還做不做。她嚇瘋了，覺得他真是個做不夠的老變態。

一時之間，不知道在整誰。

搬家的時候，許姿在自己臥室裡留了幾件衣服，不過她得先穿件衣服出去，只能從衣櫃裡拿了一件俞忌言的襯衫。白襯衫剛好蓋過她的大腿，筆直纖細的玉腿，輕盈地朝外走去。

她聽到廚房裡有動靜，邊扣釦子邊往那邊走，「俞忌言，都十一點了，你怎麼沒叫我？」

屋裡安靜了幾秒鐘。

「姿姿，妳才剛醒啊？」

俞忌言是在廚房裡，但叫許姿的不是他，是坐在客廳沙發上許母謝如頤，旁邊還有笑咪咪的許父。

穿成這樣在父母面前晃蕩，太荒唐了，許姿慌張地往臥室跑，緊張到手心冒虛汗。

過了片刻，俞忌言推門進來，拿給許姿一套居家服。

她邊換邊責怪道：「你怎麼沒跟我說我爸媽來了？」

換得太著急，她套頭衫的時候，幾根髮絲卡在了領口裡，俞忌言動作溫柔地替她整理好頭髮，「妳睡得太沉了，叫不醒。」

的確是一場深眠，連夢都沒作。許姿扯了扯衣角後，跟他走了出去。

客廳裡的音響裡，放著舒緩的交響樂。

許知棠拍了拍腿邊的空位，「過來陪爸爸坐坐，一個月沒見到妳了。」

許家反了過來，男主內，女主外。

生意都是強勢的謝如頤在打理，許知棠性子溫和很多，到了歲數依舊儀表堂堂，看得出年輕時該有多俊俏。

而許姿恰好完美繼承了父母的優點。

見俞忌言回了廚房，謝如頤哼氣，「現在這樣不是很好嗎？也不知道妳在和我較什麼勁。」

許姿低下頭，沒吭氣。

不想破壞週六的愉悅，許知棠瞪了謝如頤一眼，「天氣好，不說糟心事。」他攬上女兒，開心地往廚房走，「爸爸昨天和妳周伯伯去釣魚，釣了幾條肥的。」

廚房的大理石檯面上，擺滿了還未處理的食材，俞忌言正在切薑蒜，備著一些輔料。地上放了一個白色的水桶，幾條魚在水裡翻騰，濺出了些水花，肥嫩得看著就可口。

許知棠笑著，「妳不是最喜歡吃魚了嗎？今天我特意拿過來，讓忌言做給妳吃。」

也不知怎麼會突然這麼敏感，明明爸爸說吃魚，許姿卻聯想到很邪惡的諧音——「吃俞」。

她連忙否認：「我哪有那麼愛吃魚啊！」

她抬眼間，正好能看到俞忌言的側臉，發現他挑了挑眉，嘴角揚一抹笑。

「妳不記得啦？妳小時候很挑食的。」許知棠說，「羊肉不吃、牛肉不吃，就要吃魚肉。」

一旦陷入某種邪惡思想裡，許姿就無法再直視這個字，不想再繼續這個話題，她把許知棠往沙發邊推，「行行行，等一下我一個人吃一整條。」

許知棠站在沙發邊，看著謝如頤，想了想說，「說到魚，我倒想起一件事了。」

謝如頤刷著手機，沒回頭：「什麼事？」

許知棠在回想：「好像是姿姿國中的時候吧，有次我們帶她出去玩，飯店剛好沒魚了，她很不開心。我記得，當時我說了一嘴，我們姿姿這麼愛吃魚，以後會不會嫁給相關姓氏的。」

想起趣事，他樂呵了起來。

謝如頤也想起來了，「好像真有這麼一回事。」
俞忌言沒什麼反應，將洗淨的排骨下了鍋。
許姿羞窘得慌了神，嚷道：「爸，你怎麼不說，我會嫁給一個賣魚的呢！」
客廳裡傳來許父的笑聲。
而後，兩位長輩聊起了別的事。
廚房裡是湯水沸騰的咕嚕聲，俞忌言像一個局外人，平靜地調著醬汁，「有空嗎？」
許姿扭過頭：「嗯？」
「過來幫我嘗嘗這個醬料。」
「好。」
瓦斯爐邊，俞忌言拿筷子沾了一點醬汁，送到了許姿的嘴前。
她在伸舌舔舐的時候，見他正目不轉睛地盯著自己，目光透露著些壞意，她立刻推開筷子，「你腦子裡能不能裝點乾淨的東西？」
俞忌言聽笑了，轉過身，邊沖洗筷子邊說：「彼此彼此，妳剛剛不是也胡思亂想了嗎？」
許姿心驚，懶得理人。
誰也沒再提這事。
俞忌言從水桶裡撈起一條魚，開始處理起來，活魚在案板上一直撲騰。許姿害怕地站在一旁，打量眼前的男人，「你真是讓人難以捉摸。」

「怎麼說？」他嫻熟地刮著鱗片。

許姿慵懶地靠著流理臺檯道：「你在香港開頂級豪車，住頂級豪宅，在成州竟然會一大早去菜市場買菜。」

俞忌言在水池裡沖洗魚，髒髒的鱗片沾滿了池子，「豪車豪宅是我在香港談生意需要的面子而已。」

許姿贊同地點點頭。

「之前為了公司上市，我沒什麼時間休息，」俞忌言拿了幾片薑給魚去著腥，「我這人其實很簡單，有空的時候，就喜歡做做飯，看看書，看看話劇，做……」

他忽然側目，故意把那個字壓住。

許姿知道他想說什麼，指著他，警告他不要說下流話。

將於魚放在碗裡醃一會兒，手中無活的俞忌言擦乾淨手，一把將許姿拽去了櫥櫃邊。

這塊剛好被半弧形的牆壁擋住了客廳的視線。

「幹嘛？」他一這樣，許姿就緊張。

兩人窩在櫥櫃邊狹窄的角落裡。

許姿被俞忌言圈在身下，整個人被罩得嚴實，剛剛眼前還通透的光亮，此時被遮住了一大半。本以為他又要做點什麼汙穢的事，但並不是。

「我和紀爺的女兒很清白，我沒有騙妳。」

像是一個和妻子立證清白的好丈夫，真誠裡還有那麼點委屈。

這事其實在許姿心裡已經算翻篇了，但他突然又解釋了一次，反而弄得她不知所措。

她別開了眼，隨便應付一句：「嗯，知道了。」

但此時垂在一側的手卻被俞忌言牽了起來，拇指摩挲著她細嫩的手背，放柔的眼神，比炙熱時更深邃，「可是妳沒說相信我。」

許姿越過他的肩膀，一直往客廳那頭探，真怕自己的父母走過來。

「我信，我信。」她漫不經心地點頭。

但俞忌言覺得敷衍，身子往前一壓，「還生氣嗎？」

兩人貼得太近，細密的熱流縈繞在兩人胸前。許姿臉頰開始發熱，不想觸碰他灼熱的目光，推了他一下，「讓開，身上一股魚味，很腥。」

「魚味？」俞忌言伸手，抱住她的後腦，灼灼的看著那雙漂亮的杏眼，「妳不是最喜歡了嗎？」

「下流！」許姿知道他言下之意。

俞忌言靜靜凝視了她一會，然後手撐住她的背，往懷裡一擁，「以後我哪裡讓妳不開心，直接和我說。我這個人，做生意可能有點手段，但在感情裡，沒做過任何虧心事。」

想起那些幼稚的伎倆，他冷笑道：「免得妳一肚子氣，最後就想出在床上折磨我的招數。」他垂下頭，俯視著眼底泛紅的臉頰，寵溺般地彈了彈她的額頭，「自不量力。」

彈額頭的行為，讓許姿的心一緊，身子忽然僵硬，耳朵紅到發燙。

時間像靜滯了半晌。

「嗚、嗚……」

牆角突然發出女人低低的嗚咽聲。

俞忌言撐開雙掌，用力箍住許姿的後腦，吻得越來越深，唇齒的相碰與廝磨，令兩人的呼吸越來越急促。

細細的吮舔聲交錯在小角落裡，勾起了一絲情色感。

「姿姿啊，咪咪的罐頭放在哪裡啊？」

是許父的聲音，他在客廳裡找貓咪罐頭，好像還朝這邊走了過來。

像是當著家長早戀偷情的恐慌，許姿瘋狂地捶著俞忌言的背，他鬆開了，卻沒挪步。

「我爸過來了。」她緊張到快窒息。

俞忌言用手指抵著她下巴，抬起來了些，「還生我的氣嗎？」

爸爸的腳步聲越來越近。

許姿慌亂地搖頭。

俞忌言笑了笑，在她額頭上烙下一個吻，然後牽著她，走回了瓦斯爐邊。

第十章

一週內的某日，許姿和靳佳雲在郊區的別墅談了一件案子。

女客戶要與自己結婚十年的丈夫打離婚官司，兩人出現婚姻危機的原因很簡單——丈夫與闊別多年的白月光再次糾纏上。

坐太久，靳佳雲揉了揉腰，唾棄男主人，「這是我接手的第五件因為白月光放棄原配的離婚案件了。事實證明，男人真的很賤，十年的夫妻情都敵不過一年的高中白月光。」

從別墅走出來，許姿就一直心不在焉。

靳佳雲猜到許姿在想什麼，用手肘推了推她，「這個張老闆的白月光是一直沒結婚，俞忌言不是說他的白月光已經結婚了嗎，妳別瞎想了。」

許姿盯著被陽光燒灼的地面，心間像是沉了口氣，抬起頭後，無所謂地笑著道：「我只是在想張太太的案子而已，俞忌言的白月光，我不在意。」

靳佳雲自然不信，但也沒挑明，跟了過去。

許姿拉開車門時，偷瞄到靳佳雲的脖間有淺淺的齒痕，「阿 ben 說，妳上禮拜沒怎麼回家，怎麼，又有新的小狼狗了？」

她想試試好姐妹會不會說真話。

靳佳雲愣了幾秒，笑道：「和那個體校小狼狗掰了一段時間了，我也該被滋潤滋潤了嘛。」

「佳佳。」許姿還是想勸勸她，「妳真的沒想過穩定下來，找個合適的人結婚嗎？」

「沒有。」靳佳雲雖在笑，但眼裡有些黯，「你又不是不知道，我只戀愛不結婚。」

許姿的初衷還是希望好姐妹能有歸屬，「胡文矜已經……」

靳佳雲不悅地打住，「別提了。」

許姿知道自己說多了，「抱歉，我不會再提這些了。」不過，她有其他好奇的事，手肘撐在車門上，笑道，「以往妳都會給我發新狼狗的照片，這次怎麼這麼神祕？影子都沒見著。」

靳佳雲一怔，伸著長腿，邊往車裡坐邊說：「因為長得很一般，有點拿不出手。」

許姿一愣，好吧，這理由好像滿合理的……

回到恒盈是下午四點多，盛夏天熱得人心煩躁。

從停車場上來這一路，許姿的襯衫裡已經沾滿細汗，有點悶到黏膚。和靳佳雲分開後，她回到了自己的辦公室。

「小荷？」推開門，許姿驚訝地看著坐在沙發椅上，穿著白色長裙的漂亮女人。

俞婉荷笑咪咪地揮手，「我剛來找我哥，想著反正下午沒事，費駿說妳四點多會回來，我就在這等妳了。」

許姿點點頭，將外套掛上衣架，「冰箱裡什麼都有，妳可以拿來喝。」

「不用了，我有。」俞婉荷下巴磕在瓶蓋上，眨著眼，「我哥還沒哄好妳嗎？」

許姿站在窗邊，背對著人，沒出聲。

看來大人的事，小孩不要插嘴比較好呢……俞婉荷轉過椅子，沒再問了。

反而是許姿想到了什麼，有些小心翼翼地問：「小荷，妳哥以前是不是有喜歡的人？」

這問題簡直把俞婉荷往地獄推，她可不敢胡說一個字，不然一定被樓上的大老闆停卡。

許姿朝前走，「妳不要緊張，我就是隨便問問，我不會告訴妳哥的。」

全世界都知道，女人的隨便問問可從來不隨便。

俞婉荷被逼到進退兩難的境地，她想了想，才說：「是有，但那都是很早以前的事了。」

「嗯。」許姿幫自己倒了杯溫水。

怕大嫂想太多，俞婉荷抱著飲料，慌張解釋道：「其實，那個年紀的男生都會有思春期啦，而且還是我哥的一廂情願。再說了，他當時那樣，哪個女生看得上他。」

想起那張舊照片，許姿差點笑出來。

「對了，我來是想請妳幫我一個忙。」俞婉荷差點忘了正事，她放下飲料，招招手，「妳幫我挑挑，哪對好看。」

許姿握著咖啡杯走過去，將遮住視線的髮絲挽到耳後，螢幕裡是某大牌的鑽石耳環，一對就要近十萬。她不得不承認，俞忌言真的很寵這個妹妹。

「我好糾結啊……」俞婉荷撇著嘴。

其實兩對耳環很相似，只是尺寸有些細微區別。

許姿指著那對更秀氣的，「這個吧，我個人比較喜歡小巧一點的。」

俞婉荷抬頭朝她盈著笑，「妳跟我哥真配，他也說這對好看。」

許姿面色一僵，瞬間明白了，這小妮子就是樓上派來的間諜。

翻完最後一份資料，許姿發現窗外夜幕低垂，她揉了揉痠脹的眼睛，盯著桌上江淮平案子的資料，心情低落。

再一個禮拜，她就要和韋思任對簿公堂了。

十六歲那年，她幻想的是，他們有朝一日能有著共同的理想與追求，恩愛地出入法院，但造化弄人，他們竟要在法庭爭鋒相對。

手機響了一聲。

看到螢幕上彈起的名字，還是那個人，許姿眼底像蒙了層灰霧，始終沒回覆，關上手機螢幕，拎起包包往外走。

或許是因為一直在想事，許姿剛拉開門，差點撞上一副高大的身軀，她嚇得叫了一聲。

「你不出聲，站在這幹嘛？」

俞忌言望著她這副魂不守舍的樣子，「我剛準備敲門。倒是妳，怎麼走路不看路？」

許姿背上包，疲憊地往外走，「白天去客戶家裡，下午回來一直看資料，累到頭好痛。」

不知什麼時候開始，她竟不自覺地會向老狐狸抱怨起工作了。

俞忌言走到她身旁，兩手伸到她的額頭邊，輕輕地揉著，「有舒服一點嗎？」

心臟像是被鉗住，許姿的視線一時不知該往哪擱，但餘光裡看到幾個未走的員工，正在往這邊打量，她連忙推開了俞忌言的手。

「好了好了。」

俞忌言帶著她往電梯走，「我帶妳去吃晚飯。」

許姿一哼，「俞老闆很自信啊，萬一我約了人怎麼辦？」

「誰？」他的目光帶些不屑，「那個阿 ben ？」

她一頓，還在強撐，「嗯。」

俞忌言側頭笑了笑，「他不喜歡女人。」

許姿啞了口，他怎麼知道的？

他們到了一家隱匿在市區裡的日本料理店，這裡消費不低，人均過千，還不是全日營業，需要提前一週訂位。

俞忌言像是這裡的熟客，剛落座，店長便特意來找他，兩人還用日語聊了一會兒。

空隙間，菜品已陸續上齊。

觀看了眼前的一幕，許姿刻意誇道：「哇，俞老闆好厲害啊。」

俞忌言朝碗裡倒入醬汁，眉目微微一動，「嗯，哪都厲害。」

許姿真是服了這隻老狐狸，總是能用最平靜的語氣說最下流的話……她拿起筷子，準備夾一片鮭魚。

「嘗嘗這個。」俞忌言將一盤壽司推到她手邊，「日本料理和川菜的結合，妳會喜歡的。」

這麼神奇？許姿夾起一隻送入嘴裡，細嚼慢嚥。

她無法用言語形容這種口感，兩種完全不同的料理風格融合在一起，結果卻是令人驚豔的美味。

隨後，俞忌言又將一個絲絨盒子推了過去。

許姿放下筷子，皺起眉問：「這是什麼？」她一驚，「俞忌言，你不會是要求婚吧？」

「打開。」俞忌言目光淡靜。

許姿打開盒子，裡面是一對圓形的鑽石耳環，秀氣精緻。

她越看越眼熟，對應上下午的事，一切明了，「你妹妹是多怕被你停卡，還特別跑來問我喜歡哪款。」

俞忌言坐姿端正，笑笑，「不好意思，托她幫了點忙。」

一對近十萬的鑽石耳環，有哪個女人會拒絕，尤其這個款式，許姿的確一眼鍾情。

她扣上盒子，「謝謝了，俞老闆。」

俞忌言往碟裡夾了一片鮭魚，「都不問我為什麼送妳禮物？」

「為什麼要問？」許姿托著下巴，「俞老闆這麼喜歡我，巴不得把天上的星星都摘給我吧。」

俞忌言一怔，沒回應。

許姿就喜歡占上風，她微微瞇起眼，「俞老闆，你對我的喜歡，太明顯了。」

俞忌言繼續沉默，算是默認。

將手收回，許姿調整好坐姿，眉眼裡盡是得意，「俞老闆，你說，你是不是那次在會所就看上我了？」

俞忌言慢慢抬起眼，看著那張嬌媚的笑臉，還是沒吭聲。

一個小時後。

俞忌言和許姿走出了日本料理店，並肩走在巷子裡。夜晚的小巷，靜謐無聲，年久失修的路燈被飛蟲縈繞，昏柔的光線打落在地面。

快要走出巷口時，俞忌言淡聲說：「送妳耳環，是想鼓勵妳，下下禮拜的官司，好好打。」

許姿一愣，側過頭看著他，本來想說些什麼，腦袋卻頓時一片空白。

兩人就這麼沉默了半晌。

俞忌言先開了口。

他雙手背在身後，慢慢地往前走，「小荷都和我說了，妳問起了我年少時喜歡過的人。」他腳步定住，轉過頭，「等妳打完這場官司，我會把我的過去都告訴妳。」

一雙熱目俯視著自己，許姿不自在地別開臉。

「什麼過去這麼隆重，還要等我打完官司。」她挽著髮絲輕笑，試圖掩飾自己的緊張。

她的手還沒有垂落，就被俞忌言握住，連帶人轉向了自己的視線底下，她被迫對上了他的目光。

潮濕的空氣裡像忽然擦過點火星，曖昧逐漸升溫。

俞忌言漆黑的雙眸直視著身前的人，「因為不想讓妳在接下來的日子裡分心，好好準備這一仗。聽聞這位韋律師，為了保住常勝將軍的名號，經常會耍些手段，而我不覺得他會對妳手下留情，所以絕不能掉以輕心。」

兩隻手臂被他抓住，掌心裡的溫熱卻像電流穿過許姿的身體裡，心跳像暫停了一拍。

俞忌言的話還沒說完，便替她撥開了被夜風吹亂的髮絲，並溫柔地挽到耳後，雙手上移，按住她的肩，「許律師，好好打，一定要贏。要讓他知道，被他無視過的女孩，是比鑽石更無價的寶藏。」

沉默裡，空氣都靜了。

許姿的喉嚨忽然有些乾癢，她似乎不太擅長面對這種四目相對的悸動。

但她想躲避時，俞忌言又摸了摸她的頭，動作和聲線都相當溫柔，「我會支持妳。」

臉埋得很深很深，許姿不敢望向他。

怕她會尷尬，於是俞忌言鬆開了手，「走吧，送妳回去。」

望著眼前高挺的背影，不知哪來的衝動，許姿叫住了他，「俞忌言。」

「嗯？」俞忌言側過身。

已經離巷口不遠，能聽到外面車流的雜音，但這一角，兩人站在茂密的樹影下，還留有了夏夜小巷的浪漫。

突然，俞忌言的心跳恍若停止了顫跳，背在身後的手，是錯愕的僵住。

剛剛那短暫的半分鐘裡，許姿扶著他的手臂，踮起腳尖，一張溫熱的粉唇輕碰他的側臉，耳畔的聲音有些嬌羞：「俞忌言，你現在有七分了。」

開庭前一天。

許姿見所剩事情不多，便打算提前下班去做瑜伽，放鬆一下緊繃的大腦。

其實，如果扣除韋思任，這只是一場很普通的糾紛案，她勝券在握。但經俞忌言的提醒，她還是多留了些心眼，也接受了他的幫助，和他遠在香港的姨媽通了電話。

而在那一通半小時的電話裡，她卻像重新認識了一個人。

差不多四點左右，許姿和阿 ben 簡單交代了幾句，拎起包就往電梯口走，只是一直低頭打字，差點迎面撞上一個男人。

她抬起頭，有些許驚訝。

「你怎麼來了？」

外面似乎很熱，韋思任身上的白襯衫沾了些汗。

他笑得無奈，「打電話給妳，妳都不接，我就只能親自來一趟。」

許姿並沒感到欣喜，「有事嗎？」

「想在開庭前，請妳吃頓飯。」

怔了幾秒，許姿臉色冷了下來，「你應該很清楚，我們目前是站在對立面的關係，在官司結束前，我們應該有所避諱，尤其——」她頓了頓，說道，「我們還是舊相識。」

「舊相識」這三個字，充滿著生疏感。

許姿見他沒再說話，便繞過他，走到了電梯邊，手指卻在按鈕上遲疑了一會，最後按了往上的按鈕。

這時的韋思任已經回過身，見她沒打算下樓，反而是上樓，自然知道她要去哪了。

電梯門緩緩閉上。

原本，許姿只想在亞匯電梯口待五分鐘左右，避開韋思任，再去停車場取車。

不料，剛好遇到一場會議結束。

幾個員工抱著電腦從會議室裡出來，懶洋洋地討論著會議上的工作安排。忽然，他們的目光掃過電梯口時，看到那個眼熟的高挑美人，激動的你推我，我推你，交頭接耳。

一時間，許姿被盯到有些不好意思，心想也差不多了，連忙按了往下的按鈕。

「許姿。」

很不巧，她被剛從會議室裡出來的俞忌言看到了。

誰也不敢在老闆眼皮下看熱鬧，轟一下，全部鳥獸散。

俞忌言穿著一套精緻的深灰色西裝，衣冠楚楚。他支開了聞爾，走到了電梯口，「妳來找我？」

「沒。」許姿搖搖手，「借用一下而已。」

「借用？」俞忌言皺起眉。

許姿覺得也沒必要藏著掖著，「就……韋思任這段時間一直打給我，我一直沒接，沒想到他竟然直接跑來公司找我。我怕他繼續糾纏，只好先上來避避風頭。」

說到最後幾個字時，聲音都虛了。

俞忌言盯著人，哼笑道：「我是說過，讓妳必要時用用我，但不是讓妳這麼用。」

許姿尷尬地笑了笑，餘光看到電梯上來，便道：「我先走了，你去忙吧。」

電梯門全部打開，一雙細長的腿才往裡邁入了一步，就被身邊的男人強迫性地拉了回去。

「我約了瑜伽。」許姿在掙脫，但顯然無用。

俞忌言的手朝她掌心一滑，與她親密地十指緊扣，帶著她緩步走回辦公室，「妳用了我，我也得用用妳。」

此時，座位上的員工們都在偷瞄這邊。

弄得許姿一陣面紅耳熱，「你、你別亂來。」

老狐狸的手指扣得實在用力，她根本抽不出來。

俞忌言側頭，微微低眉，「今天事多，沒時間玩，下次。」

「那要我留下來幹什麼？」許姿費解。

將目光平靜地挪回，俞忌言淡聲說：「陪我。」

後來，俞忌言的確什麼都沒做，他將音響的音量調到適中，繼續處理工作。而許姿則坐在沙發上閉目小憩，再醒來時，窗外已是夜幕。

照舊，他們一起共進了晚餐。

晚餐後，俞忌言將許姿送到清嘉苑樓下時，給了她一本書，是英文詩集，說有助睡眠。

她不信一本詩集，還能有舒緩睡眠的效果，但這一夜，她的確做了場美夢。

隔日，開庭時間定在下午六點。

本來靳佳雲打算陪許姿一起來，但朱賢宇的案子臨時出現問題，她飛去了香港。

許姿和自己的律師助理一起出庭。

通常出庭時，她都會將頭髮綁起來，配上一身律師袍，比起平日裡的明豔俏麗，幹練成熟了許多。一頭俐落的馬尾，將耳朵露了出來，那對秀氣的鑽石耳環，散發著低調的貴氣。

對面，韋思任也剛好落座，在埋頭整理資料。過了會，他越過書記員的位置，恰好與許姿對視上。

他本想對著她笑，但沒有機會，因為她立刻垂下了目光。

正式開庭後，開始了法庭辯論。

半小時後，中途休庭了十分鐘。

幾番辯論下來，許姿口乾舌燥，她一邊喝著水一邊望向了對面的韋思任。總覺得他在放水，這根本不是他平常的水準。

即使是休庭，庭內也不能有太大動靜。

許姿眉頭越皺越深，她捕捉到了一些徐友華和韋思任的小細節，韋思任好像在道歉，手掌還捂著胃。

還在琢磨時，又再次開庭。

果不其然，韋思任到後期的狀態越來越差，許姿幾乎不費吹灰之力的輾壓他，可這樣的贏法，令她起了疑心。

最後，審判長希望雙方達成和解。

江淮平和徐友華需要時間考慮。

庭審結束後，徐友華怒氣沖沖地離開，將韋思任帶去了樓梯間。

恰巧從洗手間出來的許姿，偷聽到了幾句。

徐友華在斥責韋思任，身體不舒服就不要強撐，早點說，他可以換律師。

聽後，許姿的猜疑更深了。

律師助理在大廳等了一會，許姿走到她身前，仔細交代了一番，隨後，讓她回一趟公司。

臨近八點，窗外沒了一絲光亮，悄寂無聲，白織燈照在磁磚地上，讓肅穆的法院顯得冰冷。

許姿脫了律師袍，挽在手臂上，無精打采地往門外走。她還在想韋思任故意放水的事，因為從何敏蓮那得知過他一些保贏的「手段」，她開始懷疑，他所謂的身體不適，是一種策略。

好疲憊，確切來說是心力交瘁。

剛走到門邊，許姿卻看到眼底出現了熟悉的身影，西裝褲裡是一雙修長筆直的腿，她抬起眼，一陣錯愕。

「你怎麼來了？」

俞忌言挺著背脊，站在木門邊，注視著她，慢悠悠地道：「來接妳。」

邁巴赫均速行駛著。

一路上，許姿都縮在一角，默不作聲，這場仗打得她心情很差。直到，她看到外面是自己的高中時，眼睛都瞪圓了。

「你怎麼會帶我來這裡？」

俞忌言探探頭，將車平穩地停在了校門外的一角，邊解安全帶邊說：「下車再說。」

兩人同步下了車。

但目的地並不是高中，而是附近的老社區。

許姿稍微放慢了腳步，看著俞忌言的側影想，好像這段時間以來，他總是會在自己心情最低落的時候出現，有那麼一點……在黑暗裡伸出援手的意味。

以前，她一定會厭惡這雙手。

可現在，她好像願意牽住了。

「你怎麼會知道這個地方？」

當走進這個帶著自己年少記憶的舊社區時，許姿很驚訝。

這裡是她另一個「祕密基地」，高中那幾年，只要心情糟糕，她就會一個人躲來這裡。

如果說口味、品味可以巧合成一致，為什麼俞忌言連自己的專屬回憶，都了解得一清二楚。

彷彿，他認識了自己很多年。

俞忌言什麼也沒說，而是走到了鞦韆旁，指著座椅問：「要不要盪？」

像被拖走了魂魄，許姿無意識地坐了上去。

他輕輕推了推，鞦韆微微盪了起來。

寂靜的黑夜，星星時暗時亮，幾縷穿過樹縫的涼風，稍稍吹走了夜晚的炎熱。

俞忌言放開了手，讓鞦韆慣性蕩著。

沉默的寧靜，被許姿的嘆氣劃破，心事重重，「你說，人怎麼會變呢……」

潮濕的空氣似乎勾起了她的回憶。

她想起了十六歲時的韋思任，那個穿著白襯衫校服的翩翩少年。那時，他眼眸裡的光很亮，而不是像現在這般，陰晦難琢磨。

雙手背在身後，仰著頭看天，俞忌言沉了一聲，「妳聽過嗎？人是不會變的，只是會活得越來越像自己。」

許姿一驚，仰起的頭，挪到了有他的方位，聽著他繼續說：「今天的庭審過程和結果，我大致聽說了。當妳開始懷疑一個人時，結果百分之八十，與妳想的一致。」

許姿緊緊握著鞦韆的鍊條，眼底那層灰霧又覆了上來，很難撥開。

這時，她只聽到俞忌言說了一句，在這裡坐著，他去買點東西。

不知是不是過於沉浸在心事裡，許姿感受不到周身動靜，以致於俞忌言又出現在身前時，她都沒反應過來。

隨著出現眼底的，還有一根粉色的吹泡泡管，上面還有卡通貼紙。

她取過，可就連笑容，都顯得很沒精神，「你怎麼會跑去買這種東西？」

俞忌言沒回答，只是擰開了自己手上的那根泡泡管，沾了沾裡面的溶液，對著小孔，吹了吹氣，五彩的泡泡，頓時飄落在空氣裡。

許姿凝視著他，這還是她第一次看到老狐狸男孩子氣的一面。他穿著西裝，玩著兒童玩具的樣子，讓她笑出了聲，雙眸裡的灰霧淡了許多。

俞忌言不怕被她笑，抬了抬下顎，「一起。」

低下頭，許姿將細細的棍棒轉出，沾了沾溶液後，朝泡泡棒輕輕一吹，幾小串泡泡，就飛了起來，四處飄散，也消失得很快。

想要泡泡一起圍在自己身邊，她不停地沾著泡泡水，一次次吹著。那些壓抑的情緒，似乎因為這些彩色的小泡泡，煙消雲散，心情輕盈起來。

泡泡飛在空中，又輕輕地落向腳邊的草地，閃著最後一道亮晶晶的光，然後一閃而破。

看著終於笑出來的許姿，俞忌言也不覺笑了，目光無法從她的臉上挪開，他輕聲說：「我以前喜歡的那個女生，她不開心的時候，就喜歡跑來這裡，坐在鞦韆上，邊盪邊吹泡泡。」

許姿的笑容驟然消失，泡泡棒差點從手中滑落，眉頭鎖得很緊，心底在顫，「你到底是從什麼時候開始認識我的？」

沒有逃避，俞忌言依舊緊緊地望著她，鋒利的喉結向下滾動，目光深邃而灼熱，「那年，妳高二。」

他似乎，終於將那厚重的包袱卸下了一半。

夜靜得像一潭死水。

一隻從草叢間跑來的野貓，讓許姿倏忽間回過神，但手一抖，管中的溶液不小心潑到了腿上，順著大腿流了下去。

她陡然一慌。

俞忌言將許姿從鞦韆上扶起，摟著她的肩，一同往社區外走走，「回車上再幫妳擦。」

他不奢望她在聽到這件事後，能有多欣喜。畢竟，那沉甸甸的十年，都是他一個人的獨角戲，如此突兀地說出來，任誰都無法接受。

不平整的水泥路上，燈影微弱。

兩人都沉默著。

不知是為了緩解尷尬的氣氛，還是不信，許姿哼了哼，「俞老闆，看來你為了最後那三分，還做了不少功課嘛。你是先問過靳佳雲的吧？帶我舊地重遊，逗我開心，騙我是你的白月光……」

「我沒騙妳。」對待這件事，俞忌言異常嚴肅。

許姿嚇到了，自己只是開個玩笑，沒想到他如此認真回答。

俞忌言沉了沉氣，「週末我帶妳去茶園，會把一切都告訴妳。」

「好。」

回到車上，俞忌言打開車燈，白光打在一雙白皙的腿上，上面的液體都快凝固了，他彎著腰，埋下頭，輕柔地替許姿擦拭掉泡泡水。

成州沒什麼晝夜溫差，夜裡也熱。

許姿看著他布滿細汗的後脖，她試著伸進去一根手指，沾了一滴，「不懂你們男人，為什麼夏天也要穿西裝，不熱嗎？」

纖細的手指沿著後脖到頭皮的位置，輕輕滑動，她好玩般的行為，卻讓俞忌言呼吸一緊。他將紙巾握在手裡，準備抬頭時，臉卻被她捧住。

俞忌言一怔。

他自認為自己是一個冷靜自持的人，但每一次面對她的主動，心底都會轟鳴亂震，湧上邪念。

即使，她只是做了一個很普通的動作。

對望的眼神裡，分不清誰更灼熱。

俞忌言故意沒說話，像一匹有耐心的狼。

許姿是別有目的，自從那扇生澀的情欲之門打開後，很多個夜裡，她都會有想要的欲望。有時候，她會覺得自己像個欲求不滿的「淫婦」。

她不想承認，只是因為在偷看他後脖時，他的手指在自己的大腿上摩擦了一陣，就有了羞恥的欲望。

「我今天不開心。」許姿委屈地道，「讓我開心點好嗎？」

車裡，靜了一陣。

俞忌言輕輕抬眉，「妳到底把我當成什麼了？」

再大度，也無法忍受接二連三當一個工具人，尤其是因為那個男人。

許姿低下眼，抿唇不語。

下一刻，俞忌言用食指抬起了她的下巴，目光散發著吞人的凶意，「是因為這場官司打得不開心，想拿我解壓？還是想和我做？」

「有區別嗎？」她明顯在狡辯。

那雙漸漸變冷的眼神，就是答案。

「算了，不做了。」

見對方不如自己的意，許姿索性放棄。

她的手剛落下，又被俞忌言抓起，緊盯起她，「妳剛剛讓我很不爽，我得解解壓。」

她嚇得瑟縮得往後靠，但為時已晚。

「嗯嗯、嗯嗯……」

邁巴赫改停在老社區中無人的一角，高樹密葉搖曳亂晃，籠罩著下方的一片窄地，黑影裡的車身在輕微晃動，還有淺淺的女人悶吟。

後座，許姿跪坐在俞忌言身上，臉是燒起來的紅暈，她不敢叫出來，所以咬住了他的領帶。此時，他的白襯衫是敞開著的，清晰的腹肌在挺動，下身支起來的性器正插在她的身體裡。

無論是在哪，他做起這種事都沒道理可言。

許姿的裙子已經被捲到了腰間，襯衫釦故意沒全解，內衣被拉下，兩團渾圓潔白的胸部顛來顫去，時不時擦過俞忌言的臉。

還沒做多久，她的水就多到淋濕了俞忌言的腿，車座上也沾染了些。他五指掐著她緊翹的股肉，往兩邊一掰，抬下又狠狠往下撞，看著她疼痛的表情，他卻有種征服的快感。

女上位的姿勢，小穴每一次都能將那根粗硬的肉棒吃到底，許姿使勁咬著領帶，不讓呻吟從唇邊傳出。

肉體交合到達某個點時，俞忌言的聲音都發了狠，「下次，穿高中制服，讓老公操一頓。」

在做愛時聽這些話，許姿還是會覺得羞恥。

但她沒出聲，是因為底下被他反覆地凶狠頂插，震得她發不出聲來。

車裡空間本來就有限，兩人窩在一起，她像被一團火包裹住，尤其是被完全撐開的花穴裡，像灌入了一股火流，燒著小腹，燒著胃。

車裡是肉體撞擊的啪啪聲，還有淫靡的水聲。如果離車近一點，車外的確能聽到裡面的聲音，但幸好一直無人經過，讓他們得以繼續進行。

俞忌言雙腿大幅度地撐開在兩側，大腿肌肉繃得很緊，臀肌朝上發力，一陣劇烈抽插，又重又凶。

他抬頷，盯著哭咽起來的許姿。

「啊啊啊、啊⋯⋯」她忍不住了，吐掉領帶，大口的呼吸，喊出聲來，「好深、太深了⋯⋯」

「是舒服還不舒服？」俞忌言邊狠入邊問。

許姿吞咽完唾沫，迷離的雙眼微微閉起，「舒、舒服……」

俞忌言扶著她纖細的腰肢，抬起她的臀，小穴從陰莖裡分離時，帶出了一片黏膩的汁水。她還沒做好準備時，小穴又猝不及防，吞入了整根挺硬的肉棒，那沾著淫汁的小小洞口，再次被戳開，粉嫩的媚肉吃力地吮吸著莖身。

這樣的動作，反覆進行了差不多十次。

「俞忌言……俞忌言……不要，不要了……」

受不了這種瘋狂的摧殘，許姿的小腹都在抽搐，整個上身顫得要散架，她只能求身下男人饒自己一命，「不要再這樣，我、我受不了……」

他們臀下的位置，全濕了。

俞忌言動作稍微緩下來，沉沉地吐著氣息：「叫聲老公，我就放過妳，不然再來十次。」

「不要再來了！」許姿真的怕了，那一下下的深頂，就像頭皮被扯著的疼，但她也絕不能叫出那兩個字。

見她還有理智忍住，俞忌言再次抬起她的臀，準備朝自己小腹撞入時，她卻突然哭哭唧唧地抱住了他，「你不是很早就喜歡我了嗎？你怎麼捨得讓我那麼痛？你應該把我捧在手心裡啊！」

這小妖精聰明伶利起來，能把人心都活剝。

俞忌言的確吃這招，手掌力度漸漸變輕，溫柔地撫了撫她的背，「許姿，我認栽。」

埋在他的頸窩裡，許姿偷偷一笑。

當然，她也會賞一巴掌，給一點甜頭。她用手指把玩著他的髮梢，咬著他滾熱的耳根，聲線嬌到嗲，「我趴著再讓你操二十分鐘，好不好？」

說著話時，她主動坐進了肉棒裡，捧著俞忌言的臉，盯著他，開始由輕至重地磨動著陰莖，還故意做了極其情色的吞咽動作，咬著唇，細細哼吟。

這種挑逗不亞於，她當著自己的面自慰，俞忌言裹在胸腔裡的情欲，越漸膨脹。

半個小時後。

躲在社區隱蔽角落裡的一場瘋狂性愛終於結束，後座裡的淫靡氣息，讓人窒息。

俞忌言先下了車，確定四周沒有人後，讓許姿開了點車窗。

即使外面的空氣也很悶熱，但至少能讓車內的情欲味道散去。許姿整理著凌亂的衣物，又擦了擦大腿上渾濁的精液。

這時，車裡的手機在震。

許姿無意間瞄了一眼，顯示是「媽媽」。她叫了聲外面的俞忌言，將手機遞給他，說是他媽媽打來了電話。

「嗯」了聲後，俞忌言在車外接通了。

電話裡的聲線很蒼老，但言辭激烈又無禮。

「是你害死了我孫子，又害死了我兒子，你就是個災星……」

俞忌言沒吭聲，像是習慣了這樣的辱罵。

而後，電話裡出現了俞母的聲音，她著急地斥責老婦人，「媽，你怎麼又拿我手機打給忌言。」

俞母搶過電話，連忙向兒子道歉：「忌言，你奶奶病情比較反覆，你就當沒聽到，知道嗎？」

「嗯。」俞忌言沒多說，便掛了。

他回頭時，看到許姿正一臉疑惑地望著自己，「怎麼了？你看起來不太好，家裡出事了嗎？」

「沒事。」俞忌言不願說這些，他指了指車裡的菸和打火機，「可以幫我拿過來嗎？」

許姿聽話地拿過來，臉上的潮紅還未褪去，有幾根髮絲還黏在臉頰上，風情萬種。

俞忌言從菸盒裡取出一根菸，夾在指尖，抬抬眉，「點燃。」

她在笑，覺得這隻無趣的老狐狸，把所有的趣味都用在了情趣上，以前她會排斥，現在她卻覺得算是加分項。

許姿很少用打火機，也是第一次給男人點菸，藍色的火苗點燃了手指裡的菸，俞忌言將菸吸入口中，而後又緩緩地吐了出來。

煙霧瀰漫在車窗邊。

俞忌言將手伸去窗邊，「把手給我。」

不知他又要玩什麼把戲，許姿好奇地照做了。

他卻只是握著她的手輕輕揉搓著，眼裡的神色卻忽然黯了許多，「如果我是一個災星，在妳心裡會扣分嗎？」

許姿僵住，聽不明白般地緊皺著眉。

關於「災星」的話題，最後俞忌言只輕飄飄地以一句「逗妳的」，結束了這段聊天。

這一晚，卻讓許姿徹夜難眠。

她翻出了那張俞婉荷給的舊照片，認真回憶了許久。在高中三年的記憶裡，她可以很確定，從未遇到過俞忌言這個人。

他是有什麼隱身術嗎？怎麼能做到沒讓自己發現過半次？

帶著滿腹的疑問，終於在凌晨四點，她累到闔上了眼，沉沉睡著。

他們約了星期六去茶園。

高速公路上，邁巴赫上放著舒緩的音樂。

許姿挑了條白色刺繡長裙，頭髮用髮夾隨意盤了起來，鬢角邊留了幾絲碎髮，慵懶精致。

俞忌言看了一眼她耳朵上的鑽石耳環，「這麼喜歡這對耳環？」

刷著手機的許姿，摸了摸耳環，「當然，這副要十萬呢。」

俞忌言像在笑她沒出息，轉過頭，看著公路，「喜歡的話，下次再送妳一對。」

「好啊。」

被偏愛的總是有恃無恐。

許姿現在面對這隻老狐狸，比半年前游刃有餘多了，還會時不時挑逗他。

她扯了扯俞忌言的袖子，「我不喜歡你穿西裝，喜歡你私下的穿著。」臉頰還湊過去了些，朝他耳根邊吐吐氣，「這樣很帥。」

沒有男人不吃這套，尤其還是從一個美豔絕倫的女人口中說出。俞忌言沒忍住，抬眉愉悅一笑。

許姿繼續說道：「你笑起來真好看，凶起來醜死了。」

見高速公路上沒什麼車，俞忌言趁機扭過頭，吻上了她的粉唇，點水般地輕輕一啄。

許姿羞得低下頭，故意嬌氣地哼哼，「趁人之危，不是君子。」

俞忌言自然沒應，因為他在這種事上，本來就不是什麼君子，也不屑做君子。

季節入了盛夏，整座茶園像換了新般的蔥蘢翠綠。

俞忌言將車停到了後頭的院子裡，因為是午後，院裡靜謐到只有潺潺流水聲。

看到院子裡有人影，準備午睡的蕭姨走了出來，俞忌言卻讓她回屋裡休息。而後，他帶著許姿進了屋。

口渴的許姿，在廚房喝水，俞忌言問她要不要躺會再出去，但太想知道實情的她搖了搖頭。

午後兩點，正是陽光最曬之時。

出門前，許姿坐在沙發上，想將裙子撩起來，塗塗防曬乳，但奈何絲綢布料很滑，於是，她用腳尖蹭了蹭俞忌言的小腿，「幫幫我。」

抗拒不了她的小貓撒嬌，他坐在了沙發上。

許姿扯起裙襬，雙腿架到了俞忌言的大腿上，一雙纖細的長腿，光滑細膩得如絲絨，他怎麼都看不膩，也玩不膩。

而許姿也在享受他溫柔的手指在自己腿上遊走，從小腿摸到了大腿，越來越敏感。不知是不是經期前的欲望比較強，就這麼被他摸了會，她就不覺仰起脖頸，悶悶低吟了幾聲。

俞忌言笑了笑，「碰一下就濕了？」

「嗯～」她哼唧地搖搖頭，「還沒濕呢。」

忽然，含著侵略感的手指朝自己的大腿根部伸去，差一點就碰到了私密處。

許姿緊張地放下裙襬，隔著裙子抓住了他的手掌，「蕭姨在呢。」

那灼熱的男人氣息迅速覆向她的鼻尖，「妳剛剛叫的時候，怎麼不怕她聽見？」

臉瞬間像是熟透的小番茄，許姿挪下雙腿，整理好裙子，穿上鞋，微微回眸，「走吧。」

他們還是走那條，穿去茶園的田間小道。

上次下著雨，遮住了它原本的美景，放晴後果然與許姿想象中的一樣，稻穗層層迭迭如金浪翻滾，是足以舒緩心靈的美。

俞忌言替許姿撐著一把遮陽傘，帶她走到了茶園的後門，後門處安置了一個低矮的木柵欄，有了些年頭，棕色的木頭被雨水浸到發了霉。

許姿越過擋住了視線的大樹，看到了祕密基地，「原來這真的能去爺爺的茶園。」

「嗯。」俞忌言推開柵欄，邊走邊說，「妳十六歲那年，我在劍橋讀大二，但那年，我父親去世，家事和學業的壓力下，我被檢查出了輕微抑鬱症，所以我休學了一年。」

許姿驚愕，有那麼一瞬間，她好像不認識自己的丈夫了。一段被迫的婚姻，讓她對他的了解幾乎為零，不是沒機會，而是她根本不願意。

微風一拂，淺草似粼粼波光。

有大樹的遮擋和湖風，這條隱蔽的小路並沒那麼炎熱，甚至有些陰涼。

俞忌言指著前面那棵高樹，手腕上的錶閃過一道刺眼的光，「我就是在那裡，第一次遇見了妳。」

許姿聽著，隨他一同走了過去。

一棵不知生長了多少年的老樹，蒼老卻勁挺，粗壯的樹幹，剛好能遮擋住一人身影。

俞忌言收起傘，放在了樹旁，再抬起眼，看著盈盈的湖水，眼前像浮現出了十年前的畫面，輕輕一笑。

「休學回成州的那段時間，我一直和蕭姨住在老院裡。記得那天，我心情特別糟糕，想出來透透氣，就沿著剛剛那條田間小路一直走，也不知道是什麼魔力，把我引到了這裡。」

他淺淺呼吸了一下，再繼續說：「我踏過剛剛的草地，走到這棵樹下時，恰好看到湖中有一個穿著粉色泳衣的女生在游泳。出水的那一刻，我看清了她的樣貌，很漂亮，是我見過最漂亮的女生。」

見他眼眉和嘴角都染上了笑意，許姿踢了踢他的小腿，「你在回味什麼？不准回味，老色魔！」

十六歲時的少女春光，都被這躲在角落裡的老狐狸看光了，她有點說不上來的委屈。知道她聽到自己不禮貌的「偷窺」行為，一定會發火，俞忌言側過頭，低下眼，看到她紅撲撲的臉頰，笑了笑，「抱歉，遇見妳的方式，的確很荒唐。」

許姿不想看他，「然後呢？」

隨後，俞忌言指著小木屋，「然後妳就去上面換衣服……」

「你不會又看到了吧？」她立即打斷，驚到雙眼瞪圓。

「嗯。」俞忌言本來就打算坦白一切，不管有多荒唐和無禮，那都是他真實的記憶，「妳在窗邊換衣服，紗簾拉了一半，我只看到了一半。」

當時不諳世事的許姿，是有點心大，每次游完泳都會飛快地跑到木屋換衣服。她仗著這裡是爺爺的茶園，她並不害怕，也從未出過事。

沒想到，一次疏忽，就讓人鑽了空。

「只？」她煩悶地推了推俞忌言，「你還想看到多少？該不會那時，你就對我有了齷齪的想法吧？」

兩人視線相交，是撓人心癢的暗流湧動。

俞忌言不禁將許姿擁入了懷裡，絲綢布料的裙身，輕薄得幾乎貼膚，他能清晰地感受到那對渾圓雙乳的柔軟。

他喜歡這樣抱著她，也喜歡手指遊走在她的後背與臀肉間的柔嫩觸感。

五指一張，攤開覆在柔嫩的股肉上，弄得許姿身子顫了顫，不自覺地環住了他的腰。

「嗯，當然有。」俞忌言不像是來告白的，而是像換個方式告訴她，他的占有欲有多瘋狂，「二十歲的男孩，哪受得了那種誘惑。」

他一隻手臂緊扣著她，另一隻手撥了撥她額頭的髮絲，目光很炙熱，「姿姿，妳知道妳有多漂亮嗎？我要是再壞一點，早就能擁有妳，何必等十年。」

什麼無恥下流的話！

許姿將臉緊埋在那個結實的胸膛上，抬都不敢抬頭。在那個她完全不知道的角落，竟被一個男人窺視了那麼久，她感覺自己的呼吸在加速，心如小鹿亂撞。

「然後呢？」她還想知道更多。

俞忌言抱著她，望著翠綠的湖岸說：「後來，我幾乎每天都來看妳，看妳游泳，看妳逗貓。直到聽妳和靳律師聊天，我才知道妳的名字，知道妳的學校，也知道這裡是妳爺爺的茶園。」

「你不累嗎？」許姿很不理解他這種堅持，「你喜歡我，為什麼不直接和我表白？」

俞忌言垂下頭，一笑，「我當時那個狀態，妳會喜歡嗎？」

「不會。」她一口否定完，也笑了。

想起那張舊照片裡的男生模樣，她的確不會同意與他交往。

俞忌言撫摸著她的頭，彼此都靜了一會。

樹葉被湖風吹得沙沙作響。

許姿哼了哼，「你真膚淺，就因為我長得好看，然後惦記我那麼久？」

「不完全是。」俞忌言聲很輕，一時間腦中似乎浮現了許多事，「妳的漂亮的確非常吸引我，但吸引我更久的，是妳的純粹和善良。」

聽到此，許姿抬起了頭，與他視線相對。

俞忌言攬著她，慢慢走到了木屋下，指著底下狹窄到幾乎容不下一個成年的小木屋說，「妳當時收養了三隻流浪貓，我記得妳家的阿姨不讓妳抱回別墅，但有一隻收養的時候，後腿受傷了，妳很擔心，晚上還偷偷跑來照顧牠。」

「你怎麼知道這麼多？」許姿驚到慌了神，突然想起一件事，「我想起來了，怪不得那段時間，我早上跑來的時候，總感覺有人照顧過牠，原來是你嗎？」

「嗯。」俞忌言點點頭，「是我。」

心就像此時激蕩起的湖水一樣，完全無法平靜，讓許姿腦袋一片混亂。

這些暗戀的往事，壓了這麼多年，在一日間傾瀉而出，的確讓人難以負荷。

「再後來呢？」許姿覺得一定還有許多祕密，「你繼續說，我能接受。」

俞忌言默默收回眼神，朝前走了幾步，目光落向了湖邊，「後來，妳的假期結束，回了市區，我也跟著去過幾次妳的高中，」

他聳聳肩，像在嘲笑自己，「我也不知道這樣偷偷摸摸有什麼意義，但就是很想看到妳。只要看到妳，心情就會特別好。」

那時的自己，生活裡所有事物都是陰暗的，而那場意外又晦澀的相遇，讓他見到了斑斕的色彩。

許姿站在原地，細草拂過她白皙的腳踝，像在撓著她的心，使她無法出聲。

湖水映進了俞忌言的眼底，和他的心一樣，在輕輕蕩漾，「後來，我回了劍橋，繼續學業。其實當時，我並沒有很刻意地每天想起妳，我把它當作在我抑鬱生活裡的一場美夢。只是，這個夢不自覺地伴隨了我很久，時不時，就會夢到湖邊的妳。」

許姿呼吸很緊，「後來呢？」

話，忽然收住，像是觸到了他心底最深處的弦。

後來發生的事，像更高的山，壓在俞忌言的心裡，「後來，我幾乎沒回過成州，只往返於香港和英國。但很巧，我姨媽在倫敦有一間別墅，我去的那天，不知道裡面會有人辦派對，管家和我說，我的房間沒租出去，於是我就住下了。沒想到洗完澡後，有人推門而入，朝我衝過來，醉醺醺地抱著我。」

許姿眉頭深鎖，熱汗在握緊的指縫裡冒出。這一切，聽起來極其荒謬，那晚她抱住的人，可以不是韋思任，但怎麼可能是他？

她一時喘不過氣。

俞忌言轉過身朝她走去，一大片湖水的波光泛在他身上，神色看起來相當平靜，「許姿，妳知道當時妳抱著我，說了什麼嗎？」

看著朝自己緊逼而來的高大身影，許姿瑟縮不已，身子向後移，她哪記得幾年前的事，況且當時她還喝多了。

「我哪會記得啊。」

修長的雙腿停在她的身前，俞忌言撐著她薄瘦的肩膀，眼裡帶笑，但並不溫和，「妳把我當成了韋律師，抱著我一直表白，還說這輩子只想嫁給他。」

目光在最後一個音節落下時，驟然變狠。

許姿開始慌張，奈何他太高大，被罩住的自己，就像一隻束手無策的小白兔，「所以，你就開始和我爺爺搞好關係，讓他提出了這門婚事，是嗎？」

「是。」俞忌言從不扭捏逃避，這的確是他的計畫，「我的占有欲比一般人強，我就是想要正大光明地娶到妳，得到妳，讓妳的心裡只有我。」

就像掉進了一個巨大的陷阱，許姿推開他就想逃，但輕輕鬆鬆就被捉了回來，她反身被他抱住。

「那你贏了呢。」

俞忌言俯在她背後，這會的笑，溫柔了許多，「不，是妳贏了，妳讓我惦記了十年，讓我心裡進不了其他人。」

她緊怔，身子也動彈不得。

「許姿。」俞忌言唇裡的熱氣，呼在了那張燒紅的臉頰上，「是妳套牢了我，我才是被囚禁的那個。」

被這些完全不知曉的事，壓得呼吸不了，許姿不想聽，「歪理，反正我說不過你……」

見她委屈得快哭出來了，俞忌言笑了笑，在她脖間一親，然後將她橫抱起來，原路返回，「不管這些事妳接不接受得了，我都不會離婚。」

許姿朝他手臂上的肉狠揪了一下，「我就知道，簽合約對你都沒有任何法律效益。」

不在乎這點小貓亂抓的疼痛，俞忌言雙臂用力朝上一抬，將人抱緊了些，低下頭，挑了挑眉，「妳捨得和我分開嗎？」

知道老狐狸的「分開」指的是什麼，她的臉迅速脹紅起來。

舟車勞頓，他們選擇在老院裡過夜。

夜裡，大概十點左右。

蕭姨幫俞忌言泡了杯溫茶，幫許姿泡了杯熱牛奶，小心翼翼地端著托盤，走到了二樓盡頭的臥房外。剛準備敲門，卻聽到裡面傳來了不雅的聲音。

「俞忌言，我不要這樣……別、別……」

許姿的呻吟把蕭姨嚇壞了，她憋著笑，連忙下了樓，給他們小夫妻留一個愉悅的二人世界。

檀木風的臥房，傢俱有些老舊，床也是老式的木床，屋裡，只開了盞復古的老燈，昏昏柔柔。

白色床單和枕頭被掀開到了一側。

床上的男女未著寸縷。

許姿被逼以極致羞恥的69姿勢，趴在了俞忌言身上。這個姿勢，她的私處壓在他的臉上，而他的性器也盡在她的眼底。

許姿不願用口，俞忌言沒有強求，她握著那根還未完全勃起的陰莖，緩緩套弄起來，但套弄的力氣越來越小，因為他正吃著自己的小穴。

俞忌言雙手掰開她嫩白的股肉，剛剛洗了澡，還有牛奶沐浴液的淡香，拇指按在穴縫邊，往兩邊一掰，舌頭幾乎將小穴全部舔舐了一邊，又侵占欲極強地探進穴裡，卷著裡面的細肉，不停地攪動。

沒一會兒，舌頭帶出了淫靡的水聲。

握在陰莖上的手根本使不出力，許姿感覺小穴要被他舔壞了，整個身子都在懸浮般的飄蕩，顧不上隔音是不是夠好，她羞欲地叫著。

「啊啊、啊、呀啊……」

俞忌言五指捏緊了臀肉，直接將整張嘴都覆了上去，像真吃了起來，發出了黏膩水液的聲響。

他就連用口，都無比凶狠。

陰莖從許姿手中無力地滑出，她撐住他的膝蓋，高高地仰起脖頸，粉唇微張，困難地吞咽著唾沫，整個背脊都染上一層粉色，臉頰更是紅得厲害。

舌頭從穴裡拔出，銀絲般的淫液從穴縫裡緩緩流出，俞忌言還用舌頭刮了刮，吞入了腹中，他單掌拍了拍掐得出水的股肉，「我還沒舒服到呢。」

仰面緩了幾口氣後，許姿好一點了，將垂在一側的髮絲挽到耳後，重新握起挺立的肉棒。

「讓我舒服舒服。」

「嗯……」

之前做過幾次，許姿也算熟練了。只是這次距離太近，甚至連囊袋皺摺都看得一清二楚，她難免會羞澀，又好奇，又想看它一點一點地變大。

纖細白淨的五指在滾熱的肉棒上，上下套弄，皮肉上的褶皺摩擦著她的掌心，速度由慢至快，她發出嬌滴滴的笑聲。

「它變大了。」

「喜歡嗎？」

「嗯。」許姿手指往龜頭上移，吸了吸鼻，「好大，好喜歡。」

「為妳長的。」他的挑逗，輕浮死了。

她嫌棄地咦了一聲，手沒停，還在套弄，「改天，我想舔舔它。」

「不如現在。」

「嗯～今天不想嘛……」

真是隻磨人的小妖精。

俞忌言沒為難她，在臀上親了她一口，然後將中指塞進了穴裡，像是灌入了身體的爽欲，許姿腰肢亂扭起來。

「別放手。」怕她撒手，他命令道，「一起。」

「嗯。」

那張蜜穴對著俞忌言的臉，中指在穴裡插進拔出，帶出的汁水全噴濺在了他的臉上，手指速度越快，汁水越多。他不介意，反而眼裡蘊著的欲火，越來越烈。

溫潤的小穴，被手指已經插到微微紅腫。

「啊啊、嗯嗯……好舒服……」許姿自己舒服著，手裡也用力地套弄著那根肉棒，「你舒不舒服？」

身下男人傳來又急又粗的喘息，是扯著頭皮般發麻的極致爽感，在做愛時發出這種喘氣聲，是要命的性感。

俞忌言自然不吝嗇誇人，「舒服……我老婆太棒了……弄得我很舒服……」

穴裡突然又塞進了兩根手指，穴裡被撐得發脹，許姿手一抖，陰莖又一次滑落出去，這次她乾脆抱住他的大腿，頭埋得很低，那根被自己套弄到粗紅的陰莖就貼在臉邊。

俞忌言屈起手指，用力地朝小穴深處搗弄幾番後，他猛地抽出手指，好幾股淫水瞬間噴出，沾濕了他的臉和床單。

許姿又一次被他用手指弄到高潮了，她全身瘦軟，沒了一點力氣，屁股還撅著，穴口一縮一張，最後一點殘餘的水液，從肉縫裡流出。

俞忌言將她放平在床上，分開了她的雙腿，她如同失去意識般，任他擺弄。他跪著往前挪了幾步，扶著自己的陰莖，盯著眼下高潮過後的美人，手中在快速套弄，喉結不停地動著，吞咽起來的模樣很性感。

最後，他將濃燙的精液全射在了她的私處，沿著陰毛、穴縫，斷斷續續射了好幾股。一切情欲消散。

俞忌言趴在許姿的身上，捧住她的臉頰，給予她每一次都會給的——事後擁吻。

第二日，晨霧散去，晨光像碎金，陽臺裡瓷盆裡的花枝，還垂掛著露珠。臥室裡，是小夫妻換衣服的身影。

「天啊，我怎麼可以這麼清純，出去跟人說我十六歲，絕對沒人會懷疑。」

許姿站在鏡子前，轉著圈臭美。

本來沒有過夜的計畫，所以她沒帶換洗衣物來，而她隔日絕不穿同一件衣衫，於是蕭姨便拿了兩件俞婉荷高中的裙子，她挑了一條白色的吊帶裙。

床沿地毯邊，俞忌言剛整理好衣物，從床頭拿起腕錶，卡在手腕上，半抬起眼，「妳十六歲時，的確很美。」

見他低下頭，嘴角翹著上揚，許姿幾步衝上前，朝他小腿輕輕一踢，「你是不是又在回味偷看我換衣服的畫面？」

將腕錶挪正後，俞忌言挺直了背，點點頭，「嗯，從小胸就不小。」

僅僅半秒，許姿臉都紅了，但不知哪來了逗人的趣味，戳了戳他的腰，「俞老闆，說實話啊，你偷窺我的那段時間，有沒有在這個屋子裡硬過？」

「有。」俞忌言不否認，俯下身，眼尾一睇，眼神壞透了，「硬得太難受了，想衝進木屋，抱著妳大幹一場。」

許姿迅速捂住了自己的臉，罵道：「死變態！」

要聽的也是她，聽不下去的也是她。

打破屋中曖昧氣氛的是蕭姨，敲門讓他們下樓。

隨後，他們出了門。

俞忌言和蕭姨走在前頭，許姿跟在後面，背帶裙有兩個口袋，她順手就伸了進去，只是摸到了一個怪怪的東西，悄悄取出，嚇了一跳。

是一個過期的保險套。

她心想，為什麼俞婉荷的高中裙子裡會有這種東西，可她不覺得小荷會在那個年紀就偷吃禁果。這事如果被老狐狸知道，小荷肯定會被罵死，甚至挨揍。

她立刻塞了回去。

蕭姨知道他們一會就走，所以特意早起，去院裡摘了一些新鮮的葡萄。

幾串洗淨的葡萄，盛在透明的玻璃碗裡，顆顆飽滿，看起來相當美味。

許姿懶洋洋地坐在椅子上，嘗了一顆，不酸澀，是帶著清香的甜。她搖著椅子，嘴角像沾蜜糖般地輕輕上揚。

這一幕，剛好被蕭姨看到，她端著一盆番茄退回了廚房，用手肘推了推正在煮蔥花面的俞忌言，眼角彎彎，笑容慈祥溫和：「你都告訴少奶奶了？」

少爺的那些暗戀往事，只有她最了解。

俞忌言用筷子攪動著鍋裡的細面，面色平靜，「嗯，說了。」

少爺如願以償，蕭姨自然開心，但看著身旁這個由自己照顧到大的男孩，不禁想起了許多糟糕的回憶，心疼地摸了摸他的後背，「那個大家庭不溫暖，沒關係，你已經走出來了。現在和姿姿有溫暖的小家，就足夠了，明白嗎？」

背後的手很輕，但卻像拍到了俞忌言的心間，他沉了沉氣，點點頭。

「嗯。」

一會兒後，蕭姨去院裡忙活。

俞忌言端著一碗蔥花拌麵走了出來，放到木桌上，香氣四溢。

許姿疑惑，「怎麼只有一碗，你不吃？」

「吃。」俞忌言將她抱起來，自己坐在椅子上後，然後讓她坐在了自己腿上，摟著她的腰，學年輕人耍賴皮，「妳餵我。」

一大早搞這些！

許姿手肘向後頂，「蕭姨在呢。」

俞忌言不知從哪找來的橡皮筋，溫柔地替她把長髮紮成了低馬尾，「我警告她了，沒我吩咐，不准進來打攪少爺和少奶奶。」

知道他是在一本正經的開玩笑，許姿嬌嗔地笑出了聲，「有病。」

但是，這哪能是一頓安分的早餐呢。

餐廳一角，淫靡不已。

「你吃飯就吃飯，別摸我胸……」

「別捏這裡，疼啊……」

啪，是一雙筷子掉到地面的聲音。

「啊啊、嗯嗯……輕一點……嗯、這樣舒服……」

「別、別弄了……底下……好像濕了……」

半小時後，許姿去洗手間稍微擦拭了一下私處，剛剛被俞忌言玩捏了會奶，內褲上真沾了些黏膩的水液。

從洗手間出去時，她見俞忌言已經去了外面。

忽然，她被蕭姨叫住，先遞給了她一袋新鮮的葡萄，然後握著她的手說：「少爺確實為人有些強勢，但這性格很難改，只能你們多磨合磨合。不過，他也有優點，比如有擔當、有責任感、為人也細心，信蕭姨，妳把自己交給他，他不會讓妳失望的。」

從茶園回去那天，俞忌言問許姿，要不要回悅庭府。他越是一副十拿九穩的樣子，她越想唱反調，想挫挫他的銳氣，她以還差兩分拒絕了。

其實，真的有差那兩分嗎？

她心裡已經有了明確的答案。

日子又無聲無息地過到了週五。

手頭上沒活的人，踩著點就走了，才七點多，公司裡竟只剩三、四個員工，還包括許姿。

江淮平和徐友華最終和解了。

這也就意味著，她和韋思任，沒輸沒贏。

或許是江淮平最近高爾夫俱樂部的專案，進展得非常順利，對徐友華的那股怨氣能吞下去了，達成了和解，也依舊支付給許姿一筆不少的費用。

只是在聊天中，他說溜嘴了一件事。

促成他拿下專案的人，是俞忌言。

這真是讓許姿摸不清狀況了。

這只老狐狸明明知道江淮平追過自己，竟還願意幫「情敵」，不知藏了什麼陰謀詭計。

在陷入沉思時，一通熟悉的電話震醒了她。

看著螢幕上跳動的名字，她猶豫許久，還是接了。

「有空嗎？想和妳聊聊。」韋思任問。
見許姿沒出聲，他又說：「我保證，這是最後一次找妳。」
最後她同意了，地點約在了市區的南江邊。
最後一片霞雲被掃去，明月升起。
夏夜的江風綿綿稠稠，韋思任望著江水，身影高瘦臨風。停好車後，許姿站在小道上，靜靜望了會那張背影，她覺得熟悉又陌生。
察覺到背後有人，韋思任回頭，「妳來了？」
許姿慢慢走了過去。
兩人並肩而站。
許姿抬起手，看了眼時間，「我只能和你聊半個小時，一會還有事。」
韋思任的目光從她的臉，挪向了無名指上的婚戒，問題過度得顯然很生硬，「姿姿，妳過得幸福嗎？」
那道目光並沒移開，許姿瞬間將手背到了身後，她不想再與他耗時間了，好煩。
「韋思任，說重點。」
她算是一個果決的人，喜歡一個人時，可以義無反顧，但對方一旦踩上自己的原則底線，也能不留情面地從此不相往來。
這般冷漠的態度，讓韋思任適應不了。畢竟，他一直是被追逐的一方，貪婪地「享受」著她的偏愛。

他帶著笑說：「我離職了，也把身邊那些關係都處理乾淨了。」

他勝就勝在有一張極致清秀的臉龐，還有溫和親近的笑容，能將他心底的陰暗面，完美掩蓋。

許姿皺起眉，盯著他，冷笑道：「你不會是想說，你是為了我才這麼做的吧？」

「是。」韋思任就像在真心懺悔，看不出一絲謊意，「之前為了生存，我做了許多身不由己的事。我承認，我是被利益熏心過一段時間，但那天在庭上和妳對打時，我突然覺得自己很醜陋，也意識到自己不能再幫一個惡人。」

聽到這些，許姿並沒有一絲感動，只覺得很荒謬，「你的意思是，是我點化了你？」

遲疑了會，韋思任點頭。

許姿覺得眼前的人，很可笑，甚至是可恥，「韋思任，我告訴你，這個案子，我勝券在握。相反，你不是因為良心發現，而是因為你怕輸。所以，你假裝身體不適，因為你知道，就算徐友華最後換律師繼續打，你也不會失去常勝將軍的頭銜，甚至外界還會說一聲，韋律師帶病工作，辛苦了。」

她幾乎是氣著說完了所有的話。

韋思任一驚，被狠狠噎住。

江風太悶太濕，讓許姿感到心情很差。對這個喜歡了十年的男人，她積攢了太多壓抑的情緒，此時，她有些控制不住，爆發了出來。

「韋思任，你是不是覺得我很笨？你是不是以為，我還是那個你招招手，就會湊上前的小女生？」

韋思任啞口無言。

許姿眼周紅了一圈，起了淡淡的鼻音，「我承認我曾經很喜歡你，也惦記過你很多年，但是——」她抬起自己的手，婚戒在路燈下很刺眼，「我結婚了，這是在破壞我的婚姻，你明白嗎？」

這句話，卻像剛好踩中了韋思任敏感的怒點，他抬起頭，變了臉色，「許姿，俞忌言能是什麼好人？他在背後玩的手段，妳又知道多少？我或許不是什麼好人，但他更不是。」

許姿一怔，「你很了解他嗎？」

韋思任喉嚨一緊，慌張地別過頭，看著幽靜的江面，沉著氣，聲線低了許多，「是他拉我下的水。」

「你在說什麼？」許姿驚訝的蹙起眉，「你的意思是，你被富婆包養，給惡人打官司，都是俞忌言逼你的？」

沒抬頭，韋思任也沒吭聲。

許姿也沒再看他，想先冷靜一會，她望著腳邊被風吹起的淺草，驟然間，聯想起了茶園裡的一些事。

她很快便抬起眼，「你以前，是不是在茶園見過俞忌言？」

她急需一個答案。

那塊遮掩祕密的紗布，像是被突兀的掀開，韋思任的心慌張亂跳。

沉默往往就是答案。

撫平了方才糟亂的情緒，許姿冷靜下來說：「韋思任，我覺得那年暑假在茶園，可能發生了許多我不知道的事。你敢不敢，當著俞忌言的面，把你口中所謂的恩怨，從頭到尾敘述一次？給我一個機會，讓我看看，我會信誰？」

韋思任使勁咬住牙，沉默了許久，不過他也沒有出聲拒絕。

夜越漸深幽，銀白色的月光照在江面，顯得橋下這一角，氣氛更肅冷。

南江離恒盈不遠，駕車只要十分鐘。

俞忌言從石板階梯上緩步走下，見韋思任刻意朝許姿挪了半步，他及時伸手，將她拉到了自己身邊，是身分的示威。

但他仍是禮貌地伸出了手，「好久不見，韋律師。」

社會地位的高低，決定了人的氣場。

顯而易見，韋思任輸了不只一截，與俞忌言握手時，他的手腕被有意地往下一壓，他不悅地迅速收回手。

許姿捕捉到了他們握手時的小動作，她抬起眼問道：「你們到底是什麼時候認識的？」

沒料到，先開口的是俞忌言，他神色淡然，「那年我在茶園，見過韋律師幾次。」

韋思任同樣淡定地點點頭。

觀察了他們一會兒，許姿切入重點，「俞忌言，韋律師說是你逼他走上不正義之路的，是嗎？」

韋思任有些驚訝，但並不是因為她的問題，而是她生疏到連自己的名字都用「律師」代替。

俞忌言挺直著背脊，外人覺得他城府深，有一半原因來自於，他有著很強的情緒管理能力，面色始終平靜，聲線低沉，「我這人做事，向來不逼人……」

話還未說完，他就見許姿朝自己翻了個白眼，自然不是生氣，甚至是可愛的。

兩人不經意流露出的親密感，全都進了韋思任的眼裡。他好像突然意識到，許姿的心，比他想像中，偏移得更迅速。

俞忌言的目光挪向了韋思任，滴水不漏地娓娓道來：「張慧儀女士是我的朋友，當年她有一件事很棘手的事，想請我幫忙處理，於是我便把她帶去了我姨媽的事務所。恰好，我從姨媽那裡得知，韋律師的家人得了重病，急需一筆費用，我便向姨媽提議，是否能把這個難得的機會讓給你。」

他忽而皺眉，假裝思索，「但我並不知道，後來你們產生了如此奇妙的緣分。」

韋思任心緊到無法出聲。

「他說的是對的嗎？」許姿的語氣冷漠到，像在出庭。

韋思任忍住氣，點點頭，「是。」

橋下的路燈忽明忽暗，三人臉上的表情是模糊的。

但韋思任看到俞忌言那副自若的神情，就像是在故意激怒人，而他也的確中計了，「俞老闆真的有這麼好心嗎？」

他就是看不慣眼前這個衣冠楚楚的男人，從前是，現在更是。過去，他的一雙腳，狠狠踩在他的頭上過，以致於後來自己掉入他親手設的陷阱裡。

那口氣，怎麼都咽不下。

許姿緊緊皺眉，扭過頭，「俞忌言為什麼要害你？」

韋思任看了看別處，再挪回視線，沒逃避，只是像在避重就輕，「我承認，我年少時對俞老闆有些無禮。」轉看許姿的眼神，有點虛，「俞老闆之前來茶園送情書給妳過，被我攔住了。」

許姿大驚，「你為什麼沒經過我的允許就這樣做？」

韋思任連撒謊都不會紅臉，「我聽茶園的人說，那段時間鄉下出沒的人很雜，而俞老闆當時的行為，看起來的確有些詭異。我見他好幾次都躲在樹下，像在偷看木屋裡面的妳，我擔心他心存不善，所以攔了他幾次。」

他立刻朝俞忌言彎腰致歉，「俞老闆，當時是我失禮了，對不起。」

樹蔭下的無聲，是回應。

俞忌言看韋思任，如同看小丑。

不知是不是心裡的天秤本來就更偏向另一側，許姿選擇了繼續問韋思任：「所以，你認為俞忌言對此耿耿於懷，記仇十年，然後故意報復你？」

她過於針對性的語氣，讓韋思任一陣心寒。

「你覺得這合理嗎？」許姿冷笑，「除非你還有別的事沒說。」

一時間，俞忌言和韋思任像同時沉了口氣。

十六歲的那個暑假，許姿其實就只是在茶園裡，平平淡淡過了一個月，一點波瀾都沒泛起過。

如果，非要揪出一件，也是有的。

是一個午後，她提起長長裙襬，小跑去湖邊，遠遠地朝蹲在草地的韋思任打招呼，卻依稀看到他打了身下的人兩巴掌，還把人轟走。

後來，她問他那人是誰，他只隨意地說了對方是個小偷。

她不確定，被打巴掌的男生是不是俞忌言。

許姿索性挑明了問：「當年你是不是打過俞忌言？」

韋思任腦袋一懵，被逼到絕境的這一秒，他徹底後悔了自己的貪賭念頭，也低估了許姿與俞忌言之間的感情。

他答不出口。

「沒有。」俞忌言意外解圍，「韋律師只攔過我送情書，並沒有其他過分的行為。」

許姿怔住。

韋思任也同樣感到費解。

而此時，俞忌言伸出了手，是調侃也是和解的語氣，「當時我的確貌不驚人，總被別人說像隻黑猴子，況且我的行為的確見不得光，被你誤會成壞人也正常。你作為我妻子當時的同學，想要保護她，我也能理解。」

盯著眼前這隻手，韋思任根本不願握，他被堵到啞口無言，胸腔裡壓著被侮辱般的怒。

三人靜了片刻。

打破僵化局面的是俞忌言，他抬起手，看了看腕錶，也見江風越來越涼，牽住了許姿，揚著溫柔的笑，「要回家了嗎？」

許姿很有默契，回應了一個漂亮的笑容，「你先上去，我有話和韋律師說。」

俞忌言怔了半秒，但仍是尊重她的意願，鬆了手。他走上臺階，雙腳剛落到平地時，便悄悄回了身。

幾陣江風將老樹的闊葉吹得直搖，樹下是一對男女的淺影，而後是許姿扇了韋思任一巴掌。

對此，俞忌言只是笑了笑，扭過頭，大步走回了車邊。

就算徹底輸了，韋思任也絕不能讓自己丟了氣勢，所以走的時候，依然昂首挺胸。

邁巴赫停在後面，車裡沒開燈，連外面的路燈都照不來幾寸光，漆黑一片。俞忌言靠在車椅上，平視著前方離開的身影，若有所思了一會兒。

「俞老闆。」許姿拉開車門，坐進了副駕駛，語氣稍微有些陰陽怪氣，「沒想到，你還寫過情書給我啊？」

俞忌言默不作聲。

許姿將手伸向他眼皮下，掂了掂，「統統拿來，一封都不能少。」

「扔了。」俞忌言聲很淡。

說的跟真的一樣。

車內靜了一會，許姿才忽然冒出兩個字：「騙子。」

她身子朝俞忌言靠過去，張開手掌，在他頭上揉了揉，就是下意識很想做這個動作，像在撫摸一隻大狗狗，她斜著腦袋去看他。

「我們小魚魚，真的好喜歡我啊。」

不經意間，兩人已經親密到取了暱稱。

只是一個摸頭的行為，在俞忌言這裡都是挑逗，他一把抓住了頭上白細的手臂，壓到了自己的大腿上，越過了這個話題，眼神變得很有侵略感。

「什麼時候跟我回家？」

這是他最迫不及待的一件事。

這樣深深的對視，像被迅速擦燃的火星，而許姿也莫名喜歡在車裡調情，她將自己的手，刻意往他的腿根處挪了挪，碰到了那團被緊緊包住的硬物。

一張極其明豔的臉，此時的表情，千嬌百媚，俞忌言一掌箍住她的後腦，另一隻手帶著她的手，由慢至重地揉了揉自己的性器。

他本來就更擅長得寸進尺，極具磁性的聲線像是從胸底呼出，「再亂動，我讓妳現在就試試……」

故意沒說完那汙穢的詞，掌心用力將許姿的後腦一按，雙腿間的熱流直撲向她的臉龐，她身子不自覺地往後抵抗。

俞忌言卻聽到了吞咽口水的聲音，他用拇指摩揉著她的後腦，「怎麼，就這麼饞？」

是啊，他到底是那個壓制人的老狐狸，真玩起來，還是鬥不過。許姿奮力掙脫，重新調整好了坐姿，懶得理人。

斑駁不清的樹影，搖晃在車前的玻璃上。

俞忌言還沒打算開車走，像還有話要說。他靠向車椅，雙手挽在胸前，悠然地閉上了眼，輕聲說：「許姿，妳欠了我十年，該怎麼還？」

許姿聽笑了，「我又不知道你暗戀我，我欠你什麼了？」

「我不管。」依然沒睜開眼，但俞忌言此時的固執，不再是以往的強勢，而是帶點孩子氣的任性，「我只知道，妳讓我那十年，夜夜都難受。」

許姿回不了話，只覺得毫無邏輯。

修長的手指在手臂上輕輕彈動，俞忌言放下了面子，像一個非要討到糖果的小孩，

「老婆，哄哄我，嗯？」

越被偏愛，人往往就越放肆。

「俞老板。」許姿用手捂住了俞忌言的雙眼，嬌嗔滿面，「你閉眼。」

「幹什麼？」他故作鎮定，其實心早已被勾得發癢。

「叫你閉眼就閉眼。」

一旦變得親近，她撒起嬌來就沒個限度。

俞忌言別提還能有什麼自制力，順著本能就閉上了眼，嘴邊還浮起了淺笑，期待她會如何哄自己。

隨著砰一聲，他就知道自己被耍了。

猛地睜開眼，只見許姿走到了車前，手裡握著車鑰匙，朝他揮手微笑。

車裡，他透過樹蔭晃動的模糊光影，靜靜看著那張漂亮明媚的笑容，按下了車窗，明明江邊的空氣是黏濕的，但他竟聞到了一絲甜味。

這兩天，許姿去了上海出差，要到週五才回。

俞忌言耐不住性子，本打算訂週五下午的機票，直接飛過去抓人，但她好像料到他會這麼做，提前警告他——敢來，她就敢扣分。

所以俞忌言只能每晚靠打視訊電話解渴，說是給許姿看咪咪，但鏡頭分明對準的是他自己，故意半裸，玩浴後濕身誘惑。

脫了嚴肅禁欲的西裝，這隻老狐狸的花樣多得可怕。當然，許姿才不上當，每次逗玩咪咪後，就直接掛斷。

但陷入「熱戀」裡的男人，總有點和正常人不同的異常反應。比如，俞忌言認為這是一種調情的方式，甚至樂在其中。

週五下午。

一場關於高爾夫俱樂部項目的會議，從一點開到了四點，憋在會議裡太久，俞忌言有些頭痛。

回到辦公室後，坐在桌前，按壓著太陽穴。

忽然，擱在電腦旁的手機震了震，他瞅了一眼，是一個陌生的號碼。

他接通了，不過很意外，居然是韋思任。

「不好意思，想耽誤俞老板幾分鍾。」韋思任倒是開門見山，「我只想問你一個問題。」

俞忌言起身，慢慢走到了窗邊，「什麼問題？」

「那天晚上，你為什麼沒有當著許姿的面，說出茶園的實情？」

四點的陽光還是刺目，俞忌言拿起遙控器，將百葉窗拉下，一道道橫條的光影映在他身上，眉眼平靜，「我這人記憶力不好，的確不記得韋律師有沒有打過我。」

「俞忌言，別裝蒜了，你只是不敢說下去而已。」韋思任怒到不再客氣，「你不就是記恨，當年我把你的情書扔到湖裡，你和我起爭執時，失足掉下去，差點淹死，所以設陷報復我嗎？你敢摸著你的良心說，當年張慧儀威脅我前途的那些話，不是你指使的嗎？」

「我沒有。」俞忌言迅速否認，「我從來沒有讓張慧儀威逼過你。」

韋思任越過了這個話題，因為另一件事，他更想不明白，「你為什麼要替我解圍？你明明可以許姿更厭惡我……」

「我不想。」俞忌言聲冷打斷。

韋思任不解：「什麼意思？」

沉了沉氣，俞忌言懸垂在一側的手，稍稍握緊，「因為，你是她第一個喜歡的人，你在她心裡曾經完美無缺。澳門那次，我承認，我是出於私心，故意讓她見到你的另一面……但我絕不會讓她知道，她那麼喜歡的一個男生，差點成了殺人凶手。」

隔著螢幕，也能聽到韋思任驚慌的吞咽聲。

俞忌言的聲線壓得有些重：「韋律師，我是不是失足，你心裡很清楚。」

韋思任徹底說不出話來。

和韋思任結束通話後，俞忌言又處理了會工作，剛準備走，卻被突然闖進的費駿留住。

費駿就家裡爸媽吵架那點瑣事，磨磨唧唧拖到了八點。

反常到像是在刻意拖延時間。

進家門前，俞忌言已經猜出了些端倪。

果然，門被解了鎖，能知道悅庭府密碼的只有他的「妻子」。他推開門，漆黑的屋裡，唯一的光亮是從投影儀發出的，淡藍色的光，淺淺地映在木地板上。

他還在玄關換鞋時，音樂就播放了起來。

螢幕裡是一支韓國女團的ＭＶ，他不熟知這些女團，只知道和上次演唱會的不同組合。

寬敞的客廳裡，忽然出現了一個高挑的身影，朦朧的輪廓中，女人身上穿著一件制服，白襯衫塞在黑色百褶裙裡，小腹處沒有一絲贅肉，軟腰極細，纖細的小腿上還套著一雙白色長襪。

身姿跟著旋律扭扭，說是十六歲的少女也不為過。

俞忌言將西裝挽在手上，他早就被眼前清純漂亮的身影勾走，哪還記得放衣物。

整個屋內，是跟著ＭＶ變幻的舞臺光影。

顯然這是許姿拿手的舞蹈，每個動作都極為流暢舒適。俞忌言沒再看過投影畫面一眼，雙眼像嵌在了她身上。

她刻意朝俞忌言走近了些，以便讓他看得更清晰。他直勾勾地盯著她，無意間，竟有種欣賞美人舞姿的金主錯覺。

許姿撫著裙子，嫵媚地做了一個蹲下的動作，起來時，臀部有意無意蹭到了他的腿，桃腮帶笑，又清純又欲，讓人忍不住想要奪走她此時所有春光。

後來，她所有的動作，幾乎都是貼著俞忌言跳的。

她就是故意的，但他也的確沒出息，只是被她摸了摸胸膛，被那飽滿的臀肉蹭了蹭腿，下面就起了反應。

俞忌言喉嚨發緊，一道側影剛好覆在他修長的頸項邊，此時喉結滾動得很頻繁。

歌還在循環播放，許姿已經停下了舞蹈，一整首跳下來，襯衫都被細汗浸濕，也特別的疲憊，她懶洋洋地趴在他身上，下巴抵在他結實的胸口上，食指滑過他的脖子。

「俞老板，喜歡嗎？」

俞忌言在抑制膨脹的情欲，微微壓下眉額，「這算是在哄我嗎？」

「嗯。」許姿撅起嘴，「我剛下飛機，就來跳舞給你看，還不夠有誠意嗎？」

她身子骨太軟了，一直往俞忌言身上傾，他撐著她的背，搖頭道：「不夠。」

許姿輕輕翻了個白眼，「難怪人家說三十歲以上的男人特別難搞。」

「嗯。」俞忌言還真的順著她的話應了。

她故意退了一步，「那算了，改天繼續哄。」

突然，她整個人被俞忌言單手托起來，她身子很輕，他毫不費力地將她放到了茶几上，兩人的身影正對著投影螢幕。

許姿不知是羞澀還是緊張，「你要幹嘛？」

俞忌言看著她身上有些老舊的校服，將手伸進了百褶裙裡，撫摸著她的大腿根部，「第一次去附中找妳，妳穿的就是這套校服。那晚，我第一次做了春夢，夢見妳穿著制服和我做愛。」

許姿的臉迅速漲紅，別開了眼神，不想理人。

手指越摸越上，指尖勾住了內褲邊，快碰到了溫熱的私處，她身子不禁敏感地一抖。

忽然，俞忌言抽出了手，環抱住她，撫摸著她的後腦，喉嚨有些像被火燒，「許姿，我真的娶到妳了。」

許姿坐在茶几上沒動，頭搭在他的肩上，「嗯。」

俞忌言垂下手臂，兩人胸貼胸，能感受到彼此的心跳起伏。那縷炙熱的氣息順著她的鼻尖滑下去，而後，濕熱的唇又順著她細長脖頸，吮舔了一遍，「老婆，我想看妳穿校服自慰，想讓妳榨乾我。」

許姿嫌俞忌言一身是汗，讓他先去洗澡。

男人的欲望一旦上頭，在浴室裡根本待不住，沖洗了十分鐘左右，他裹著浴巾走回了客廳。

他發現，客廳裡稍微變了些樣子。

歌停了，投影裡的畫面和剛才是兩種畫風——淫穢不堪。

沙發上的女人將制服襯衫釦子解到了第三顆，裡面沒有內衣，雪白渾圓的胸部若隱若現，一雙纖細的長腿大幅度地擺開，百褶裙全堆在了腰上，手指抵在底褲邊，像在靜候一個人的到來。

兩人中間隔著幾道朦朧的光暈。

俞忌言聽到了沙發上有淺笑聲，「俞老闆，聽費駿說，你最近天天泡健身房，腹肌好像更結實了——這麼怕我榨乾你啊？」

倒也不是怕被她「榨乾」，但俞忌言的確覺得練出優越的線條，能刺激對方產生情欲，也不失為取悅她的一種方式。

他手裡好像還握著一個私密的東西，只是先放到了一旁。

看到等的人來了，許姿也開始漸入佳境。

投影是她的一時興起，在沒碰過性愛這件事前，她一度以為自己是性冷淡，但自從被老狐狸變著花樣壓了數次後，她發現自己好像是一個很「貪玩」的人。

在這點上，他們興趣相投，都貪戀性愛裡的新鮮與刺激感。

即便要當著他的面自慰，許姿已經不覺得是一件羞恥的事，是取悅彼此。

她沒做過這件事，有一點生澀。一隻手將內褲扯開一條縫隙，粉紅肥嫩的肉瓣暴露在空氣裡，她試著用食指試著塞入肉穴裡，可是還沒濕，直接進去會疼。

見她不知該怎麼弄，俞忌言沉著聲，將身子挪近了一些，「我幫妳。」

許姿發現他並沒有動自己，只是雙臂撐在沙發上，不過很奇怪……只要這副充滿力量感的身體罩住自己，感受著那撲面而來的炙熱氣流，她底下就會濕。

「俞忌言……」她輕喃，「怎麼你一靠近我，我就濕了……這不合理……」

「因為妳喜歡我。」俞忌言眸色漸深。

這話弄得許姿羞澀地低下了頭。

「幹嘛害羞？」

她撒嬌般地撅起嘴道：「我今天是未成年。」

顯然，這隻小妖精已經將自己代入到了角色中。

俞忌言眉眼一挑，「那我就勉為其難，做個變態。」

說完，他坐在了正對面茶几上，欣賞起來。

這會兒，底下已經濕了許多，許姿再次試著將手指伸進了穴口裡，剛伸進去時有一點疼，但完全插進去後，卻是一種被自己填滿的舒服。

俞忌言鎖緊目光，聲音低啞：「像之前我弄妳那樣，抽插幾次。」

許姿乖乖照做，食指反覆插入拔出，一次比一次帶出的水多，才一會而已，她的臉蛋迅速潮紅起來，底下粉嫩的穴肉已經被撐開，沾著淫水的光澤。

看得俞忌言喉嚨發緊，底下的性器也硬了不少，「把中指也塞進去。」

「嗯——」

其實許姿也想被塞得更滿，兩隻手指插入到穴裡後，那種飽滿的瘮脹感搞得小腿不禁打顫，來回抽插了幾次後，她嫌內褲礙事，「幫我把內褲脫了，好不好？」

見俞忌言點了頭，許姿將雙腿伸直，看著他將自己的內褲從腿間脫去，忍不住調戲他道：「變態，脫未成年女孩的小內褲。」

他一掌抓住那雙纖細的腳踝，直勾勾地盯著她底下露出的那片春光，「不只，一會還要幹死妳。」

許姿扭著身子，捂著臉「咦」了聲，還真把自己當成了十六歲的未成年少女。

俞忌言坐回了茶几上，「繼續。」

沒有了內褲的阻礙，許姿能更肆意地用手指玩自己的穴，兩根手指在穴裡不停地摳動，掏出了越來越多的水，淫靡的水聲迴盪在安靜的屋子裡。

白襯衫上「成州附中」的校徽，像在告訴她，此時在做的事有多麼羞恥。烏黑的秀髮是洗過後的蓬鬆，散亂在肩頸邊，一雙迷濛的雙眼不知能看哪，時不時被自己摳弄得咿呀亂叫。

俞忌言並沒有就此滿足，「把奶子露出來。」

很聽話，許姿將襯衫全部解開，一雙雪白無暇的胸部，跟著她的動作起伏彈動著。

她裝出A片裡被欺負的高中生模樣，「叔叔，不要……」

她進步太神速，俞忌言有一些驚到，忽然想起來，她搬去清嘉苑後，有一次去書房，發現少了兩部片，當時以為是自己弄丟了，看來謎底算是揭開了。

昏暗的屋子裡，曖昧不明的光線更加刺激性欲。

粉肉已經被手指摳弄得有些紅腫，水液沿著穴縫緩緩流下，浸濕了陰毛。

忽然，許姿拔出了手指，在自己的大腿上抹了抹，「我流了好多水啊……」

這幅裝扮，像極了在家裡偷做壞事的學生妹。

極大的反差感，足以讓俞忌言發瘋。

十年前，她的純真清澈把他的魂徹底勾走，十年後，她又把那欲到甚至騷的一面展現給自己，他沒出息地承認，他總能被這個女人挑弄到喪志理智。

他呼吸漸漸不穩，「按按陰蒂。」

「不要……」許姿搖搖頭，「那裡……碰不得……」

「碰不得，那就換個玩法。」俞忌言邊說邊伸手，取過剛剛拿過來的私密物品，是一根按摩棒。

許姿瞳孔瑟縮，「你要幹嘛？」

俞忌言按開了開關，直接調到中檔，低頻的震動聲嗡嗡響起，「先用它滿足妳。」

許姿又假裝害羞地捂上了眼睛，沒一會兒，穴裡就被異物鑽入，雙手不自覺地抖落至兩側。

「啊啊、啊啊……嗯嗯……」

老狐狸買的這款尺寸比佳佳送的大，塞進去時，升起一股強烈的痠脹感。

俞忌言將按摩棒的頭露出來，遞給她，「自己弄。」

還沒等許姿握住，他就壞到先鬆了手。

假陽具就這樣插在穴裡，細細密密的震動，她吞了吞口水，顫著手去握住了棒身，試著又往裡推進了點，窄穴裡的肉瓣被完全撐開，龜頭不斷地震著花心，耐不住時，她乾脆雙手握住了棒身，淫水噴濺到了她的指甲上。

「啊啊啊、啊啊……」

整個身子被震到亂抖，飽滿的乳肉更是被震到亂顫，許姿連呻吟都變了調。她半闔上眼，眼尾已經濕了，一雙長腿快要立不住，水越噴越多，白色長筒襪上被淋到變了色。

「我不想要了……」她亂喘著氣嚶嚀，「我要你的……」

俞忌言忍著身體裡躁動不安的欲望，逼她說完，「我的什麼？」

「你的……」許姿還是不敢說那些汙穢的詞，「那個、粗粗的那個……」

底下的性器早就勃起，甚至在浴巾下頂出了一道弧度，俞忌言胸口那團欲火，憋得心臟疼痛。他扯開浴巾，抬起沙發上的許姿，讓她躺到了另一面，但那根按摩棒還插在裡面，嗡嗡地亂震著熱穴。

她蹙眉呻吟，「拔出來、把它拔出來……我要被它弄死了……」

「弄不死的。」

俞忌言一笑，拔出按摩棒的瞬間，關了開關，扔到一邊，穴裡那幾股被堵住的淫水，頓時全洩了出來，他按了按腫立的陰蒂，「想被老公操嗎？」

「嗯……嗯……」

本來穴口就還在收縮，被揉捏著陰蒂，許姿的欲望又一次襲來，她本能地索要起來，「要、要被老公操……」怕俞忌言沒聽清，她摟住他的脖子，嬌哼道，「老公……」

俞忌言感覺自己像是在做夢，身下挑逗著自己的女人，曾經，他只能在夢裡短暫擁有。如今，終於等到了她心甘情願地稱自己為老公。

是一種身分的認可。

被一雙饑餓到凶狠的眼神盯著，許姿可能從沒想過，這兩個字，對俞忌言來說比任何催情劑都有效。

見他想去拿保險套，她抓住了他的手腕，「別拿了。」

俞忌言回過頭，臉卻被許姿捧住，指腹還摸著他的唇邊，暈紅的眼角勾了勾，「今天別帶套了，想要老公射在裡面。」

俞忌言一怔，「不怕懷孕嗎？」

「懷了，就生囉。」許姿一雙玉腿盤上了他的腰際，繼續挑弄他，「而且，你哪有那麼厲害啊，一次就中。」

投影畫面中，女人跪趴在沙發上，被男人狠狠抽插，畫質清晰到甚至連兩人的交合細節都能看得一清二楚。

許姿沒脫制服，白襯衫敞開，百褶裙被推腰背上，白皙緊致的臀肉被身後的男人扇紅。

觀賞和真做起來的感覺，還是很不同。此時，俞忌言更覺得自己是一個欺負未成年少女的變態。

基本上，他們每一次做愛，都從後入開始。

他喜歡，她更喜歡。

猩紅粗長的陰莖破開了緊致的小穴，俞忌言按著許姿的腰肉頂動著。後入時，他有一個變態的習慣，喜歡低頭去看插入的畫面，莖身每次拔出一截，那拉絲的淫水，令他特別興奮。

「好滿……塞太滿了……」許姿手心用力撐住沙發。

俞忌言將還剩在外面的一截，全刺進了她的體內，她跟著就是一聲揪心的高喊。

他卻笑著道：「這才叫全操進去了。」

那一下下的衝撞，又一次讓許姿的穴裡盛滿了汁水，堵不住的幾股，順著肉縫留了出來。

「老公、好舒服……你弄得寶寶好舒服……」她穴裡好癢，想要更多。

俞忌言有時候覺得，許姿上輩子就是盤絲洞裡的妖精，越是親近，就越放得開。同樣地，她越是誘惑人心，他的占有欲也越強。

她那瘦弱的身板被撞到亂跑，俞忌言伸手，將人固定住，「別亂動。」

她好委屈，「是你撞得太凶了。」

俞忌言乾脆栓住了許姿的細腰，俯下身，抱著她，腰部直往前頂插，粗大的肉棒持續擠壓著穴肉。

她被那雙有力的雙臂固定得動不得，只能乖乖被操著穴，「嗯嗯……我喜歡你不戴套……好熱、好舒服……」

俞忌言自然也喜歡無套做愛的感覺，雖然平時用的都是極薄款式，但畢竟隔著一層膠，不像現在能整根無阻礙地插入。

肉棒被小穴緊密地含著，反覆抽插了幾十次，在穴裡彷彿又脹了一圈，硬邦邦的長驅直入。

其實，老狐狸並沒有因為表露了心聲，在床上就變得溫柔起來，因為他本身就是一個強勢的人。只是，許姿的心境發生了變化，以前她會厭惡，現在她卻享受他帶來的霸道侵占感。

她無力地垂著頭，背後的抽插已經快讓她失去了喘息的餘地，可嘴裡還在嚷著：「老公……快一點、可以再快一點……」

徹底釋放心中的欲望，讓彼此更好的享受一場性愛。

俞忌言繃緊的背部線條上布滿汗珠，順著兩側一顆顆流下，是男性荷爾蒙的性感。他抱住自己交叉的雙臂，以便更好的栓緊許姿，整根粗硬的肉棒拔出又狠狠地插進去，先均速地進行了幾次，隨後加快了速度。

「啊啊啊、啊啊……」她被箍在他的懷裡，撞到意識渾濁的浪喊，連耳朵都滾熱一片。

啪啪啪，客廳裡是毫無章法的皮肉拍擊聲，女人屁股的白肉，被男人結實的小腹、大腿撞得像水波般蕩。

兩人體型上的懸殊，外加許姿穿著高中校服，顯得這樣的一場做愛，更帶有禁忌感的色情與刺激。

「別停……我還要……」漸入佳境的她，是能把人魂魄扯走的撩人，嬌聲亂吟，「我老公好厲害……這輩子只能給寶寶……嗯嗯、啊……」

光是幾聲情欲裡的挑逗，就讓俞忌言繃不住的咬緊了牙關，全身都是充血的沸騰。

不過，他暫時放緩了速度，因為他感覺到許姿在不自覺地迎合自己的肉棒，這種配合弄得他整張背都在發麻。

他將人朝上一抬，腰間的裙子散下，許姿順手就提了起來，仰起身子，腰被他更用力地拴牢，另隻手順著她的小腹往下滑到了私處，按住了敏感的陰蒂。

他不停地揉捏，她扯著嗓子就叫，呼吸不上來，「啊啊，不要揉了……」

俞忌言邊揉著陰蒂，邊挺起腰腹，快速地頂撞，肉棒火熱地摩擦著她的穴道，啪啪聲混著抽插的水聲，充斥在整間屋子裡，許姿快要被幹到失聲了。

突然，俞忌言抱著她坐在自己身上，是面對面的姿勢。剛剛那番操幹後，她雙眼濕濛濛，臉上的妝容暈開了一些，不醜，反而更欲。

他抬起她的臀，往下一放，那種毫無防備坐進肉棒裡的感覺，讓她不禁痛苦嗚咽，眼尾都是淚痕，「啊啊……太大了……插得太深了……」

同樣的方式，俞忌言反覆來了十幾次，許姿被搞得幾乎失去了意識，他連呼吸都是火熱的，「是舒服，還是不舒服？」

「舒服、好舒服……」她雙手撐住他的肩膀，仰起脖頸，濕汗順著臉頰滑落，「我老公好會做……」

俞忌言將她攬進懷裡，雙掌用力地撐著她的後腦，帶著獸欲的表白，更震人心扉，「許姿，妳知道我有多愛妳嗎？」

這是第一次，他用了「愛」這個字。

許姿發不出聲來。

俞忌言滾熱的呼吸一寸寸淹沒著她，「結婚的第一年，妳不讓我碰妳，我怕自己待在這個家裡，會把持不住，所以沒出差的日子，我都躲在飯店裡。」

許姿眉頭緊皺，全身顫抖起來。

結婚第一年，她知道他總出入飯店，那時她以為他是在與情婦幽會，所以跟蹤過幾次，但就是抓不到任何把柄。

沒想到真相竟然是這樣。

俞忌言捧著許姿的臉頰，目光火熱到能吞人，可先吻人的是她，溫熱的粉唇直接覆了上去，兩張都有些乾燥的唇，在廝磨裡變得濕潤了許多，她摟住他的脖子，扭著臉，換著角度，不停地吮舔著他的唇。

濕潤的舌吻聲蔓延開來。

她不知道該怎麼回應，索性用更主動的迎合，去給他一點他想要了許久的愛意。

「嗯嗯嗯……」

許姿閉著眼，撅起屁股，緩緩地坐進了肉棒裡，女上的姿勢，每一下都直達花心，哪怕是他不動，都敏感到極致。

沒了保險套，私處和器官能更好的貼合，她的肉壁能清晰的感受到陰莖的熱度，而陰莖也不會乾澀，分泌的滑液讓抽插變得更順暢。

是一次身體毫無阻礙的徹底交融。

後來，許姿將裙邊塞進了腰間的鬆緊帶裡，便於她更好辦事。她不想抱著俞忌言，就這樣撐著他的肩膀，上身朝後仰，下腰的曲線很優美。

俞忌言從下而上的猛烈抽插，扶在她側腰的手指繃得很緊，剛剛只是力道猛，此時他加快了速度，她整個身子像在半空亂顫，一雙雪白的大奶在白襯衫裡劇烈的抖動，色情的要命。

他也沒想過，原來穿著校服做愛，能如此刺激。

幾十下的反覆頂插，她的熱穴已經被幹得軟爛淋漓，插到最後，都流出了白漿，混著水液一同沾到了彼此的陰毛上，滴到了沙發上。

其實已經快要筋疲力盡，但許姿還是捨不得肉棒從自己身體裡離開，她抱住了俞忌言，貼著他的頸窩，聲音軟軟綿綿：「俞忌言，我好喜歡和你做愛啊。」

「是嗎？」俞忌言挑挑眉。

「嗯。」她是認真的，「我會喜歡你，有一半都是因為你把我伺候得很舒服。」

俞忌言悶著呼吸，一笑。

這樣的答案，他是滿意的，畢竟他們的關係能走向正軌，的確是從他「強迫式的性愛」開始。

深陷在沸騰情欲裡的兩人，全身熱汗淋漓。

許姿又朝他脖邊，吐了吐氣，「老公，再讓我快樂一點，好不好？」

話音剛落沒幾秒，俞忌言將人抱起，放倒在地毯上，地上比較寬敞，許姿也算躺得更舒服了些，已經軟癱的雙腿架在了他的手臂上。

他重新將陰莖塞入穴裡，莖身像泡進了滾熱的水裡，插一下，就流出好幾股，「我老婆是不是有點騷，水怎麼都流不完？」

許姿又聽得害羞了，「你才騷，外表看著一本正經，其實就是個騷狐狸！」

俞忌言笑了笑，「我是騷狐狸。」他話留一半，忽然加重了肉棒撞擊的力度，悶哼了一次，「那妳幫我生個小狐狸，也不錯。」

她又踩了坑，不悅地撇開了眼。

調情到這裡即可，俞忌言不想再說話，畢竟他的欲望還沒得到紓解。他撐開許姿的手掌，與她十指相扣，她的雙腿下意識夾緊了他的腰，他寬闊的背脊開始律動起伏。

注視著她色情迷離的表情，他控制不住加快速度抽插起來，整根沒入的插入，讓她閉著眼哭了出來，微微張著的小口，不停地喘息呻吟，

「啊啊啊……」

「輕一點、輕一點點……」

俞忌言沒輕反而更重的操入，表情緊繃，「輕不了，好好受著。」

碩大的龜頭一直在刺著敏感點，弄得許姿幾近快失去知覺，上身熱到發紅，小腹是發脹的抽搐。

還沒到高潮的衝刺，小穴已經不受控制地噴出了一些水，但肉棒還在裡面狠戳，那噴出的水液澆濕了俞忌言的大腿，他先拔出了陰莖，讓那股憋不住的水先噴出來。

過了一會兒，俞忌言用手摸了摸穴口，有點發腫，他扶著莖身，用龜頭戳了戳在收

縮的穴口，故意塞進去一點，又拔出。

「快、快進來……」磨得她搔癢難耐，抓住他的手腕，嬌嗔索要，「不要這樣磨我……我好難受……」

噗嘰一聲，肉棒整根塞了進去，俞忌言死死地盯著她，高潮的感覺已經延伸到了腦頂，漸漸掩蓋意識，他腰胯猛頂，又快又重地抽插著。

「啊啊、嗯嗯……」許姿的呻吟早就跑了調，「老公……抱抱我……」

她喜歡在做愛時被擁抱。

俞忌言自然滿足她的一切要求，他俯下身，抱住了她，奶子被他的胸膛擠壓到變了形，喘著粗氣，「再忍忍，我馬上就要射了。」

「嗯……」她忍受著點頭，眼睛沒再睜開過。

俞忌言喉嚨間發出低啞渾濁的聲音，「搬回來，讓老公每天都操一頓，好不好？」

許姿就算想回應，也沒有任何力氣回答了。

他撥著她濕透的髮梢，「姿姿，我真的好愛妳。」

隨後，俞忌言像將全身上下最後被壓制的激情，徹徹底底發洩出來，幾十下的猛操，讓她連叫都叫不出聲，哭著嗚咽。

許姿以為他要射了，竟然又對著自己玩命般地狠插了幾十次後，他才停下，穴裡被幾股滾燙的濃精包裹。

他射在了裡面。

高潮過後的餘韻久久不散，許姿的腿還是顫得厲害，不過她捧著俞忌言的臉，笑著問：「敢打賭嗎？」

他握起她的手，朝手背親了一下，目光一直沒偏移半寸，「賭什麼？」

許姿臉上潮紅一片，「我不吃避孕藥，看看，我會不會懷小狐狸。」她又拍了拍他的臉，「賭我們俞老闆夠不夠厲害。」

俞忌言盯著她，半晌後，將人打橫抱起，徑直朝房內走去，「那我得再射一次。」

第二天，許姿還在沉眠裡，要不是一道暖陽突兀地照入，她根本醒不來。

俞忌言艱難地放下遙控棄，腰腹、腿都被旁邊的女人牢牢困住。

「才幾點啊，你就拉窗簾……」兩人一直折騰到半夜，還吃了頓宵夜，她睏到有起床氣了。

俞忌言的手臂被枕麻，「十一點了。」

「啊？」許姿驚訝歸驚訝，但始終沒睜眼，「電影不是下午五點嗎，讓我再睡一下。」軟泥一樣的身子又朝旁邊的高大身軀挪了挪，嘴裡細聲嘟囔，「昨天半夜兩點吃了蔥花拌麵，現在一點也不餓中午不想吃了，晚上直接去吃日本料理。」

溫柔推開她的手臂，俞忌言想起身，「那妳再睡一下，我去書房工作。」

從小生活在嚴苛的家庭環境裡，父親不允許他有睡懶覺的毛病，所以幾乎從有記憶以來，他就沒有貪睡過一次。

俞忌言掀開被子，才想起來昨晚是裸著睡的，是許姿提的要求，說要方便她隨時能摸到他那裡。

一時間，分不清誰才是「變態」了……

許姿裹緊被子，只露出了半張巴掌臉，粉白的肌膚泛著光澤，一隻長腿故意從被子裡伸出去，在那張寬闊的背上踩來踩去，哼哼兩聲，「俞老闆，一大早就去書房學本事啊？」

剛準備穿內褲的俞忌言，忽然也有了點興致，將內褲又擱在了一旁，重新跪回了床上，抓起她的腳踝，疲軟狀態下的性器，也粗長到看著就凶。

沒睡醒的許姿，瞇著眼，迷迷糊糊帶著些小鼻音，「也不知道你哪搞來那麼多淫穢的片子。」又笑了，「我們小魚寶寶的腦袋裡，到底都裝著些什麼呀。」

看來是還沒醒，她都自己不知道在胡說什麼。

但在俞忌言的視角裡，這妖精只要醒著，就在調戲自己。連昨晚的宵夜，她也是坐在自己腿上，嬌嬌氣氣地讓他餵。

他輕輕撓著她的腳心，「我有兩張日本學生妹的，是不是被妳偷走的？」

許姿從小就怕癢，她難耐地扯著被子，睡裙滑到了肩下，透明的薄紗內褲裹不住私處，春光早就被他看進眼底。

「我沒有偷……」她癢得手心都冒出了些虛汗，「我是……正大光明的拿。」

一隻手臂撐到棉被上，俞忌言隔著半張被子，罩住了表情猙獰的許姿，溫熱的陰莖垂下，有意無意地摩擦著她的小腹。

他掰住她精緻小巧的下巴，腦子裡對她都是邪念，「下次，非得把妳操醒。」

「你很煩！」許姿臉色羞紅，耳朵也熱了。

俞忌言以輕輕彈彈她腦門，結束了早晨的調情。

這是他們婚後第一次正式約會，許姿特意挑了件墨綠色的裙子，只化了些淡妝，就明豔漂亮。

俞忌言帶著她，驅車到了人潮密集的一間商場。

週末的商場裡更是人聲鼎沸。

「要不要改去百老匯？」俞忌言不喜歡人多密集的地方，吵得他頭疼。

「不要。」許姿和他十指緊扣，一起上了二樓的手扶梯，眼朝四周看，「你看，大家不都來這裡約會嗎，我們也試試嘛。」

俞忌言沒拒絕，「嗯。」

離電影開場還有一個多小時。

特意提前一點出門，許姿就是想和俞忌言一起閒逛，做點情侶戀愛時該做的事，但兩人繞著兩層樓轉了一圈，也沒什麼收穫。

有點無聊，又有些口渴。

許姿牽著俞忌言進了一家奶茶店，一人買了一杯奶茶，坐在窗口的位置，店不大，氣氛喧鬧。

顯然，更不習慣的是俞忌言，他一臉面無表情。

她笑著戳了戳他的臉，「俞老闆，你的臉都快垮到桌上了。」

俞忌言握著那杯甜到身體不適的奶茶，看著玻璃窗外說：「我可能不適合這樣談戀愛。」

見特意幫他點的奶茶都沒喝兩口，許姿拿過來吸了兩口，並無奈地說：「沒辦法，誰叫我們兩個都沒經驗。」

一張小小的桌子，把俞忌言擠得極痛苦，他手肘困難地撐在桌上，望著她，「我比較喜歡和妳獨處，比如一起在家裡做飯、聽音樂、看電影之類的，我會覺得這樣比較有意思。」

見許姿低頭想事，一直沒吭聲，他包容性地退了幾步：「當然，如果妳覺得無趣，我可以陪妳做妳想做的事。」

她抬起眼，下巴靠在手背上打量著眼前人。

尊重他人意願的俞忌言，特別像隻乖巧的大狗狗，竟然有點可愛。

許姿跳過了這個話題，拎起包包，把他從椅子上拉起來，挽著他的手臂，親密地走了出去。

四層的店鋪大多以家居類為主，怕逛街的人無聊，隔幾家就開了一家飲料店，但好在這層人不多，逛起來比較舒服。

許姿看了一眼手錶，「還有四十分鐘才開場，要不再找個地方坐坐？」

似乎已經尋到了目標，俞忌言指著對面那家內衣店說：「進去看看，幫妳挑幾套。」

「嗯。」許姿像黏在了他身上。

情侶一起逛內衣店並不稀奇，所以接待的店員並沒有很驚訝，慣性地介紹起新款。

許姿笑著應付。

俞忌言卻挑得很認真，他依照自己的審美，從衣架上拎起了一件，是白色蕾絲馬甲款，他已經能想像她穿上去有多撩人。

「小姐，妳男朋友眼光真好。」店員為了業績，逢人就誇。

俞忌言只顧將內衣遞到許姿眼底，「試試？」

許姿取過，「好。」

這時，又來了顧客，店內恰好只有一名店員，於是店員替許姿指引了更衣間的方向後，就去招呼新客人了。

走到換衣間外，許姿放下包包，遞給身後的俞忌言，「你在沙發上等我。」

俞忌言沒應，趁無人看過來時，他推著許姿進了最裡頭的更衣間。

「你瘋了嗎？」她慌亂不已，都不敢出聲，快用上唇語了，「出去，出去。」

俞忌言挑挑眉，「怕什麼？」

許姿沒想到他膽子這麼大，竟然敢一起進換衣間。

見後面有一個放衣物的椅子，俞忌言坐了上去，抬起下頜，壓低了聲音：「換吧。」

知道攔不住他，許姿只能趕緊順著他的意試衣服。

更衣室中兩面和門後各有一面鏡子，方便換衣的人各個角度欣賞。

她將脫下的裙子，掛到了旁邊牆上，然後雙手繞到背後，解開了內衣帶，只是脫下後，並沒掛上去，而是好玩般地扔到了俞忌言的臉上。

內衣上還有她的餘溫和體香，他從臉上扯下，抓到手裡，見她做了個戳他雙目的手勢。

「死變態。」

這家店人不多，所以更衣間很安靜。

馬甲內衣有些不太好扣，許姿轉過身，示意讓俞忌言幫幫她，他的手剛剛觸摸到她光滑的肌膚時，她故意輕輕哼了聲。

「嗯嗯……」

故意挑戰他的忍耐力。

兩人正對著門上的全身鏡，俞忌言能看清她臉上挑逗的表情，狹窄的更衣室裡，是兩副身軀相貼的熱氣，也滋生了些許情欲。

突然，他將許姿抱到自己大腿上，這會她慌了，不敢亂來，但為時已晚，被他拴著腰，強迫式地讓她去磨自己的下體。

光隔著褲子，她已經感覺到他的性器硬了不少。

但俞忌言的膽大不止於此，他順勢解開了褲子，滑落至腳踝邊。鏡子裡，他結實的長腿朝兩側打開，腿毛的濃密度剛好，性感而不噁心。

內褲也扒到小腿上，他將許姿圈進了雙腿間，沒脫她內褲，按著她的側腰，要求她，「把我磨射。」

她害怕到心都在抖，「你瘋了，這是更衣室！」

俞忌言的五指朝她大腿內側一掐，「不想被發現，就趕快讓我射。」又親了親她的背，「老婆那麼會，我很容易就投降的。」

在公共場合做這種事，許姿全身都緊張到發熱，不過沒辦法，她只能照做，撐著他的膝蓋，弓著細腰，撅起屁股，去磨漸漸勃起的陰莖。

見她已經漸入佳境地磨蹭起來，俞忌言便將手挪到了內衣裡的胸部上，兩隻大掌，各抓著一隻，在揉捏玩弄。

「嗯、啊……」力氣大到，許姿還是不覺仰頭呻吟，但還好，聲音不大，應該沒人聽見。

磨了一會後，她嫌內褲礙事，乾脆脫下。此時，她全身精光到只有胸前垂掛的馬甲內衣，空空的穴口不停研磨著那根滾熱的陰莖，左左右右地繞著畫圈。

不一會兒，她就聽到身後男人的呼吸聲越來越重，是百般的焦灼難耐。

一對胸部在內衣裡被玩得發紅，俞忌言時不時還用拇指去揉摁乳頭，許姿哪敢在這裡叫出來，只能死死捂著嘴，臉色漲紅，額頭流著細密的濕汗。

又磨又蹭了好幾圈，許姿感覺到穴邊的陰莖已經脹得徹底勃起，碩大的龜頭好像稍不留神，就能滑進自己的穴縫裡。

她克制著喘息，「射得出來了嗎？」

從頭至尾，俞忌言都一直看著鏡子，小妖精就連緊張蹙眉的模樣，都能引得他欲火焚身。

突然，他站起來，將許姿推到椅子上，雙腿朝兩側打開，身子往前挺近了些，他身體裡那股侵略感的火熱氣息，不停往外散，逼得她害怕到不覺往後仰。

俞忌言握著那根被她磨到猩紅粗長的陰莖，面部緊繃地快速套弄了幾下，最後隨著一聲悶哼，精液分好幾股射在了她的小腹上。

第十一章

週一早晨，許姿是被俞忌言的親吻吵醒的。

浴室的白灰牆上是兩個親密的人影。

方鏡裡，臉上貼著面膜的許姿，軟綿綿地依偎在俞忌言身上，身上是一條剛過臀部的吊帶睡裙。

他在刮鬍子，她望著他笑。

到現在，許姿還是會不自覺想起，前天在內衣店做完羞恥的事後，出來時正好碰見店員和一個顧客，她緊張到手心都在冒汗，他卻異常淡定。

許姿揭下面膜，本來就白得透亮的皮膚，有了乳液的滋潤後，更是像牛奶般絲滑，她邊按摩臉邊說：「我可不能生男孩，要是像你就完蛋了，簡直是無法無天的色魔。」

刮鬍刀的低頻震動聲戛然而止，俞忌言清理完後，放回原處，「生個女兒像妳，我也不放心。」

許姿扭著屁股，頂了頂他的臀，差點笑出聲，「那我們家，真是一窩妖魔鬼怪了。」

陷入熱戀裡的人，本來就會變得幼稚。

對俞忌言來說，生活本是一灘死水般的無趣，雖說三十歲才品到戀愛的趣味，但他不嫌晚，也讓他這樣一個不愛吃甜食的人，漸漸接受起了「甜味」。

比如，他開始和許姿一起用粉色包裝的牙膏、粉色毛巾、粉色茶杯，甚至還被迫擁有了一條粉色內褲。

一番洗漱後，他們在鏡子邊的地毯上換衣服。

搬回悅庭府後，許姿睡到了俞忌言的房裡，原本的那間臥室，請設計師改成了衣帽間。

連身裙的拉鍊在背後，許姿故意只拉了一半，從鏡子裡找準了位置，朝後退了幾步，「老公，幫我。」

剛換好衣服的俞忌言，轉過身，替她拉好了拉鍊，「沒想到妳談起戀愛是這樣的。」

連裙子都沒整理好，她轉過來就投到了他的懷裡，下巴磕在他的胸口，撒撒嬌，「哪樣？」

俞忌言眼睛微眯，「黏人。」

將指尖抵在他的胸口上，手指翹起了一些弧度，慢慢地推開他，許姿走到梳妝臺邊，拿起香水，「我喜歡一個人就是這樣啊。以前喜歡韋思任的時候，我也是這樣每天都黏著他……」

身後沒有任何動靜。

她稍稍回眸偷瞄了一眼，繼續說：「……他去哪，我就去哪。」

背後的男人，波瀾不驚。

索性不說了，許姿不悅，「你怎麼回事啊？」

俞忌言在戴手錶，「怎麼了？」

有些話很羞恥，但許姿還是很不要臉地說了出來，「之前吃醋，你不都會強吻我嗎？怎麼現在一點反應也沒有？」

知道她貪玩，想耍點花招，俞忌言戴好錶後，扯了扯袖口，輕聲回答：「妳的心和身都是我的了，我為什麼要發火？」

不接球就算了，還惹人生氣！

許姿的呼吸明顯急促起來，臉色都變難看了，「難怪都說男人得到手後，就會不珍惜。是啊，這才幾天啊，你就一副……啊！」

許姿纖瘦的身子幾乎是彈飛到床上。

被俞忌言死死壓在身下，隨之而來的，還有一記凶狠的濕吻。雙方都享受的閉著眼，軟舌相纏，勾著吮舔，又重重抵入喉間，堵得她嗚咽低吟。

輾轉了一會，磨到發熱的雙唇不舍的分開，兩人的嘴角都是黏膩的口液。

許姿緩緩睜開眼，手掌把俞忌言的臉都壓變形了，眼裡是嫵媚的羞澀，「俞老闆，你好猛啊，我好喜歡。」

有個頗有情趣的妻子，他時常感恩是自己修來的福分，得寵，得好好寵。

一雙腿在俞忌言身下亂踢，是她在抱怨：「你是還有四個小時才飛，但我九點有個會，不然還能榨你一會。」

那個結實的大掌，瞬間就從裙底探了進去，掌心整個覆蓋住私密處，弄得許姿大腿根一顫。

俞忌言眼裡蘊著火般地盯著她，「短有短的玩法。」

窗簾徐徐關上，鬧鐘調至了半小時後。

身上的連身裙子被脫下，從床沿滑落至地毯上，床上模糊的人影動作裡，是解皮帶的動靜，和此起彼伏的呻吟。

「我不想這個姿勢，換一個，好不好……」

「不要，我就喜歡我老婆的水，全噴我臉上。」

「你真的……是個死變態……」

明明只是用 69 的姿勢做了三十分鐘，卻像連續運動三個小時般疲累。

邁巴赫裡，許姿蓋著毯子又睡了一覺，到了恒盈後，她吻了吻俞忌言，然後趕著去開會。

人走後，俞忌言喚了聞爾來開車。

接下來這個禮拜，他要去新加坡出差，週六才回。

路程剛過半，聞爾聽到手機的震動聲，他叫醒了在後座閉目休息的俞忌言。

是俞母何敏惠，俞忌言對媽媽很溫柔，「媽，什麼事？」

電話裡，何敏惠像是詢問的語氣。

俞忌言猶豫了會，還是同意了。

掛斷前，何敏惠又保證了幾句。

恒盈。

開完會已經是中午十二點半，費駿請了年假，好在阿 ben 這個人聰明，上手快，許姿挺滿意。

回到辦公室後，阿 ben 貼心地安排好了午餐，選的是樓下新開的一家輕食。

許姿本來不想吃沙拉的，但是最近被俞忌言養胖了幾公斤……其中甚至是因為他們喜歡做完後吃宵夜。

「我吃不完，你把這個雞翅帶走。」

「嗯，好。」

阿 ben 剛要走，許姿叫住了他，「對了，你姐姐沒事吧？」

朱賢宇的案子已經在收尾階段，靳佳雲週五從香港回來後，就變得有些奇怪。先是聊天時，顯得打不起精神，後是阿 ben 說，他們去醫院看媽媽，她還走錯樓層。那天當晚，她也臨時提出了休年假的請求。

「可能是失戀？」阿 ben 也搞不懂自己這個獨來獨往的姐姐，「可她那種海后，又不是第一次分手，但這次還真是說不上來哪裡不對勁。」

許姿下意識琢磨了會。

等阿 ben 走後，屋裡靜了下來，許姿抱著一碗雞肉酪梨沙拉坐到了沙發上，剛拿起叉子，就意外接到了朱賢宇的來電。

朱賢宇很客氣：「許總，這次合作非常愉快，你們很專業，我會按照合約裡規定的時間，請財務結清這次的費用。」

「好。」

「對了，我要回溫哥華處理一些事情，大概半年不會回國，後面的事，妳和我的助手 John 對接就好。」

許姿愣了一下，「好，沒問題。」

一通簡短的電話掛斷後，她握著手機，不由得把朱賢宇和靳佳雲兩個聯想在一起，畢竟他們的時間線和事件都高度重合。

那兩人之間，到底藏了什麼不為人知的祕密？

叩叩。

兩下敲門聲，嚇得許姿手一抖，手機差點落第。

阿 ben 推開門，笑嘻嘻地指著身旁打扮貴氣的婦人說：「老闆，妳婆婆來了。」

他什麼都好，就是年紀小，講話有時候沒個正經。

隨後，門被帶上。

「媽，妳怎麼來了？」

許姿走了過去，看到何敏惠朝自己意味深長地笑了笑時，她才察覺到，這是自己第一次主動稱俞忌言的母親為「媽媽」。

當內心完全接納這段婚姻後，很多事都在不經意間發生了變化。

何敏惠是典型的溫婉長相，年輕時肯定是個美人胚子。

走近了後，許姿發現幾個月不見，她整個人看起來像消耗了過多的精氣神，面容疲怠。

當看到她脖子上和手上都有抓痕時，許姿緊張地問：「媽，這些傷是怎麼回事？」

何敏惠有點驚慌地拉起袖子遮住，「沒事，家裡貓抓的。」

其實聽起來不太可信，但許姿沒再多說什麼。

許姿讓何敏惠先去沙發上坐坐，並倒了一杯熱茶給她。

「我來之前和忌言打過招呼了，他是不是忘了告訴妳？」

這會，許姿才想起來，開會時俞忌言發了許多訊息來，但她忙到忘了看。

「說過了，是我剛剛開會開到忘記。」

何敏惠握著茶杯笑著叮囑：「要多注意身體啊。」

「嗯。」

她們很少獨處，許姿難免有些局促，說是已婚，但她根本就沒處理過婆媳關係。

何敏惠打開愛馬仕，從裡面取出了一張解籤紙，「我今天上午剛好來附近，就想順便來看看妳，也想問問妳最近有沒有空，陪媽媽去一趟寺廟還願。」

「還願？」許姿皺起眉。

何敏惠點頭，「嗯，上次不是和妳一起去了天福寺求子嗎，順便我也另求了一籤，希望妳和忌言能早日真心接受彼此。」

許姿一驚，她自以為那一年演技還不賴，以為俞母並沒有察覺出異樣。

知道她會這種反應，何敏惠坐過去了些，笑著握住她的手，「妳和忌言再怎麼配合，我也知道妳一直沒接受過他。」

許姿一時不知道該說什麼。

只見何敏惠眼角濕潤，泛起淚來，「我們家忌言呢，過去過得很辛苦，但在那個家裡，很多時候，我也無能為力。」她哽咽了會後，又感慨地笑了，「週末，他打了一通電話給我，說妳終於肯叫她老公了。我真的很開心，真的……」

彷彿沉浸在某些糟糕的回憶裡，何敏惠哭了出來，許姿趕緊抽了幾張紙巾，遞給了她，她撇頭擦拭著眼淚道歉道：「對不起啊，姿姿，我這個人比較感性，一開心也容易哭。」

許姿搖搖頭，「沒關係的。」

何敏惠將擦過眼淚的紙巾放在桌上後，許姿試探性地想多問一句：「媽，可不可以告訴我，忌言以前到底經歷過什麼？」

何敏惠怔住，眼神忽然黯下。

夜裡十點多，許姿敷面膜時逗了會咪咪，然後把牠抱進了臥室。身上的白色睡裙是俞忌言那天挑的，品味挺騷，胸前只覆上兩片薄薄的蕾絲，粉色的乳暈都能清晰看見。

從在浴室剛回房的她，接到了俞忌言從新加坡打來的視訊電話。

「和客戶吃完飯了？」許姿將手機隨意立在梳妝臺上，伸著腿在抹身體乳。

畫面只卡到她的大腿處，剛沐浴後，一雙腿更是白如凝脂，尤其是她纖細的手指在皮膚上揉來搓去，光看到這裡，俞忌言的胸口就像悶著一團火。

就算沒往螢幕看，許姿也知道他肯定不行了。

其實，對自己完全亮了肚皮後的老狐狸，特別好掌控，甚至她都知道用哪個音調叫出哪個字，就能讓他連命都給自己。

抹好身體乳後，她朝床中央撲去，下巴磕在手背上，手機螢幕正對著她的臉。她看到俞忌言應該是剛回飯店，扯下領帶，鬆了鬆襯衫領口後，在沙發上坐下，點了根菸。

她聲音懶懶柔柔：「今天累不累啊？」

從小到大，俞忌言幾乎沒有依賴過任何一個人，即便面對父母，他也沒有傾訴欲，更別說向誰撒嬌討糖吃。所以許姿這樣的性格，對他有致命的吸引力，也常常羨慕她能有一個很溫馨的家庭，讓她善於表達自己的情緒與感情。

「有點。」光是將這三個字說給喜歡的人聽，他的疲累幾乎都沒了。

許姿翹起小腿，刻意嚴肅地動動眉，「俞老闆，有沒有藏女人啊？」

「嗯，藏了。」煙霧瀰漫在螢幕裡，俞忌言的手很好看，配上時不時滾動的鋒利喉結，抽起菸來相當性感。

音落，他們相視而笑。

抽完一根菸後，俞忌言上身往前一弓，半眯起眼，「讓我看看這件裙子。」

買完後，他還沒見她穿過。

對於夫妻間的小情趣，許姿從不扭捏，她不是什麼害羞的人，相反只要確定心意，她可以比他想的還膽大。

房裡的頂燈沒有關，亮度剛剛好。

許姿走到鏡子前，舉著手機給俞忌言看了一圈，他眼神和喉嚨都發緊，她身段玲瓏有致，這條睡裙實在太稱她，尤其是那對圓潤的胸，雪白的乳肉像要從蕾絲裡呼之欲出。

「把椅子挪過來，對著鏡子。」

俞忌言迫不及待地想進入正題，那把暗灰色的椅子，是平時他用來看書的，此時他別有用處。

他的汗點子，許姿摸得清清楚楚，反正剛剛視訊看他抽菸時，她就有點想要了。她聽話地將椅子拉到鏡子前，坐了上去。

她手機對著鏡子，他從鏡子裡看著她。

俞忌言聲輕卻依舊是命令：「今天不用工具了，我想看老婆，用手把自己弄到高潮。」

「我的手沒有你厲害。」許姿故意欲拒還迎。

俞忌言一笑，「我教妳。」

說完，他將手機立在桌上，脫下了西裝褲。

許姿看到他竟然穿了那條粉色的內褲，捂著嘴笑，「你穿著這條內褲去開會？」

俞忌言聳聳肩，「我又不脫褲子開會。」

她咬了咬唇，一雙杏眼瞇起來也亮晶晶，「俞忌言，你真的好騷啊。」

「妳不就喜歡我騷一點嗎？」

這話從一個三十歲男人口中說出，騷的程度還要再乘以十，聽得許姿脖子都紅了。

不再說廢話，俞忌言迅速脫下了內褲。

只是和她聊了這麼一會，陰莖就勃起了一圈，因為手機擺放角度，帶點仰視，所以顯得那根猩紅的硬物更凶悍。

不用他下命令，許姿已經抬起了雙腿，光滑的絲綢裙瞬間就滑到了腰間，內褲和睡裙是成套的，都是蕾絲材質。

她抬起雙腿，眼朝鏡子看，緩緩脫下了內褲。

故意誘惑著螢幕裡的男人。

椅子是俞忌言從德國買回來的，椅把手繞成了一個半弧形，恰好適合這一刻，「把腿架上去。」

許姿乖乖地將腿抬了上去，雙腿分開成一個極其羞恥的幅度，粉嫩的小穴被迫被扯開，私處已經濕了，粉肉上有些亮晶晶的水液。

俞忌言盯著螢幕裡的鏡中美人，正擺出一副饑渴難耐的樣子，手指分開了穴口，媚眼如絲地挑逗著自己，他喉結滾動，火熱到像燒著自己，陰莖充了血般的腫脹。

「嗯嗯……」一旦進入佳境，許姿特別會呻吟，又欲又騷。

俞忌言喉嚨滾燙，「用兩根手指插進去。」

長髮被隨意夾起，凌亂的髮絲貼在雪白的脖頸邊，在迷離的情欲裡，顯得許姿更媚了。她兩指併攏塞入穴裡，溫熱的感覺包裹著手指，是說不上來的舒服。

「啊、啊……舒服，好舒服……」她閉眼低吟，扭著脖子，但太投入，手掌脫力，手機差點掉下去。

俞忌言吸了口氣，「拿穩一點。」

許姿哪顧得上啊，底下已經被手指弄得快感加劇，另一隻手還得握緊手機，真是考驗她的體力。

「把手指拔出來，鏡頭推近一點。」俞忌言命令。

許姿手指拔出時，帶出了一片水光，她將手機往下挪，對準了袒露出來的花穴，她偷瞄了一眼螢幕，是不忍直視的色情。

特寫鏡頭太赤裸，小穴像是張著嘴在呼吸，淫液從穴縫裡慢慢流出，連洞口的收縮，俞忌言都看得清清楚楚，看得到插不到的不爽，成了憋在胸口的欲火，他套弄的頻率明顯加快許多。

許姿的手指出現在了鏡頭裡，淺淺深進穴裡又拔出，還將淫液故意抹在了大腿根部，用調皮的語氣說最騷的話，俞忌言皺緊了眉，手中的陰莖已經硬得厲害，真想穿進螢幕裡，將她生吞活剝，「想操爛妳。」

「老公是不是很想操我啊？」

腫脹的莖身在他的手中發燙，碩大的龜頭吐出了幾滴水液，是他遏制不住的蓬勃欲望。

許姿害羞地扭著小細腰，兩根手指又重新塞進了發癢的小穴裡，一陣快感湧上，渾身舒暢，但又像缺了點什麼。

她仰起一張潮紅的臉，饑渴地吞嚥著唾液，「老公……我想要你……好想你……」

俞忌言鼻間是重重的喘息，「想我什麼？」

就要誘惑她說最淫的話。

明明隔了一個螢幕，但許姿覺得俞忌言彷彿就站在自己身邊，她底下被自己弄得越濕，好像就更癢，快感一波接一波地襲來。

她要的不僅僅是手指，要更大的物體來塞滿底下，迷離之間，她亂吟：「要老公操我……操爛我……」

俞忌言很滿意，但他想聽到更多，「操爛哪裡？」

身體在沸騰，彷彿快要到了，許姿手指摳動的速度越來越快，她全身都在顫，肩帶早就落下，圓潤的奶子抖得像波浪一樣漂亮又色情，「操爛……我的……小穴……」

俞忌言安靜了，他捨不得分半點心，只想盯著畫面，讓自己的神經緊繃到極致，好讓快感來得更密集。

兩指的速度和力度，是許姿的欲求不滿，她被自己搞到快沒了意識，咬住了乾澀的粉唇，指頭都要摳動到發疼，但那種滅頂的爽感來得太洶湧。

「啊啊、嗯……我不行了……老公……」她身子骨都軟成了泥，「你要不要射啊？」

俞忌言眉頭鎖緊，「看著我。」

室內的溫度驟然升高，許姿緩慢地低下頭，看著螢幕裡的男人套弄著那根硬物，心想這驚人的尺寸究竟是怎麼塞到自己小穴裡的……但眼裡卻呈現出渴望。

「好大、好喜歡……想要……」

她的挑逗是最好的催情劑，刺激著俞忌言的欲望，大掌包裹著那根腫脹到不行的陰莖，使勁地套弄。

在他的幾聲粗喘後，濃稠的精液射了出來。

幾分鐘後，情欲在螢幕兩頭漸漸退去。

都簡單收拾了一番後，重新拿回了手機，對話還沒有結束。俞忌言見許姿走到了客廳裡，眼裡沒了獸欲，盡是溫柔。

「一個人在家，會怕嗎？」

她喝了口水，臉上的餘韻還沒完全散去，「一點點。」

即便她根本不怕，但她仍是喜歡撒嬌，給對方充足的存在感。

俞忌言柔和地笑了笑，「我不會關鈴聲，怕的話，可以隨時打給我。」

「嗯。」許姿笑得很甜。

本來是要放俞忌言去洗澡，但許姿想到一件事，她試著問了問：「老公，有空的話，可以不可以說說你小時候的事啊？」

俞忌言一愣，「為什麼突然想聽？」

「也不是突然。」許姿懶懶地趴在餐桌上，「我喜歡一個人，就想了解他的一切。」她點了點螢幕裡的那張臉，認真地說，「那十年，都是你默默看著我，了解我。給我一個機會，讓我也能好好了解你的過去，好不好？」

俞忌言垂下雙眼，神色明顯暗淡，但再抬起時，還是笑著同意了。

「好。」

挑了工作不多的週五，許姿陪何敏惠去了寺廟還願。不再排斥這段婚姻後，許姿其實很願意主動哄長輩，好多話讓何敏惠心裡都樂開了花。

她們愉悅地度過了一個下午。

回程時，許姿原本要送何敏惠回家，但中途何敏惠接到了一通電話，她有些刻意避著許姿，側到一旁短暫通了話。

掛斷後，她讓許姿送自己先去另一個地方。

到郊區的時候，正好是傍晚時分，夕陽覆在成蔭的綠樹間，四周是淡淡的青草香。

抵達地點，是一家高級看護中心。

何敏惠見許姿有些好奇，她也沒隱瞞，說俞忌言的奶奶住在這裡，她常常過來看看老人家。但當許姿提出想去看看奶奶時，何敏惠卻慌張地拒絕了，說今天有些事要談，改天再帶她和忌言一起來。

雖然許姿同意了，但坐上車後，想起了附中車裡纏綿那晚，俞忌言接的那通電話。

她猶豫了一下，還是悄悄跟了過去。

這家看護中心建在濕地公園旁，風景宜人，適合休養生息。越過被夕陽染成昏黃的草地，許姿沿著一條小長廊，走到了盡頭。

她聽見了何敏惠的聲音，但言辭激烈。

玻璃窗敞開著，窗簾拉上了一小半，許姿躲在一側，透過輕盈的紗簾，她看到何敏惠站在床沿邊，正和俞忌言的奶奶爭執不休。

她知道奶奶有一些心理疾病，情緒時常不穩定，所以不常出現在大家庭裡。一年多裡，她只見過三次，一次婚禮，一次中秋節，還有一次春節。

奶奶看著比何敏惠強勢許多，不知道剛剛談到了什麼，讓何敏惠如此溫婉的人發了怒，「媽，都過幾十年了，您還覺得忌言的出生是個錯誤，認為是他剋死了您最疼愛的孫子和兒子嗎？這麼多年來，他承受得還不夠多嗎？」

顯然，奶奶擰著眉，不願聽這些。

何敏惠積攢的怨氣終究還是爆發了，「他一出生就被自己家人罵災星，您還狠心幫他取了一個如此不吉利的名字，讓他從小在學校被人嘲笑、被孤立，回到家，也沒有人對他有笑臉，甚至連上桌吃飯的資格都沒有。」

她抹著眼淚，哽咽到激動，「當然最沒用的是我，我是一個軟弱的母親，看著他被赫欽打，也知道他被大哥關在蕭姨的老房裡教訓好幾次，我都無法替他出頭。我以為我把您照顧好了，讓您開心點，這個家裡的人就能對他好一點……」

後面的話太壓抑，她無法再說下去，薄瘦的背泣到顫抖。

天邊殘餘的光漸漸收攏了起來，許姿沒再久待，拖著沉重的腳步，慢慢往回走。

這幾天的晚上，她和俞忌言都有視訊通話，他是聽話地說起了小時候的事，可和她剛剛聽到的，像是兩種人生。

她理解他撒謊的原因。

一個好不容易擺脫了陰晦的過去，將自己推到了高位的人，又怎麼會願意將最脆弱不堪的一面展現出來呢？

回到車旁時，許姿拿起手機，點開了俞忌言的電話，她很想聽他的聲音，又怕自己唐突地說了什麼，惹得他不開心。

她看著長長的馬路發呆，四周漸漸漆黑，不知嘆了幾口氣，她放棄了問他的念頭。

畢竟揭人傷疤的事，她實在做不出來。

寶馬從郊區駛入市區，窗外掠過的風景，逐漸變得繁華喧囂。晚上要回公司取兩份資料，許姿提前讓阿 ben 列印好，但回去的路上手機自動關機，放在一旁充電也沒理。

週五的七點半，二十四樓基本上都空了，燈還亮著，位置上卻沒幾個人影。

上電梯時，許姿才開機，在一堆資訊裡，看到了她不想看到的名字。

「**妳助理說妳等一下就會回來，我在門口等妳**。」

看了看時間差，也過去了四十分鐘，許姿以為他應該走了，沒料到那個熟悉的人影一直站在辦公室門口。

走近了後，她發現，一週不到，韋思任肉眼可見地頹廢了許多。

「有事嗎？」許姿聲很冷。

韋思任的眼神更冰冷，「進去說。」

她推開了門。

只不過，門卻被身後的男人反鎖上。

「韋思任，你幹什麼？」這是許姿沒有想到的，她覺得眼前這個認識了十年的男人很陌生，甚至是可怕，「出去。」

但她終究敵不過一個成年男人，被韋思任逼到了沙發上。

他倒是沒做什麼，只是盯著她無名指上的婚戒，冷笑道：「我找不到妳老公，就只能來找妳，你們睡同一張床，有些決定應該是一起做的吧？」

許姿皺眉皺緊，「韋思任，不會好好說話，就滾出去。」

韋思任將憋著的那口氣發洩了出來，「我已經離職了，那些名利我也不要了，為什麼俞忌言非要讓我身敗名裂？」指著她，語氣更偏激了些，「紀爺兒子說的那些話，難道不是他指使的嗎？」

看著他像一個亂叫的瘋子，許姿想起了最近聽聞到的一些消息。

紀爺的兒子本就是個屢教不改的慣犯，剛好這次被迷姦的女生也有背景，紀爺的兒子最終被判了刑，還在庭上承認了上次的迷姦事實，不過卻將韋思任拉下了水，說自己想認罪，是律師教他撒的謊。

許姿盯著他，對他沒什麼好說的。

就像在一夜間失去了所有的落魄瘋子，韋思任即便對著一個喜歡過自己十年的女人，也依舊沒好臉色，連最後一層好人的殼都懶得披，「當年我就是看不慣他，一個只知道偷窺女生的蠢貨，我扔了他給你的情書，他竟然想打我，我就把他推進了湖裡，想給他點教訓。沒想到，這傢伙連游泳都不會。」

他倡狂的笑聲迴盪在寂靜的屋裡。

啪！

許姿毫不猶豫地給了他一巴掌，眼眶濕熱地道：「韋思任，你怎麼會是這樣的人呢？你那是在犯罪，你知道嗎？」

臉上是一道火熱的紅印，韋思任沒顧，還在冷笑，「才多久啊？妳就這麼喜歡他了？」目光極其不尊重地打量著她，「這蠢貨小時候長得像沒點本事的樣子，沒想到長大了，還有點能耐嘛。」

話裡有話，是下流的侮辱。

雖生氣，但許姿沒再動手，她保持住了冷靜，指著門，「話說完的話，就出去。」

韋思任笑了笑，腳步沒後退，反而把她越逼越緊。

許姿一路退後，直到小腿撞到沙發，失了力般地倒了下去，她立刻想站起來，但被他按住。

「我警告你，你敢碰我，我立刻報警。」許姿瞪著眼，沒再開玩笑，「我們都是學法的，你要對自己的行為負責。」

雙臂撐得她發疼，韋思任像換了張皮囊，「但妳也知道我總替壞人做事吧？況且，我什麼都沒有了，還有什麼好怕？」

許姿瑟縮到頭皮發麻，拚命地想推開身前的男人，只是她力氣太小，根本逃不開。

爭執聲起伏的室內，忽然安靜。

最後，韋思任用最後的良知放了人。

許姿拎著包，趕在他之前走出了辦公室。頭髮凌亂的她，滿臉驚魂未定，走到一半，眼淚奪眶而出。

在最無助的時候，她顫著手打開手機螢幕，撥了電話給俞忌言，好在，他立刻就接了。

知道他是明天上午才回來，但她就想哭著任性一回，「你可不可以現在就回來……」

悅庭府。

客廳裡只開著一盞落地燈，昏昏柔柔，許姿蜷縮在沙發一角，一直看著時鐘，她只想趕快見到俞忌言。

越是焦急，時間越過得異常漫長。

時鐘從九點轉到十一點，從十一點轉到凌晨兩點，她連妝都沒卸，蓋著毯子在沙發上睡著了，不知又過了多久，她終於聽到了開門的動靜。

此時，是淩晨四點鐘。

拖鞋都沒穿，許姿撲進了俞忌言的懷裡，他的襯衫上沾著些夜裡的涼意，但能感受到他的溫度，就是安全感。

在電話裡，俞忌言知道大概發生了什麼事，他沒說什麼，只是抱著她先過了玄關。

他輕輕撫著她的背，想撫走她受到的驚嚇。

許姿悶在他的胸膛裡，沒忍住，將那些藏在心裡的祕密，用責備的語氣說了出來，「你為什麼不告訴我，韋思任差點害你淹死？你為什麼要騙我，你小時候過得很幸福？」

她感覺到背上的手掌沒了動靜，過了一會兒，俞忌言才開了口：「妳都知道了？」

「嗯。」

俞忌言慢慢推開了許姿，見她的髮絲都被淚痕黏在臉上，他輕柔地替她撥開，「我並不想讓妳知道我以前過得有多不好，是因為，我知道妳是一個很感性的人，我不想讓妳同情我、可憐我。」

說到最後幾個字，他喉結滾動得有些困難，眼周也明顯紅了一圈。

「俞忌言，這不是同情和可憐。」許姿握住他的手腕，「我們結婚了，就應該坦誠相待。而且，我願意和你一起消化那些負面的事，你不必時時刻刻都展現出一副很厲害的樣子，偶爾脆弱一點，沒事的。」

尾音都在顫，是生氣，也是焦急。

從來沒有人和自己說過這樣的話，俞忌言感觸到竟掉了幾滴淚。但凡過去那些年，有一個人願意伸出手，摸摸自己的頭，他也不至於過得那麼的辛苦難捱。

他沒有向任何人表達脆弱的習慣，但此時，他很想很想，「老婆，再抱抱我，好不好？」

這一晚，許姿是抱著俞忌言睡的，他穿著舒服的灰T靠在自己懷裡，身上有很好聞的木質香。兩人什麼也沒做，就這樣抱在一起，聊到了天亮。

因為成長環境過於壓抑，導致俞忌言不是一個善於開口表達情感的人。其實很多事，只要低低頭，就能更輕鬆的得到，他卻習慣了悶聲的強勢。

大抵還是源於，他骨子裡自卑又缺乏安全感。

睡前，他把心底最深處的話都掏給了許姿。

「妳知道嗎？其實第一次和妳打賭時，我一點把握都沒有，但我就是偏激地想讓妳喜歡我。不管用什麼方式，只要妳對我表現出十分之一的喜歡，我就有勇氣把那段單相思告訴妳。」

直到第二天醒來，許姿還在撫摸他的腦袋，看著熟睡的他發呆，像在哄小孩。而懷裡男人均勻的呼吸聲，對她來說，是一種安全感。

漸漸的，她又想起了那些不好的事。

「忌言」，這兩個字是多麼狠的詛咒，難怪小荷擅自給他改成了「寄言」，同樣的讀音，卻是兩種截然相反的寓意。

前者是忌諱，後者是希望。

手指伸到了他的臉頰上，她喜歡摸他的胡渣，笑著笑著，眼周紅了一圈，「俞忌言，別回頭看了，我們一起往前走。」

後來，許姿又抱著俞忌言睡了個回籠覺，她醒來時，看到他剛換好衣服。

「你要出去嗎？」

「嗯。」

「去哪？」談起戀愛的許姿實在太黏人，恨不得掛在對方身上，尤其是週末。

理好衣物後，俞忌言走到床邊，在她唇上輕輕吻了一下，「有點事，差不多一個小時就能結束，晚上我們去商場看電影。」

「又去？」許姿用食指敲了敲他的鼻尖，「你可以嗎？不怕人多？」

俞忌言搖頭，「大不了再去趟試衣間。」

許姿抱住了他，烏黑的長髮披散在背後，頭塞進他溫熱的頸窩裡，「好幾天沒做了，好想要。」

俞忌言摸了摸她的後背，「晚上榨乾我。」

從悅庭府離開後，俞忌言驅車去了老城區，他走進某個老式大樓中，走廊上雜亂無章，衣物亂曬，公共廁所的味道有些刺鼻。

他繞著彎曲的水泥樓梯，推開了頂層破爛的樓門。

天臺上，早已有人在等候。

暴烈的陽光下，中央的人影有些虛晃，男人剛轉過身，俞忌言大步上前，朝他揮了一拳。

這一拳力度不小，韋思任的嘴角都有了血跡。

兩人的身高相差無幾，但氣勢毫無疑問是俞忌言占上風，「我到目前為止，就動過兩次手，真巧，兩次都是對韋律師你。」

他忍了一夜，所有怒氣都爆發在了這一拳之中。一想起許姿昨晚害怕至極的模樣，他就感到怒火中燒。

午後三點的陽光太刺眼，韋思任皺眉，抹去了嘴角的血絲。

他知道俞忌言是在替許姿出氣，但即便如此，他也想為自己出最後一口氣，「俞忌言，你比我想像中陰險太多了。以你的背景，就算找人把我埋了，也沒人能查到你頭上，你何必先給我機會，再讓我下地獄呢？」

有些話重複多了，俞忌言覺得沒什麼意思，他指著韋思任，「我再說一次，我給你機會不是為了控制你，也不是為了讓你下地獄。」

「好，我信你。」韋思任冷笑，「那你說說，為什麼要這麼好心給我機會？」

俞忌言重沉了口氣，「因為許姿。」

韋思任更聽不明白。

有些事俞忌言本打算閉口不談，但昨晚許姿刪除了韋思任的所有聯繫方式，那今天就換他跟韋思任做個了斷。

「十年前，我跟著許姿去附中的時候，恰好在路上遇到你，偷聽到了你和同學的談話。你說，先晾著許姿，或許未來有更好的呢。」

韋思任聽到後，一驚。

「我知道你很有野心，甚至是壞心。」俞忌言字字落得很重，「所以即便我不能和許姿在一起，她身邊的人也絕不能是你。所以我送你機會，讓你平步青雲，為的是讓你遠離她的世界。」

這些實情，令韋思任徹底顏面無存，一個字也說不出口。

這些與韋思任的糾葛，俞忌言並沒有告訴許姿，即使他知道，以她的性格，聽到這些後，一定會多喜歡自己一些，但是他不想這樣。

因為現在所擁有的，他已經非常滿足。

週一下午。

許姿特意沒有和俞忌言一起吃午飯，隨便找了一個理由，趁他去吃午餐，悄悄鑽進了他的辦公室裡。

聽到門外的腳步聲時，她將椅子慢悠悠地轉了過來，白襯衫刻意解開了上面的兩粒釦子，露出了裡頭的紫色內衣。

看了會兒，俞忌言才走到椅子邊，讓她起來，再讓她跪坐在自己身上。他還沒說話，她便忘情地抱著他擁吻，頭左右扭著換著角度，唇間是黏膩的水聲。

膽子大起來的許姿，根本不顧這裡是辦公室，手朝他的西裝裡伸去，扯下了他的領帶，急促地解開了襯衫，摸到他結實的胸肌時，讓她敏感到嗚咽呻吟。

吻是許姿主動的，但爆發的是俞忌言。

濕吻沒有停下來的意思，他俯下身，雙掌撐住她後仰的背，短裙早就捲到了臀上，她今天還穿了一條黑色絲襪，性感到他恨不得當場撕爛，將她按在桌上做到噴水。

不過，他一會有會議安排，只能暫時忍住。

被俞忌言突兀打斷的許姿，顯然很不悅，她根本不想鬆手，扭著身子還想要，「停下來幹嘛？」

他哄著人，「一會要開會，聞爾要來和我確認工作。」

聽到有人要來，許姿不知從哪冒出了邪念，她從他身上滑下去，跪到地上。

他下意識抓住她的手腕，「起來。」

她亮晶晶的眼珠轉了轉，指尖按住了他鼓凸的下體，「俞老闆，想不想被我舔？」

聞言，俞忌言呼吸明顯變沉，他拒絕不了如此明豔動人的美人挑逗自己。「想」字還沒說出來，許姿已經動手解開了他的皮帶，將內褲扒下，那堅硬的物體被釋放了出來。

她戳了戳腫脹的莖身，笑得很媚，「都硬了。」

俞忌言目光垂在她身上，「是我老婆太會吻。」又問，「會舔嗎？」

望著這根尺寸令人發怵的肉棒，許姿吞咽了幾下，有點害怕地說：「嗯……我試試。」

她往前挪了半步，將臉湊到了俞忌言的大腿間。男人的下體散發著一股熱氣，撲到她臉上時，帶著一些侵犯性。室內光線太充足，以至於她連手裡這根肉棒上的血管都看得一清二楚。

俞忌言呼吸變緊，「含進去。」

肉棒只是被許姿握了握，又硬了一圈，她試著張開嘴，含住了肉棒，碩大的龜頭將她的櫻桃小嘴撐開到了一個極限，她有些包不住。

情欲一旦被衝破，俞忌言便忍不住提一些變態的要求，他掰起許姿的下巴。

「看著我舔。」

她被迫仰起面，握住肉棒，伸著小舌在莖身上打轉舔舐，她不知道該怎麼弄，乾脆把它當作棒棒糖，繞著這根粗紅的熱物舔。

看自己的妻子穿著黑絲襪跪在地上幫自己口交，這種興奮感足以讓俞忌言瘋掉。

雖然妻子的初次技術有些生疏，但他依舊被伺候得仰起頭，閉眼沉哼。

忽然，傳來了敲門聲。

過了片刻，俞忌言叫了聲「進來」。

聞爾抱著文件走進來，覺得老闆挺有閒情逸致，中午還放起了交響樂。俞忌言上身西裝筆挺，邊聽聞爾彙報邊淡定沉穩地翻閱著桌上的資料。

辦公桌這裡，看起來並沒有任何異樣，但在不為人知的桌底，有細微的情色動靜發出。

俞忌言上身多正經，下身就有多下流，許姿縮在桌底，嘴裡含著肉棒，頭不停地扭動，越來越粗的肉棒頂得她喉嚨不適，特別不舒服時，她會鬆開，舌頭上全是黏液。

聞爾什麼也沒察覺，認真地報告著。

「你繼續說，我撿一下筆。」俞忌言找個理由彎下腰，摸了摸許姿紅撲的臉頰，命令她，「含進去。」

說完，他調整好了坐姿。

許姿乖乖繼續，先用手套弄了一番後，又將肉棒含進了口中，濕熱的口腔包裹得太舒服，俞忌言手指使勁一屈，咬住了牙。

聞爾以為老闆不舒服，「俞總，你還好嗎？」

緩了緩，俞忌言鬆鬆眉目，「沒事，繼續。」

這個「繼續」也是說給許姿聽的。

但肉棒已經被她舔到極致腫脹，只不過還沒射出來，其實她不怕，她只怕一本正經的俞大老闆會叫出聲，人設從此在公司裡崩塌。

她沒含住，而是用手按了按龜頭，有種惡趣味，想讓他在助理面前「丟臉」。

一雙線條修長的腿明顯繃得很緊，許姿知道俞忌言得有多難熬，她又使了使壞，朝肉棒上輕輕咬了咬。

這回，他真的受不了了，手握成拳，死死撐在大腿上。

「你先去會議室。」沒轍，俞忌言只能支開聞爾。

當辦公室的門被帶關上後，俞忌言往後一退，將許姿從底下拉起來，「很調皮是不是？」

她頭髮凌亂卻仍然誘人美麗，「玩一下嘛。」

「坐上來。」俞忌言命令，眼裡剛剛壓著欲火，頃刻間全噴湧了出來。

許姿聽話的面對面坐到了他身上，他將黑絲扯開了一個洞，扒開了白色的蕾絲內褲，將肉棒塞進了穴裡，「讓我射出來。」

沒有戴套就進去，讓她慌了，「我不在安全期，我不想吃避孕藥。」

俞忌言把她擁到懷裡，「懷了就生。」

「我不要生！」許姿咬住了他耳朵，「我還年輕，我還不想要寶寶。」

硬得囂張的肉棒從下至上地頂進拔出，女上的姿勢，次次都能研磨到G點，許姿就算想抵抗，也沒任何辦法，只能軟綿綿地趴在俞忌言胸前，任由他凶狠地插幹著自己。

會議十分鐘後開始。

「騷一點，讓我射。」俞忌言拍了拍她的臀肉。

倒也不是為了配合他，而是許姿也在享受其中，她不自覺地扭動著細腰，迎合著底下肉棒的抽插。渾圓挺翹的臀部，主動坐下去吃肉棒時，臀肉會像水波一樣晃蕩亂顫。

「老公，重一點、再重一點……」她是真的覺得還不夠，搔癢的小穴想要更多快感。

俞忌言沉喘著，蹙著眉，凶狠極重地攻陷著軟爛淋漓的小穴，裡頭的汁水亂濺，他大腿上、椅子上、甚至地板上都是噴濺而出的淫水。

高潮卡著時間到來。

即使是如此短的時間，許姿也感受到了一波滅頂的快感，她趴在俞忌言身上，眼尾都有了淚，「謝謝你，老公。」

他掌心捧著她的後腦勺，笑著問：「怎麼了？」

許姿貼在他被汗磨濕的頸窩裡，「今天收到了朱賢宇的律師費，他也和我說了，是因為你，才願意把這一單給我的。」

俞忌言並不驚訝朱賢宇會說出來，他撫著她的髮絲，算是給了她安穩的承諾，「為妳做任何事，我都願意。妳只管往前走，我會替妳撐腰。」

埋在他的頸窩間，許姿感動得說不出話來。

她第一次有了後悔念頭，後悔自己為什麼不能早早聽父母的話，試著朝他靠近一點。

或許這樣，他們相愛的時間，便能再早一年。

松陽暖照，茶園流水潺潺，偶爾有幾隻流浪貓從田間竄來跑去，不怕人地臥在草地裡。

許姿想去逗這隻小乖貓，「喵，喵。」

來茶園度假，她特意挑了一條粉色連身裙，罩在一片暖陽裡，裙面被照得發白。

但貓貓其實並不乖，她伸手時，還差點被抓傷，「你好凶啊。」

這把俞忌言嚇壞了，著急地蹲下身，確認她有沒有受傷，「有些貓咪呢，長得可愛，但脾氣不好。」

許姿笑著推了推他額頭，「幹嘛對著一隻貓怪裡怪氣的啊。」

俞忌言斜睨了貓咪一眼，「牠欺負我老婆。」

「哈——」貓咪像聽得懂人話，凶狠地哈了口氣。

戀愛裡的男人會變得幼稚，這句話不無道理。

借著揉手的機會，他們又在草地邊卿卿我我起來。

這一幕，剛好入了屋裡沙發上的長輩眼裡，嘴角一直上揚著。

家長不傻，孩子們是不是演戲，一目了然，只是不戳破而已，只要不給他們找事，就能睜一隻眼閉一隻眼。而心意相通的甜蜜是演不出來的，對視、撫摸、笑容，所有細節是能讓局外人，像吃一顆糖般的甜。

「我看啊，爸求的籤是真的準，明年家裡肯定有喜事，你們趕快做好當外婆和奶奶的準備吧。」

屋裡，就屬許知棠最興奮。

「我上次去抽籤，也是說明年家中會有喜事。」何敏惠道。

「我得好好翻翻字典，想想名字了。」許知棠也道。

謝和頤拍了拍老公的腿，「不知是男孩還是女孩啊……」

「當然是兒女雙全，湊一個好字啊。」

盛夏的午後，陽光越來越烈，茶園都曬成了熾熱的金色。

俞忌言摟著許姿準備進屋，她調皮地戳了戳他的腹肌，「俞老闆，你不行啊，兩次內射，我都沒懷。」

因為前兩週，她月經晚了幾天，以為是懷上了，於是立刻買來驗孕棒，測後是一條槓槓。

俞忌言臉色一沉，倒沒多氣她「羞辱」自己，不過藉此，他刻意裝出難哄的模樣，甩開她的手，逕直往前走，「那妳換個老公吧。」

他或許都沒有意識到，亮了肚皮後的自己，在許姿面前有多柔軟，這樣假模假樣的生氣，背影裡寫滿了——哄哄我。

他們其實很相似，不親近時，全身帶刺；熟悉後，內心柔軟得不像話。

許姿還有一點，就是越熟越調皮。她故意越過了俞忌言想聽的話，往後門的樓梯口走去，「我想游泳，你要不要游？」她側頭，故意捂嘴笑了笑，「不好意思啊，忘了你不會。」

簡直是在俞忌言的傷口上又撒了把鹽，他剛想扯住樓梯邊的人，但那窈窕的影子溜得飛快。

最後，許姿還是幫俞忌言準備了一條泳褲，是來之前就打算教這個旱鴨子游泳，自己的老公不會游泳，她說出去都覺得丟臉。

兩人牽著手往湖邊走，熱呼呼的風吹在他們身旁。

「你為什麼不會游泳啊？」狗血電視劇看多了，許姿以為他有什麼悲痛的陰影，「是小時候發生過什麼嗎？」

一陣熱風拂過，湖邊層疊的樹葉顫了顫，俞忌言的衣領也被吹開了一些，「不喜歡而已。」

許姿往他懷裡鑽，仰起頭，像逗貓咪那樣，用手勾他的下巴，「是不是我們俞老闆太笨，學不會？」

俞忌言咬住她的食指，眼神透著色氣，然後鬆開，「我學什麼都天賦異稟。」

沒給許姿嗆回來的時間，他抱著人就往旁邊的草地走，茂密的樹葉遮擋了一半的視線，今天恰逢茶園放假，沒人會經過。

「我想看妳換泳衣，想看妳游泳。」

她按了按他的鼻頭，「痴漢，色狼。」

這一刻，做個淫魔色狼又何妨，俞忌言點頭，「嗯。」

光線交織，視野裡像覆了一層朦朧又溫柔的霧氣，淺草上勾著長裙、內褲和內衣，粼粼的波光浮動在女人纖細的雙腿上，沙沙的風吹著她光潔的裸體。

她翻出了十六歲那年放在爺爺茶園裡的粉色泳衣，故意放慢了動作，一點點往身上扯，纖細的帶子繞過玉背，後背鏤空處繫著白色的蝴蝶結。

俞忌言看入迷了。

光暈勾勒著她輪廓的那一瞬間，他像是坐上了一臺時光機，穿回了十年前，看到自卑的自己，躲在一旁偷望著那個漂亮到連髮絲都發光的少女。

他喜歡她，很喜歡。

十年前是，現在更是。

許姿光著腳，輕輕踮著往湖水走，清澈見底的湖面倒影著輕柔的白雲，滾熱的陽光曬著她乳白色的肌膚，一切像是回到了那個暑假，那個無憂無慮、吃著櫻桃、幻想著少女心事的年紀。

唯一不同的是，站在身後的人，從韋思任變成了俞忌言，也是她的丈夫。

輕盈的身子跳入了湖裡，游動時，身後擴散出了一圈圈的波浪，許姿再從湖面仰起頭時，烏黑的長髮濕透了，胸前的布料不停往下垂，圓潤的胸露出了一大半，是雪白帶些粉色的透亮。

她招了招手，「下來，我教你。」

俞忌言沒拒絕不是因為他多想學游泳，而是想在水裡試一次纏綿悱惻。

他很快就脫去了所有衣物，不過他沒打算穿泳褲，就這樣大方地站在湖邊，優越的人魚線下，是優越的尺寸。

許姿承認自己越來越好色，盯著他那裡看一眼，就會幻想插進來的感覺，意猶未盡。

「老公……」許姿游到了岸邊，朝俞忌言伸出手，「小心點。」

高大的身軀鑽入湖水裡，周身的水波震了幾圈，他不善水性，當置身在未知的水中時，還是有些對水的恐懼感。

「別怕。」許姿像在哄一個孩子，「抱緊我。」

這或許是俞忌言第一次如此依賴一個女人，誇張點說，是將生命都給了她的信任感。

他絲毫不敢亂動的緊張樣，把許姿惹笑了，「你好可愛啊。」

俞忌言卻覺得她更可愛，可愛到像一顆陽光下水嫩的蜜桃，很想咬一口。

「啊……」

他真朝許姿的脖頸咬了一口，但一口哪能滿足呢，欲望就是無底洞，他埋下頭，將浮在水面上的半個乳頭含住，越來越用力。

怕掉下去，許姿帶著他漂到了岸邊，她靠在一塊岩石邊，他就像一隻無尾熊黏在自己身上，嘴就沒鬆開過自己左邊的胸。

「你怎麼這麼喜歡吃我的奶啊？」她已經被含得聲音都像化了的糖。

俞忌言抬起頭，深呼吸了會，「妳的奶是我的。」

許姿咦了聲，「那以後我生寶寶怎麼辦？」

「寶寶也不准吃。」

笑了，這個老狐狸變幼稚後真是怪可愛的。

俞忌言似乎還覺得自己很大方，「好吧，寶寶可以吃，但我得先吃。」

許姿忍不住捧起他的臉，「俞忌言，你怎麼這麼可愛啊。」

樹影遮住了岸邊的陽光，兩人在無人靜謐的岸邊濕吻起來。

被抵在水裡做這種事還是第一次，尤其還是在郊外，許姿有一種悄悄背著大人做壞事的刺激感。在起伏的情潮裡，她偷偷看了俞忌言一眼，連掛在他喉間的水珠，都性感到她底下會起更多的反應。

越是陷入到更深的情欲裡，俞忌言似乎都沒了對水的恐懼，他含著她的唇瓣不停地吮吸，濕潤的水聲被淹沒在了蟬鳴聲裡。

他的手順著許姿的腰，往下滑到了臀肉上，手指從後面挑開了泳衣，食指推開水的浮力，伸進了穴肉裡，抽插帶出來的水液混入了湖水裡。

「啊啊……」

即使有水的阻力，許姿也能清晰感受到了手指帶來的陣陣快感，她手臂從岩石上一滑，整個身子倒在了湖水裡。

俞忌言立刻將她撈起，讓她趴在自己身上，好像所有的意識都推著她去吻住他，照在水面的陽光更毒辣，她臉頰通紅發燙。

「嗚嗚、嗯、嗯……」

是忘情的水中濕吻。

一雙有力的手掌死死撐住她的背，而兩人的身子也逐漸往水底墜入，彷彿就像他們的關係，已經離了岸，在波光漣漪的愛河裡越陷越深。

許姿見俞忌言的頭已經快陷入水中，她抱住他，使力地將他往水面上撈起，他們抱得很緊，那份安全感是雙向的。

他不停地吻著她的後脖和肩，呼吸炙熱，「姿姿，我喜歡妳，很喜歡妳……」

俞忌言好想將那年在這裡不敢說的話都說給她聽。

或許是感受到了他心底的想法，許姿道：「俞忌言，我們再辦一次婚禮好不好？在茶園裡，在這個湖邊，你把寫給我的那些情書，一封封念給我聽，好不好？」

是觸動到了心底最柔軟的地方，俞忌言喘了喘起伏的氣息，「好。」

不想繼續待在水裡，俞忌言準備拉許姿上岸，但她卻還有一件，此時此刻最想做的事——

她扣住他的後腦勺，身子朝水面上一挺，低下眉，呼吸覆向了他的鼻尖，「我想在這裡和你做愛。」

俞忌言一笑，「不怕嗎？」

許姿緋紅臉頰，不知是熱出來的還是嬌羞，眼裡都是柔波，「因為有一次我在書房裡，夢見和你在湖邊的草地上做愛。」

「哪次？」俞忌言就是要逼問出想聽的那句話。

抿了抿唇，許姿羞得垂下了雙目，「很早之前。」

雖說湖邊無人經過，但在明豔的陽光下，不顧羞恥地在草地上做愛，也需要一定的膽量——正好兩人都喜歡新鮮感和刺激感。

赤身裸體的兩人已經肉體交合了一陣，劃破寧靜湖面的蟬鳴聲裡，還夾雜著淫靡的交合聲。

怕草地會扎傷皮膚，俞忌言在身下墊了衣物，他抬頭欣賞著騎在自己身上的女人，她雙手撐著腿，身子後仰磨動著插在穴裡的陰莖。

似水波顫動的酥胸，和綿綿細細的呻吟，都將他胸口裡的欲火越勾越旺。

像是一場，白日裡的春夢。

俞忌言喉嚨裡像聚著一團火，「前後用力磨磨。」

女上的姿勢堅持一會兒，許姿就已經被弄得意識不清，陽光將她白嫩的玉背曬得發透，她聽話地前後挺動，緊窄的小穴咬合著那根極粗的肉棒，被刺激到越發亢奮。

「啊啊……」他故意地突然頂動，許姿軟軟的身子往上一震，坐下來吃住肉棒時，痛得眼裡擠出了生理性的淚，「寶寶好痛，別、別這麼頂我……老公……」

她總喜歡在做愛時，情不自禁稱呼自己為寶寶。

俞忌言示意許姿將雙手挪向前來，他撐住了她被自己插動得在發抖的雙臂，十指緊扣時，手心裡都是黏膩的汗水。

在明亮的光線裡，一切視物都過於清晰，他邊看著自己的肉棒往穴裡狠刺，邊調戲道：「才做多久，寶寶就被操哭了？」

許姿也願意配合他，「寶寶底下很嬌氣嘛。」

嬌氣都是裝的，小穴太想吃他的肉棒了，邊喘息邊吸了吸鼻，扣緊他的十指，自己抬起了臀，饑渴地重重往下坐。

「好喜歡，好喜歡……」她加快了抬臀的動作，「插得好深……好深……」

一直以來，俞忌言都不乏追求者。準確地說，太多人想貼上他，所以那些女人幾乎使出了渾身解數引誘，但他從不為所動。

倒不是不喜歡主動的女人，相反，他很喜歡女人主動，也很喜歡帶點騷氣的女人。但這個人，一定只能是許姿。

十年前，他在這裡偷窺了她的春光，那時他也下流地幻想過，她坐在自己身上，吃著自己的肉棒，騷得咿呀亂叫的畫面。

此時，他不用再做春夢，因為本人已經在自己面前。

身下墊著的衣物，早就被激烈的雙人運動弄得歪七扭八，雜草不柔軟，扎得俞忌言的背有些發疼，他讓許姿站了起來。

她發現女上的姿勢雖然是坐著，但回回站起來，腿都在哆嗦，雙腿失去了力氣，只能被身後的男人強迫性地按到木屋旁的那棵大樹下。

說實話，在草地上做愛，有兩排樹木的遮擋，其實她沒那麼害怕，但木屋旁就是一條小道，她真的會怕有人經過。

「老公，我怕……」

在情欲高漲時，俞忌言通常不太會聽勸，不過他還是從地上撿起了自己的T恤，套在了許姿身上。

但兩人的下身依舊沒有任何遮蔽，小穴就這樣裸露在戶外，幾縷熱熱的風灌進了縫隙裡，剛剛被抽插擠出的淫水還在往下滴。

沒時間害怕，發脹的肉棒戳開了穴縫，直直抵了進去，不過沒有全插進去，故意留了一半。

俞忌言一隻手撐在樹幹上，另一隻手伸進T恤裡，揉捏那對圓潤的胸部，她渾身上下的反應都在刺激著他想要將肉棒狠狠插到底。

「啊啊啊……」

已經顧不上是在哪裡了，許姿被身後那極凶的深插，弄到失了魂地叫出聲。

小穴已經被陰莖完全撐開，夾得俞忌言頭皮發麻，戶外的刺激再加上她那麼會吃人，他連連吞咽了幾下，「怎麼這麼會咬人？」

許姿調皮地咬了一口他的手臂，烙下了紅熱的齒印，頭一次說了更沒尺度的話：「因為，我騷。」

盤絲洞裡的妖精對付這個老狐狸，已經得心應手，每一個字都能挑起他的欲火。

肉棒操著肉穴的聲音在樹下越來越大，他們的耳邊已經聽不到蟬鳴，只有肉體交合和抽插的水聲。

俞忌言抽插的速度越來越快，力度也越來越大，許姿整個身子就差被撞到樹幹上，他結實的大腿拍打擠壓著她蜜桃一樣的臀肉，插得太快，以至於深色的囊袋直往她臀上撞。

身後的湖水靜謐浮動，風吹樹葉的聲音也是帶著午後的柔和，打破這方寧靜，是樹下交合的赤身男女。

誰也不知道到底有沒有人經過。

或許，經過的人看到了嚇得退回去也有可能。

不過，處在極致性愛裡的兩人，並不在意。

虛晃的影子，在草地上畫著圈，兩隻人影的光暈從激烈到消失。

激烈的喘息與呻吟，慢慢從木屋外，轉移到了木屋內。

許姿身上的T恤被扔到了地上，整個人被俞忌言抱在身上，不是面對面，是像小孩把尿的姿勢，沖著窗戶，兩人的私處都赤裸裸的對著外面，窗簾沒拉，外面是田地，這個時間點也沒有農耕的人，算是安全。

「啊啊、啊啊……」

這個姿勢比面對面的抱著操更要命，俞忌言抱著她的兩條腿，不停地抬起她的屁股，往挺立粗紅的肉棒上坐，每一下都深到花蕊深處。

許姿張著嘴，從呻吟到浪叫，甚至嘴邊都流出了些口液，不過並不醜，而是一種陷入淫欲之中的風情。身體裡的每一處，甚至是骨縫裡都像過了電，神志不清的同時，也是層層疊疊的爽欲。

窗外的溫度一點都沒下降，況且木門也是敞開的，風似熱浪湧進來，俞忌言的背後都是耕耘出來的汗，順著線條往下落，劃過緊翹臀部，他的性感不比她遜色。

明明許姿已經被操到穴裡的汁水都噴濺到了地板上，全身潮紅，俞忌言卻沒有半點放人的意思。他在床上的征服欲，不會因為在愛情裡投了降，就減弱一絲一毫。

他用力架著她的兩條腿，抬起她的臀瘋狂往自己肉棒上撞，甚至還帶著人來到了木屋的樓梯邊。

兩個人幾乎沒有任何隱私可言，以極其羞恥的姿勢暴露在戶外。

許姿沒有力氣去害怕，只能乖乖挨操。

俞忌言手臂上的青筋在光下鼓得更明顯，他咬著牙，繃著大腿肌肉，狠狠抽插著。

不敢在外面玩得太刺激，抽插了一會兒後，俞忌言將許姿抱回了木屋裡的床邊。

這裡很久沒人住，也沒有床上用品，只有一塊木板，他索性坐在邊緣，將她往自己腿上放，依舊背對著自己。

俞忌言將雙腿大幅度的擺開，結實的雙臂栓著許姿盈盈一握的細腰，貼在她的背後，毫不疲憊的肉棒又一次重新插入了穴裡。

「好、好深……啊啊……嗯嗯……」還沒開始一會兒，她已經閉眼忘情地呻吟起來。

那根熱到發燙的猩紅巨物正從下往上地刺著敏感的穴，似乎只要稍稍一插，汁水就從軟爛的穴道裡流出好幾股。

情到濃時，許姿撐著他的大腿，低垂著頭，騷欲地搖著屁股，「老公……你好厲害……弄得我好舒服……」

不滿足於這些，俞忌言喘著粗氣道：「再誇幾句。」

一頭烏黑的秀髮在身體的擺動裡亂飛，許姿自己將頭髮撥到了一側，舔了舔唇，「好想每天都和你做愛……好想……每天都吃你的大肉棒……」

越來越騷的話，讓俞忌言的胸口翻江倒海，喉間的火像能噴出來似的滾熱，「那讓老公用大肉棒操死寶寶，好不好？」

「嗯……」她身子亂扭，「好……」

俞忌言把許姿抱到了木板上，跪在她身前，將她的雙腿高高抬起，以侵略感極強的俯視角度大力抽動起來。

粗紅的肉棒在穴裡插進拔出，絲絲淫液流個不停，速度越來越快，啪啪聲傳遍整個木屋。

小穴早就軟爛淋漓了，但還是很享受地吞吐著肉棒，根本捨不得他拔出。就像他們的關係，早已在不知不覺裡互相依賴彼此，生活裡是，性愛上亦是。

不知做了多久，直到太陽漸漸都快下了山，兩人才肯罷休。

也不怕木板硬，許姿枕在俞忌言的手臂上，依偎在他火熱的懷中，上身是濕汗相磨，下身是黏膩的液體。即便如此，他們還是不捨得分開，就想賴在一起。

她用手指撥弄著他的額頭、鼻尖和嘴唇，最後摸著他的臉頰，笑著笑著，忽然有點難受，「被人打了都不知道還手嗎？」

俞忌言抓住她的手腕，「妳不是幫我打回去了嗎？」

或許是對視間的勾絲，又或許是心疼他的過去，許姿抱住了他，下巴抵在他的肩膀上，摸著他的後腦說：「我在想，如果那時候韋思任沒有攔你，你真的和我表白了，我會不會接受你。」

「不會。」俞忌言心揪得發緊，「那時妳的眼裡看不到任何人，只有他。」

這樣令人心痛的話，讓許姿抱他抱得更用力了些，「我們要去好多好多地方，要一起去吃好多好多東西，拍很多很多照片。」說著說著，聲音哽咽到顫顫抖抖，「把那十年都補回來，好不好？」

俞忌言眼眶早就濕了，只是在強忍眼淚而已，他撫著掌心下細膩的肌膚，點頭道：「好。」

第十二章

許姿和俞忌言決定重新辦一次婚禮。

時間定在了他們賭約到期的日子，地點選在了茶園。

隔年的五月十六日，已是半年後。

春日，剛好是採茶季，綿延的茶園翠綠鮮亮，在天然景色的烘托下，婚禮現場像是大自然賦予的莫內花園。

屋外是長輩們在待客，屋內則是另一番景象。

二樓盡頭的房間被改成了婚房，在走廊裡，都能聽到屋裡高喊的起鬨聲。是在找婚鞋。

許姿坐在紅色的喜被上，身上的婚紗是俞婉荷設計的，是偏中國風的魚尾款，潔淨的綢緞上沒有任何裝飾，只有連接領口的薄紗上，錯落有致地繡上了一些珍珠花朵，頭紗垂落在背後。

她抱著捧花，看著被大家戲弄的俞忌言。

很難得才能整一次老闆，聞爾在費駿的慫恿下，一起從俞忌言身上「撈錢」。玩得相當盡興。

「舅舅，你怎麼這麼笨啊！」費駿簡直是氣氛王，吵死了，他拍了拍俞忌言的手臂，「給三個紅包，我再給你一點提示。」

俞忌言的西裝同樣是量身訂做，是他喜歡的黑色絲絨款，帶些燕尾設計，頗有幾分貴公子的氣息。

誰叫他找不到婚鞋呢……

百般無奈下，他又塞了三個紅包給費駿。

費駿一臉開心地多給了點提示，「你們第一次的地方。」

哇！屋內的人一致發出驚呼。

俞忌言眼神冷了下來，先是看了看費駿，而後又看向了許姿。對方不顧儀態，朝他做了個調皮的鬼臉。

看來這個「第一次」，一定不是那層意思。

腦子在飛速運轉。

忽然，他的思緒定格在某一個畫面上。

他推開陽臺的木門，視線朝地上繞了一圈，屋裡的人都在緊張是否能成功。他在稀疏的花影裡，看到了類似珍珠的發光物，彎下腰，從花盆後撿了起來。

許姿滿意地笑了笑。

「舅舅你總算找到了。」沒有費駿，還真的很難熱鬧起來，「快點跪下，像王子那樣幫舅媽穿上。」

靠在牆邊的朱賢宇，帶著股懶勁在起鬨，「俞總，快跪，做我們許老闆一輩子的裙下臣。」

只有他們開了場，旁邊的人才敢起鬨。

「跪……」

「快跪……」

不用這些人起鬨，俞忌言自然也會下跪，早在十年前，他就願意做許姿的裙下臣。他單膝跪地，抬起她的左腳，緩緩將高跟鞋套進了她的腳中，白色的綢緞上，鑲嵌了一圈細小精緻的鑽石和珍珠。

他抬眸，與她視線交合，彼此深深對視而笑。

站起身後，俞忌言伸出手掌，許姿很自然地勾住了他的手，挽著他一起走出了婚房。費駿是今天的流程負責人，也是司儀，忙前忙後，他猛地衝下樓，去準備接下來的婚禮。

在還沒開場前，許姿和俞忌言在一樓等待。

找婚鞋的環節結束後，賓客們都陸續去了戶外。

見許姿被親戚圍在一起，靳佳雲不好打攪，她去了另一頭的洗手間。

她想起許姿在問自己要不要做伴娘時，她下意識地問了句「伴郎是誰」，她也不知道自己為什麼會有這樣的擔心。直到許姿說，伴郎是俞忌言的助理聞爾時，她才欣然同意。

洗完手，補了補妝後，她走了出去。

別墅一樓的洗手間剛好能通向戶外，門敞開著，一陣風吹進來時，帶進了一些細細的粉塵，不小心飄入了她的眼睛裡。

沒辦法走路，她靠在牆邊，使勁閉眼，想通過眼淚讓灰塵流出來。

「需要幫忙嗎？」是帶著些磁性的低沉嗓音。

睜不開眼的靳佳雲，只聽聲音也知道是誰，她不是扭捏的人，點頭應道。

穿著黑色西裝的男人，朝她走近了一些，身材太高大，罩住了她一半的光亮，他小心翼翼地掰開她的眼皮，輕輕吹氣，她疼得猛眨眼。

「別動，忍耐一下。」聲音與動作同樣溫柔。

一會兒後，灰塵順著眼淚流了出去，靳佳雲終於能舒服地睜開眼，在看到眼前的男人時，從容地笑道：「謝謝。」

朱賢宇往後退了一步，留出了得體的空間。

見靳佳雲想走，他沉下聲，像是久違後的招呼，「好久不見。」

「好久不見。」她並不拘謹。

兩人又視線交集了一會兒，朱賢宇沒有多說其他的事，而是指著外面說：「一起出去？」

靳佳雲點點頭，「好。」

婚禮場地在湖邊，是一副森林綠的油畫，白色的椅子上繫著純白的絲帶，座位上的伴手禮是一盒請葡萄牙甜點大師特意訂製的巧克力糖果、一套 Tiffany 首飾和 Carrière

Frères 的大西洋雪松味香薰禮盒。

兩位老闆結婚，出手自然闊氣。

婚禮的時間定在了下午兩點三十分。

因為這是俞忌言十年前，第一次在湖邊遇見許姿的時間。

這個時間，早已刻進他心底。

所有人都落座後，費駿拿著話筒，站在綢緞飄逸的背景板前，按著流程簡單地發言。他這種喜歡熱鬧的人，連發言也隨性灑脫，他朝著樹林後面的新人，大喊：「舅舅，快把舅媽牽過來吧！」

音樂在這一刻緩緩響起。

是俞婉荷負責找的交響樂隊，他們穿著禮服，坐在草地的椅子上，奏響的是暮光之城的《A Thousand Years》。

這是許姿最喜歡看的電影。

她幻想的婚禮，就是挽著所愛之人走在花園般的婚禮現場，並沐浴在親朋好友祝福的目光下。

其實女孩子的白日夢就是這麼簡單，只需要製造出無數粉紅色的泡泡，她們就願意沉浸在最夢幻的幻境裡。

幸運的是，有人替她實現了。

許姿略過了父親的環節，因為她不想在婚禮上崩潰哭出聲。於是，她挽著俞忌言的手，一起從樹後緩緩地往前走。

小提琴、大提琴，悠揚婉轉地穿過樹梢，穿過雲層，跳躍在盈盈的湖面。

路不長，但他們走了許久。

一年前，他們還是形同陌路的兩個人，那場被迫舉行的婚禮，雖然布置隆重，但許姿臉上沒有一絲笑容，甚至有著敵意。

但此時，她笑靨如花，雙眼裡像閃爍著細碎又明亮的星辰，魚尾婚紗拖在草地上，頭紗輕揚，優雅得像一條從湖裡浮出的美人魚。

背景板被嬌豔的花束簇擁，全是從荷蘭空運而來，想要怎麼許姿，俞忌言都願意。

他們站在鮮花前，鑽戒已經戴在了手上。

補辦這場婚禮，更多的意義是，俞忌言想實現許姿的夢中幻境，讓她成為童話裡的公主。以及，將那些藏在心中的情書，念給她聽。

情書其實全藏在了蕭姨的老房裡，但俞忌言沒有重新翻開，因為每一封，他都背誦於心。

俞忌言挑了最想念的一封，他托著許姿的手，深情的對望，緩聲念去：「姿姿，十年前，我寫了六十封情書給妳，與其說是情書，不如說是我的日記。不想將那些念給妳聽，是因為，那是我狀態最差的一段日子，而妳經常和我說，讓我往前看，不要回頭，所以就讓它們隨風而逝吧。」

聽到這裡，許姿已經落了淚，她點頭默許。

隨後，俞忌言從口袋裡取出一封信，翻開紙張，他看著被陽光照得反光的行行情字，念了起來：「這封情書，寫於昨夜，在茶園的小木屋裡。抱歉，沒能以一種對的方式，書寫我們故事的開頭。我在愛情裡不是一個勇者，我學不會正確表達自己的愛意。我的確是一個擅長當贏家的人，但和妳打賭，是我最沒有自信的一次，甚至做好了，此時今日與妳分別的心理準備。」

俞忌言緩緩抬起頭，又一次握住了許姿的手，眼中閃著淚光，「在倫敦看日落的那晚，我看到了妳的脆弱，看到了妳在流淚，我很想擁抱妳，可後來一想，原來只有我認識妳，妳從不認識我，我收回了邁出去的腳步。所以，我在推車上寫了那幾句話——And the sunlight clasps the earth. And the moonbeams kiss the sea. What are all these kissings worth - If thou kiss not me? 。」

他又用中文念了一遍，眼淚已經滑落到唇邊，「日光擁抱地球，月光親吻海洋，若妳親吻的不是我，這些親吻又有何用？那次看著妳離開的背影，我默默做了一個決定，我發誓一定要娶到妳，無論用什麼方式。因為，我不僅不想再和妳做陌生人，還想當妳最親近的人。」

是他骨子裡熱烈的強勢。

許姿赫然驚住，眼淚垂在臉頰上，心顫不已。

俞忌言哽咽了一番，顧不上擦去眼角的淚，單膝下跪，像王子一般親吻著公主的手背，聲音微顫地問：「姿姿，以後讓我每天都擁抱妳，每天都親吻妳，好不好？」

許姿的妝容早已哭花，但她揚著幸福的笑，點頭說道：「好。」

湖面的漣漪波光浮動在淺草間、花束裡，這對新人擁吻在一起，接受著所有人最誠摯的祝福。

第一排的長輩都哭了。

坐在第二排靠湖邊位置的靳佳雲，自然也喜極而泣。許姿是她最好的朋友，這樣的喜悅彷彿勝過自己得到幸福。

許姿就是一個住在城堡裡的公主，她就該被王子捧在手心裡，在那個看不到黑暗的童話世界裡，被俞忌言好好的愛著，無憂無慮的享受愛情。

忽然，一隻手伸到了靳佳雲的眼底，是朱賢宇，「擦一下。」

靳佳雲接過了紙巾，卻沒有看人。

只是，不知過了多久，還是那個熟悉的聲音，傳入了她的耳畔裡，「妳會羨慕嗎？」

蟬鳴聲聲，交響樂還在繼續演奏。

這是一句，得不到回應的問題。

一場婚禮結束，也進入夜裡了。

許姿和俞忌言在茶園的婚房裡過夜。

先洗漱好的許姿躺在陽臺籐椅上，她最喜歡春夜，風不冷也不濕熱，茶園靜謐無聲，有一種空靈的愜意，還能聞到淡淡花香，舒服到她躺著躺著，就閉上了眼。

月光輕拂在這張雪白的面頰上，靜下來的她，像沉睡的白蓮。

睡得不算沉，所以感知到了俞忌言走近的腳步聲，只是她沒有睜開眼，她知道，自己一定會獲得一個吻。

果然，溫熱的唇覆了下來。

而後，她換了一個姿勢，和俞忌言一起擠在籐椅上，她很喜歡這樣撒嬌般地塞在他的胸膛前。

他撫摸著她散著清香的髮絲，問道：「那次，妳也是裝睡？」

手指在他的胸肌上好玩般地畫圈，許姿懶懶地說。

「嗯。」

兩年前，他們辦完婚禮的第二天，來茶園見長輩，也是第一次，他們被迫睡在同一個房間裡。

許姿鬧脾氣，寧可睡在陽臺籐椅上，也不願意回房，只是想較勁，沒想到躺著躺著真的睡著了。

不知長夜過去了多久，在半睡半醒間，有人將她身上的棉被往脖間拉了拉，一股熱氣慢慢下移，覆上了她的唇。

那個吻，很短暫，但她察覺到了吻自己的那張唇在顫抖。

而此時，籐椅上纏綿的吻，不用再偷偷摸摸，不用再小心翼翼，也不帶任何強迫性質。

投入在吻裡的俞忌言，將雪萊的詩改了改，在心底反覆念給許姿聽。

「日光擁抱地球，月光親吻海洋，而這些親吻又有何用，都不比過我和妳的任何一次擁吻。」

——《異常現象 下》完

番外　俞忌言視角（上）

十年前，俞老的二兒子俞赫欽在出差途中，遭遇車禍喪生。

像是捉弄人般的巧合，二十年前，俞家長孫去世的日期，也是同一日，十一月八日。

而這天，也是俞忌言的生日。

從出生就被俞家視為災星的俞忌言，因為父親的意外去世，他被俞老「掃地出門」，且放了狠話，他從俞家這裡，拿不到任何一分錢。

同年，因為沉默寡言的性格，俞忌言在留學生裡很不合群，又因為成績過於出色，便遭到了排擠。

那半年，他過得非常糟糕，出現了反覆性失眠，以及輕微厭食症，最後甚至被診斷出中度抑鬱症。

教授勸他暫停學業，回國調整狀態。

俞家的門並沒有因此為俞忌言敞開，而他也不想回到那個噩夢般的家中。於是他去了蕭姨的老家——高中時，因為同父異母的妹妹由蕭姨在此照顧，所以他時常造訪。

老家不遠處是一畝茶園。

待在二樓房間的陽臺上，俞忌言能隱約看到那綿延起伏的丘陵。一個陽光充裕又無聊的午後，他看完書後，下了樓，沿著那條曲徑往前走，在盡頭，他竟發現有道木門可以拉開，應該是通往茶園的小道。

他沒什麼壞心思，只不過想去看看，便拉開柵門，踏著腳下的淺草，走到那棵老樹下。

忽然，他看到少女從水中浮出，粉色的泳衣被打濕，姣好的身材一覽無遺，甚至有些青澀的性感，他害羞地垂下眼，連忙躲到樹後。

那是俞忌言第一次遇見許姿。

他從來沒有喜歡過人，上高中時，同學總是笑話他性格古板又沉悶，又因為長得偏瘦皮膚也不白，基本上沒有女生會喜歡他。

對戀愛這種事，他一竅不通。

他難以描繪那種感覺，只知道從那天起，他出現了一些「異常現象」。

比如說，無論做什麼，都會想到她。

還有，瘋狂地想見她。

從茶園到附中，那一個月裡的偷望，悄無聲息地抹去了俞忌言眼裡的晦暗。

複查病情時，醫生也訝異於他好轉的速度，好奇地問道：「Are you in love？」

俞忌言在笑的時候，差點忘了，這只不是一場單相思，他其實從未走進過少女的世界，連最基本的名字，都不知道。

不過，他要走了。

飛回英國的當天下午，他去了一趟附中，趁下課時，他逮到了一個從八班走出來的女同學，拜託她將情書遞給許姿，女生答應了。

情書裡，留下了名字與聯絡方式。

這是俞忌言最後的一點點期許，在飛行的二十多個小時裡，他忐忑不安。下了飛機，他立刻開機，只是沒有任何訊息傳來，也沒有任何來電。

他想，她應該連拆都沒拆封吧。畢竟，她心裡的位置，都留給了那個叫做韋思任的男生。

後來的日子裡，俞忌言都在忙碌中度過。

他不僅學業繁重，以及他在姨媽何敏蓮和好友朱賢宇的幫助下，開始創業。他還是遺傳到了俞家經商的基因，埋頭讀書的三年裡，他靠著線上論壇，在英國的華人圈中賺到了第一桶金。

在創業的幾年間裡，為了徹底治好抑鬱症，他也聽從了醫生的建議，開始健身及接觸戶外運動。的確有效，從樣貌到身形，他幾乎脫胎換骨，靠自己從廢墟裡站起來，連站姿都格外筆挺。

而關於許姿，只在回劍橋的頭兩年，俞忌言想念的次數算頻繁，但他終究是理智的，他知道，那只不過是一場夢。

他覺得，相遇不一定要開花才算有意義，也不必追悔當初為何欠缺勇敢，享受過心動時的興奮，就足以，即便它短暫得像夜空中的煙火。

並非刻意忘記，也沒有刻意想起，只是關於她的春夢，的確越作越少。

所有的平靜，在隔年十二月時，被徹底打破。

受寒流影響，這年倫敦的冬天比往年都冷，溫度低得嚇人不說，風雪交加，讓本就不喧囂的老城，顯得更蕭瑟冷清。

要在倫敦短暫停留幾天的俞忌言，來之前就問過姨媽，說是否能去她的別墅住兩晚，何敏蓮說有幾個學生租了一晚，用來舉辦派對，不過她還是鎖住了那間最大的臥房。

俞忌言下了飛機就往別墅趕，車停到院子外時，已經是夜裡十點，他裹著件及膝的大衣，推著行李箱往庭院裡走。

很巧，他與一個往外走的男人擦肩而過。

他一眼便認出來，那個人是韋思任。

雖然男人也多看了他兩眼，不過似乎沒認出他來。

這時的俞忌言和當年被欺負的瘦猴判若兩人，沒認出來實屬正常。他只是沒想到，來這裡辦派對的竟然是韋思任。

外面的雪下得越來越大，還夾著冷冽的風，庭院裡沒過一會兒就積滿了厚雪，連玻璃窗都被雪花封住。

站在門外，俞忌言已經聽到了屋裡震耳欲聾的音樂聲。於是他繞到後門，用鑰匙打開了鐵門，從小道間的樓梯裡朝上走。

這一面，只有帶著冰涼雪花味的靜謐。

之前在劍橋讀書，他來倫敦，就住在這間最大的臥房裡，現在裡面也都是他的衣物。

他沒打開行李箱，直接從衣櫃裡取出了一套舒服的睡衣，疊放在手臂上，去了浴室。

但他似乎忘了鎖門。

大概過了半小時左右。

在熱水裡泡了一陣子，終於消除了舟車勞頓的疲憊後，俞忌言站起來擦身子時，餘光瞥見自己的性器，想起了朱賢宇的調侃。

「那麼多獻殷勤的美女你不要，為了個白月光守身如玉，小心這玩意生銹啊。」

他自嘲地笑了笑，然後穿上了睡衣。

這是幾個月來，他第一次想起許姿。

臥房裡只開著一盞檯燈，光線微暗。不看書時，俞忌言不喜歡屋裡太亮，他喜歡待在暗暗的房間裡，聽著舒緩的音樂，閉目休憩。

說到底，他的靈魂是孤獨的。

站在地毯上，他側著身擦拭著濕漉漉的頭髮，忽然，聽見了木門被推開的聲響。

當他反應過來時，朦朧的光線裡，出現了一個腳步踉蹌的女人，身子一歪一扭，應該是喝醉了，幾乎是撞進他懷裡，還環抱上了他的腰，聲音軟如泥。

「韋思任……」

「我好喜歡你……」

「我好想……」

被燒得紅透的小臉，朝他的胸膛上蹭了蹭，「好想……和你睡……」

——番外〈俞忌言視角（上）〉完

番外　俞忌言視角（下）

那一晚，窗外風雪交加，白雪壓彎了樹枝，玻璃上是融雪後的冰水。

後來主動的是許姿，俞忌言被她推倒在床上。見壓迫性的姿勢讓兩人都難受，他困難地掀開被子，一起躺下。

沒料到，她翻過身就抱住了自己，喉中發出些嬌嫩的哼唧聲，「你抱抱我，好不好……」

俞忌言身體僵硬得無法動彈，只低著眉目，看著她在自己的胸口蹭來蹭去，還上了手，摸了腰又摸腹肌，甚至是底下。

突然，她像被嚇到般收回手，羞澀一笑，「……好大。」

如果他們在相戀，聽到這樣調情的話，俞忌言定會興奮，但奈何，她認錯了人。

她終究連自己是誰，都不知道。

俞忌言費了些力氣將許姿的身子擺正，但喝醉後的她像隻活蹦亂跳的小兔子，又翻過身抱住了他，這次連腿都搭了上來。

「幹嘛推開我……」她越抱越緊，嘴裡的酒氣還是很重，吐詞含糊不清，「韋思任……我長大了，已經二十二了。」她將紅彤彤的小臉埋進了他臂彎裡，「可以、做那種事了……」

心底已經不是酸澀，而是像被針紮的痛。

俞忌言想再一次推開她，但她就是不撒手，哼哼唧唧的撒嬌耍賴，他只能妥協，就讓她這樣抱著。

很久很久的時間裡，屋裡都靜謐無聲。

俞忌言以為許姿睡著了，側著頭，想靜靜欣賞她的睡顏。他輕輕撥開了垂落下來的髮絲，借著昏柔的光線，終於好好看清了這張漂亮的臉蛋，五官長開了，比高中那會明豔嬌媚了許多。

忽然，懷裡的她動了動，他嚇得收回了手，聽見了那細柔如羽的聲音，「韋思任……我好喜歡你……好想嫁給你……」

窗外似乎有風聲，呼嘯而過。

俞忌言永遠無法忘記那晚的心情，是比千金重石砸向胸口都疼。整個人像被一股洶湧的潮水推向前，心底掀起了驚濤駭浪。

隔日，他跟著許姿穿梭在倫敦的街頭。傍晚，在泰晤士河邊，他還是只能以陌生人的身分站在不遠處，陪她一同看完了那場日落。

日落謝幕後，他一個人走在倫敦的街頭，又下起了雪，雪花一片片落在他的肩頭。蕭瑟的風裡，他身上感受不到一絲暖意，卻又迫切地渴望，心間藏著的那個人，能用愛淹沒自己孤獨的靈魂。

他伸出手，看著潔白晶瑩的雪花在掌心慢慢融化，他笑了笑，明明那麼寒冷，但眼底卻像點亮了一根火柴，燃起了希望。

他比那年，更想要伸手去抓住夢境裡的人影。

「許姿，住到我的心裡，好不好。」

轉彎的寂靜街頭，雪地裡的最後一隻腳印離開後，只剩他一個人。漫天的雪越下越大，後來，他不記得是雪花落到眉梢融成了水，還是他哭了。

俞忌言常常想，其實他和許姿滿相似的，至少在感情上同樣執著，只可惜他們從來沒有對望過。他也偷偷幻想過，如果他們能對望，是不是也會是一對令人羨煞的眷侶？

半年後，俞忌言將事業重心全部放回了成州。

他其實並不是故意要進入許姿的生活圈，而是剛好要規劃一個與茶園相關的專案，又剛好被許岸山看上。

因為項目，他們漸漸熟絡，成為了一對的忘年之友。

而一次晚餐後，俞忌言意外得知許岸山被檢查出了癌症。他替許岸山找了英國最好的醫生，那一年裡，他除了工作，都在忙於照顧許老。可能是他太過於熱情，引起了許岸山的疑心。

最後，他將祕密都告訴了許老。

半年過去，醫生說以許岸山的身體情況來看，只能再堅持兩三年。這時，許岸山私自做了一個決定，他要將自己的孫女許配給俞忌言。

這對俞忌言來說，像是一場夢，比那場白日夢更不切實際，可他想伸手去握緊。

未料，亞匯的某個小專案在催收上出了問題，俞忌言成了被告，而對方的辯護律師正是許姿。他們對簿公堂，即使最終雙方和解，但在她心裡，他的印象分幾乎為負分。

還沒來得及冰釋前嫌，兩家就安排了第一次飯局。

俞忌言記得那次，許姿不顧旁人的當場發火，她說什麼年代了還有這種封建聯姻。可她最終還是爭不過長輩，只能被迫同意了這門婚事。

拍結婚照那天，其實天氣特別好。

俞忌言內心是呼嘯的激動，但許姿無精打采，眼裡只有充滿著厭惡。

連工作人員都忍不住多說了兩句：「第一次有人來拍結婚照，跟刀架在脖子上一樣。」

她站得很遠，攝影師勸了兩次，她都像聽不見般沒動靜，最後是他強行將她拉到了身邊。

「配合一下吧。」

喀嚓幾聲，攝影師滿意地收工。

許姿的狀態不好，俞忌言也好不到哪去，拍出來的照片，這對新人的笑容極為勉強，甚至可以說是晦暗無光。

離開前，俞忌言在洗手間的一角，聽到了許姿的哭聲，紙巾按在眼周邊，抽泣到手在顫。她發現了他，因為沒有愛，所以可以毫不留情地說狠話。

「我不知道你用什麼方法搞定了我爺爺，但是——」她身子抖得越來越厲害，哭得很凶，「只差一點，我就可以和喜歡的人在一起了。」

這句話無疑將俞忌言定為了罪人。

可是，無論她再不情願，他也不會退讓。

結婚的頭一年，俞忌言同意了許姿無性婚姻的要求，一來，他乾乾淨淨，她根本抓不到自己把柄。二來，他不急，可以給她時間。

那年，他很少回家，在成州的日子，也只能常住飯店。他笑自己沒出息，不敢回家只是怕夜夜看到她，會忍不住。

這樣的日子，風平浪靜地過了一年半。

直到，在新加坡出差的一場飯局上，俞忌言與韋思任碰了面。他們看起來早就成了「熟人」。的確，俞忌言是投食者，韋思任只不過是靠自己，混得聲名鵲起的大律師。

對於食物鍊底端的人，俞忌言從不放在眼裡。可這麼多年過去，那個在湖邊扔自己情書，扇自己巴掌的男人，還是總想要踩在自己的頭頂。

「靠點手段娶到許姿又如何？她喜歡了我十年，你知道十年的分量有多重嗎？」韋思任掏出手機，翻開朋友圈，指著最近的一條留言，「昨晚，許姿又留言給我了。」

他得意的模樣，終究激怒了在隱忍的俞忌言，他盯著那刺眼的螢幕，胸口悶得慌，一陣陣起伏。是被刺激後的怒，還有病態般的占有欲。

走回大廳的半途中，俞忌言給助理聞爾打去了一通電話，命令道：「去飯店把我的行李都收拾好，明天一早，送回悅庭府。」

——番外〈俞忌言視角（下）〉完

番外　書房&手機

一個天氣好的午後，俞忌言本來提議去公園逛逛，但許姿剛從上海出差回來，累得哪裡也不想去。

於是兩人就窩在書房裡。

俞忌言在看書，許姿就枕在他大腿上，一隻手刷手機，一隻手吃著櫻桃，書房裡放著舒緩的輕音樂，頗有閒情逸致。

她點開了第一熱門的關鍵字，是一個男明星的緋聞，她認得，是去年紅起來的影帝，各大網站都在傳他和一個女演員有地下戀情。

誰不愛八卦，尤其是喜歡追星的她，看得津津有味。

俞忌言淡淡瞟了一眼，「假的。」

這引來了許姿的好奇，「你怎麼知道是假的？你還關心這些？」

「嗯。」俞忌言慢悠悠地翻著書，「路今是我朋友，我很了解他的為人，這些不過就是假帳號用來增加點閱率的噱頭而已。等明年他簽到我這邊，我會重新規劃他。」

許姿從碗裡捏起一顆還掛著水珠的櫻桃，仰著脖頸，伸長了手臂，塞到他嘴裡，「我老公真會賺錢，這樣我就能多幫幾個窮人打官司了。」

垂頭咬了口櫻桃，俞忌言望著她的笑容，也跟著笑了笑。

可能是因為大她幾歲的緣故，他總是情不自禁地想去保護她，希望她能在自己築起的城堡裡安然無憂地生活，外面的風雨，由他來擋。

書看得差不多了，俞忌言見還沒到晚餐時間，便起身拉下窗簾，從櫃子裡挑了一張片子，打開了投影機。

光影浮動的白牆上，出現了一些汙穢的畫面。

「你有病啊！」許姿輕輕踹了俞忌言一腳，「幹嘛一起看這個？」

俞忌言仰靠在沙發上，「以前都是我一個人學，」斜睨了她一眼，「現在一起學。」

沒來得及跑出去，許姿就被他攬進了懷裡，坐在他大腿中間，腰也被栓住，一起欣賞片子。

這次主角不是清純學妹，而是人妻和壯漢。

男優皮膚偏深，是標準壯漢的體型，稱得身下的女優更是嬌小得不行，沒什麼劇情，一開場就按著女優在沙發上幹，書房裡迴盪著女優的呻吟。

嘴上在嫌棄，但許姿看得很投入，「我叫得是不是比她好聽？」

「當然。」俞忌言並不是為了哄她，就是覺得她比任何女人都好看。他貼近她耳根邊說，「每次妳一叫，就恨不得幹妳一整晚。」

憋在小小的空間裡，許姿還是聽羞了，反手捏了捏他的耳朵，「其實你叫起來也很性感。」

「是嗎？」一張溫熱的唇挪到了她的頸窩邊，從喉嚨裡發出了低啞的悶哼，「嗯嗯……」

「俞忌言，你真的好騷。」她憋不住笑出了聲，反手箍住他的頭，往自己身前按，親了他一口。

心滿意足，俞忌言抱著許姿繼續看片。

之前許姿和幾個已婚的朋友聊天，問她們平時在家會和老公做什麼，她們總會一臉疲乏地說各做各的事。

怎麼到她這裡，成了什麼都要一起做的黏人精？

甚至包括了看A片。

片子播放進度過半，畫面越來越刺激。

此時正在進行的這個姿勢，他們之前做過。女優被抵在沙發一角，雙腿被高高抬起，男優的性器長驅直入，女優雙眼迷離地咬著手指，時不時舒服地叫著。

「真會演。」本就是圖個樂，許姿居然認真分析起來，「上次你這樣做的時候，我一點也不舒服，又累又痛。」

自己的老婆，俞忌言越看越覺得可愛，情不自禁想面對面抱著她。她跪坐在他大腿上，這樣一動，兩邊的吊帶都滑了下去，一對雪白豆腐似的雙乳，朝他眼底顫了顫。

剛好片子演到了吃奶的橋段。

已經養成了默契，許姿將垂在胸前的髮絲往後一掀，挺起上身，送給她那沒出息的老公吃。

俞忌言低下頭就張嘴含在了嘴裡，吃不膩，也吃不夠。

她戳了戳他的頭，「以後你是不是要和寶寶搶奶喝啊？」

含著奶的俞忌言，只「嗯」了一聲。

過了會，他才不捨地鬆開嘴唇，白嫩的胸部被含到發紅，乳頭被挑逗到凸起。他將許姿整個人抱進懷裡，大掌撐著她的後背，一起往後靠。

「姿姿。」他目光中突然帶些委屈，「我乾乾淨淨的身體，在倫敦就被妳那樣摸來摸去，妳得對我負責啊。」

看來這事老狐狸是不打算讓它過去了，每次一提，他就愛裝可憐，搞得像她在「欺負」人。

許姿輕輕拍了拍他的臉，「你不僅騷，還不要臉。」

其實比起做愛，俞忌言更喜歡抱著她，和她對視，看她眼裡的笑。

此時，A片裡演到了女優在幫男優口交，沒看畫面，光聽那舔吮的聲音，許姿都渾身一酥。

忽然，俞忌言想起了一個從未告訴她的祕密。從旁邊的小圓桌上拿起手機，打開藍牙，連接了投影機。

瞬間，投影畫面的主角切成了沙發上的人。

抱著俞忌言的許姿好像聽到了自己的聲音，好像是在舔什麼東西，直到畫面裡傳來一句她醉意朦朧的騷話。

「俞老闆，你這裡怎麼長這麼大啊……」

「啊——」

在轉過頭看到畫面的瞬間，許姿慌亂驚叫，她想搶走俞忌言的手機，但被他牢牢握在手裡。

「妳之前不是一直想知道，三亞飯店那晚，妳到底對我做了什麼嗎？」他得意忘形地挑眉笑道，「我足足被妳吃了十分鐘。」

他沒騙人，影片的確長達十多分鐘。

畫面裡，裸著上身的許姿，坐在床沿邊，扶著俞忌言的雙腿，猩紅的肉棒在她的櫻桃小口裡，一會含，一會舔。

比起舔舐的聲音，她的哼吟更情色。

雪白的臉迅速漲紅，燒到了耳根，許姿無處可躲，只能窩在俞忌言的頸邊，堵著兩耳，根本不敢聽自己羞恥的聲音，更不想相信自己竟然主動幫他口交。

「我不可能做這種事，你一定是對我下了藥。」

俞忌言哼笑，「許律師，我從不做犯法的事。」

不信就是不信。

許姿不停地捶他，語氣越來越急。

「快點關掉，關掉！」

「你要是不想睡沙發，就快點關掉！」

上週兩人剛吵了一架，俞忌言被許姿趕到沙發上睡了一晚。這會，他怕再鬧下去，大小姐又來脾氣，他立刻關了投影機。

耳根清淨後，許姿放下了雙手。

打鬧結束後，俞忌言想起另一件重要的事，他打開手機，秀出了倫敦的機票，「下個月我要去一趟倫敦，不知許老闆是否有空陪我一起去？」

「有。」許姿正有此意，環抱著他的脖頸說，「那時我不認識你，沒注意過背後的你。這次我想牽著你的手，把你一個人走過的路，再走一遍。」

說完，她輕輕握上了俞忌言的手，十指交纏。

——番外〈書房&手機〉完

番外　倫敦蜜月

倫敦，五點的窗外聽得晨鳥鳴聲。

別墅臥室的落地窗簾虛掩著，稀疏的陽光從縫隙照向柔軟的床。棉被被男人高大的身軀拱起，起起伏伏，由慢至快。

直到，女人發出了迷濛又不悅的聲音。

「俞忌言，你下去……」

男人根本停不下來，手肘撐在枕頭兩側，用力握成拳，隨著下身的律動，手臂青筋鼓緊。

明明兩人凌晨一點才結束最後一次，許姿不明白這個老狐狸的性欲怎麼會這麼旺盛，才隔四個小時又來一次。熟悉的巨物侵犯著已經被刺開的小穴，儘管有過電般的快感，但疲倦的她只想多睡一點。

「俞忌言，我不想要……不想要……」沒睡醒的小懶音裡是委屈。

俞忌言一隻手往下伸，用兩根手指併攏揉了揉凸起的陰蒂，盯著她，喘息著問：「舒服嗎？」

手指每揉一下，陰莖往就穴裡狠狠抽插幾次。

「啊啊啊……」房間的光有些暗，許姿看不清人臉，一雙手胡亂揉搓俞忌言的臉，以示抗議，「不是才做完沒多久嗎？讓我休息一下好不好？」

「不好。」一掌抓牢了她的手腕，俞忌言吮吸著她的手指，「恨不得二十四小時都幹妳。」

他將她的手腕扣在了枕頭上，固定住她亂跑的身子，加大了抽插的力度，木床細微搖晃，安靜的房間裡只剩皮肉交合的啪啪聲。

折騰了一晚，許姿真的睏到睜不開眼，但本就軟成一灘水的身子又被重重的撞擊，比起欲仙欲死的舒服，她更多的是起床氣。

此時，她就像一個毫無反抗能力的布娃娃，被身上強勢的男人凶狠地操弄。一雙乏力的腿，被俞忌言架在腰上，以便他更凶地抽插到底。

「重、重死了……」一大早就被他操出了眼淚，許姿氣鼓鼓地罵人，「俞忌言，把你的臭東西拔出去……我不要了……」

她雪白的肩頸已經潮紅一片，還冒著細碎的濕汗。

陰莖插在滾熱的穴裡，越來越脹，俞忌言哪還停得下來，他承認自己的性欲比一般的男人強，但還有一個原因是，這情境他早就想嘗試了——想看自己的老婆，被狠狠操醒。

怕她嘴裡繼續嘟囔不休，他乾脆俯下身，唇壓唇，舌頭靈活地在口腔裡攪動、深頂，是極致情色的一番濕吻。已經不知是深入喉的吻讓她承受不住，還是被大肉棒重重插入的小穴，發瘆到讓她眼角又擠出了淚。

她感覺大腿被黏糊的液體裹住，還有源源不斷的淫水順著縫隙往下流。

俞忌言睜開眼，如狼似虎地盯著眼底那張表情猙獰的臉蛋，他笑了笑，挪開了唇，親了親她的鼻尖，「我們咪咪連生氣都這麼可愛。」

手指朝她的額頭輕輕一彈，像在逗小女孩。

「混蛋！」許姿終於睜開了眼，臉頰上是快要高潮的紅暈，她很生氣，「從我身上滾下去……」

她不喜歡在自己沒有意識的時候被侵犯，即使對方是自己很喜歡的人，她也不喜歡這樣。

俞忌言早就料到她會有如此大的反應，但這事難以半途而廢，只能繼續做那個強勢不講理的性癮患者，雙手繞到她背後，將她整個人抬起，抱入自己的胸膛。

他繃緊肌肉，身體裡的快感到達了頂峰，趁著這股勁，用力猛力挺動，交合的淫靡聲越來越響，甚至出現了皮肉拍打的回音。

「啊啊啊，太快了……」意識依舊模糊的許姿，被迫在俞忌言的肩上，手指摳入了他的肌膚裡，「我、不行了……好累……」

俞忌言的背上滾落著涔涔的汗，滾熱的氣息縈繞在被子裡，他已經感覺到了小穴軟爛後的敏感，將身體裡來勢洶洶的欲火，一鼓作氣地挺腰輸出，刺得又快又深。

床在幾陣劇烈的晃動後，結束了晨間的荒淫。

高潮後，俞忌言是徹底舒服了，但他再也沒有得到過妻子的好臉色。從下床那一刻開始，許姿擺著一張極臭的冷臉，無論他說什麼，她都不理睬。

今天的行程安排是，在倫敦隨意逛逛。但顯然，目前的局勢看起來，毫無浪漫可言。

「我叫車。」

收拾好的許姿出了門，但她拒絕上俞忌言的保時捷，剛剛已經提前叫好了一輛計程車。

在計程車門被拉開時，俞忌言及時扯住她的手臂，「真的生氣了？」

「不然呢？」許姿瞪他，「我什麼時候跟你開過玩笑？我說了不想就是不想，你為什麼不聽我話？」

被凶了幾句，俞忌言明顯氣勢弱了許多，「我以為妳不至於……」

許姿氣呼呼地踹了他一腳，中斷了他的話。

這一腳並不輕，俞忌言彎腰摸腿的功夫，她迅速上了車，還特意搖下車窗，斜眼說：

「看見你就煩。」

黑色保時捷一直跟在計程車後面。

許姿在牛津街下了車，隨便走走逛逛，粉色的針織衫很薄，裡面就搭了條吊帶短上衣，露出了性感的馬甲線。早上她特意捲了捲長髮，輕盈地垂在背後，明豔的東方面孔很引人注目。

路過的男人都不免多看她幾眼。

她是美而自知的人，習慣了被聚焦。

可身後跟著的男人可不開心，俞忌言板著臉，自己的老婆穿得這麼性感，還被別的男人偷瞄，他哪能舒服。

「姿姿。」

越過幾個人，俞忌言扯住了許姿的手臂，發現她連婚戒都沒戴，他哄了哄人，「別生氣了，早上是我不對，我道歉。」

許姿沒回頭，使勁推開手臂上的手，「我暫時不想和你講話。」

抓不住正在氣頭上的人，俞忌言眼睜睜看著她穿進了人群裡。沒轍，他只能繼續跟在身後。

穿過了一條又一條街。

中途，許姿進了一家餐廳，店面不大，座位都是兩人坐的。她挑了個靠窗的位置，點了份招牌的吃海鮮燴飯。

「別坐我前面。」她攔住了剛要坐下來的男人。

俞忌言很聽話，坐到了旁邊的位置，要了一份牛排，一直看著對角的許姿。她被盯煩了，對他做了一個戳瞎雙眼的手勢。

他們之前也不是沒吵過架，但大多是因為一些雞毛蒜皮的小事，所以次次都是許姿贏。

有一次，甚至連許父都嘲笑他，在家裡沒地位。

在等餐時，一個英國男生走上前，熱情地向許姿索要聯繫方式，白淨清瘦，一看就是學生。

俞忌言好奇地盯著她，像在看戲。只見許姿在英國男生的手機裡輸入了一串號碼，他臉色頓時鐵青，沒想到她真的給了聯繫方式。

簡單吃過午餐，他們一前一後地出了餐廳。

許姿想去購物，不過在花錢這件事上，她絕對不會放過宰人的機會。她在名牌店鋪門口故意停留了一下，朝俞忌言招了招手，他立刻懂了。

一進去，她就沉浸在新品的海洋裡，試一件，俞忌言刷一次卡，但花這點錢對於他來說，就是毛毛雨。最後，她將七、八個袋子全塞給了他。

無心理人，但該他做的事，她一個不落。

但對於俞忌言來說，自己喜歡的女人在他的世界怎麼任性，就算是自己被扔大街上，他都能無條件的寵。

趁許姿去香薰店時，俞忌言在旁邊的一家甜品店，買了一隻香草味的甜筒，還起了些幼稚的玩心，躲在一側，想看看她會不會緊張自己的消失。

不過，拎著香薰袋出來的許姿，朝兩邊探頭，尋著人影，的確露出了緊張的神色。

俞忌言只要抓到這一點，就心滿意足。

在許姿剛轉身準備往下條街走時，俞忌言大步跟上去，單隻手臂繞過她的脖頸，這個突兀的舉動嚇到了她，弄得她更煩躁了。

「俞忌言，你今天晚上是不是想跪在院子裡？」

在人潮裡，俞忌言明目張膽貼上她的臉頰，「妳捨不得讓我跪的。」

不僅臉貼臉，俞忌言甚至不顧旁人地親了許姿，從臉頰到脖子。站在街道中秀恩愛的兩人，自然被路人圍觀，還有人拿出手機拍照。

「你別親了，好煩！」許姿算是半推半就，脖子被他親得很癢。

俞忌言停下來，聲音像沾過酒般的性感，「說原諒我，我就乖。」

許姿沒作聲，但明顯嘴角上揚著。

直到，這個不要臉還膽大包天的老狐狸，吻到了鎖骨時，她才連忙鬆口道：「好了好了，我不生氣了。」

被原諒後，俞忌言還是沒鬆手，而是讓許姿先舔舔手裡的甜筒，她咬了一口，冰涼的香草味滑入了胃裡，甜到舌尖都是膩的。

而後，兩人手牽手一起在街上閒逛。

俞忌言手上是沉甸甸的購物袋，不光如此，許姿還把身上的小包包掛在了他肩上，他都樂在其中。他算是一個很傳統的男人，認為賺錢給女人花，以及幫忙提包包等，都是男人該做的。

許姿晃著他的手，「我們可憐的俞老闆自從翻身逆襲討到老婆後，真是一點脾氣都沒了呢。」

「嗯。」順了毛的俞忌言，突然還低頭賣起了委屈，「我這麼可憐，好不容易才有了這麼漂亮的老婆，妳要原諒我沒出息，看到妳我就忍不住亂發情。」

許姿被他的話逗笑了，「你真是……」

面對他的不要臉，她詞窮。

鬆開手後，俞忌言將纖瘦的她攬進自己懷裡，一人一口霜淇淋，徜徉在街道裡，穿過人群，不知聊起什麼，都笑得合不攏嘴。

趕在日落時分，他們到了倫敦塔橋。

有「倫敦眼」之稱的巨大摩天輪籠罩在暮色中，紅藍色的光影浮動在泰晤士河上。

俞忌言和許姿站在橋邊看了會夕陽後，她雙腿有些累，拉著他坐到身後的長椅上。

許姿靠在俞忌言的肩上，並與他十指緊扣。四周是人來人往的人聲，而他們的世界卻消了音，眼裡只有同一片夕陽。

靜靜看暮色的流轉，看鳥群飛過。

倏地，一道溫柔的女聲，穿進了濃厚的暮色裡。

「俞忌言，你開心嗎？」

俞忌言聲音很輕，五指用力扣住她的手，「嗯。」

稍稍抬起頭，許姿在他的臉頰上落下輕柔的吻，又揉了揉他的眉心，「俞忌言，你不孤獨了，你不會再一個人看夕陽，你有我。」忽然，另一隻手覆住了他的手背，像是想把溫暖都給他，「以後，我們還會有孩子，但可能會很吵，你怕不怕？」

俞忌言側過頭，在她剛剛依偎著自己看著夕陽時，他的眼眶就紅了。

裡，

「不怕。」

他的確不怕，因為——那是他曾經強烈渴望的一種熱鬧。

紅色的大巴士緩緩從街道駛過，在嘈雜的人聲裡，許姿的聲音像只能鑽進一個人耳裡，「老公，我們生個寶寶吧。」

她是認真的。

俞忌言的目光並不炙熱，而是相當平靜，大大的手掌寵溺地撫摸著她的腦袋，

「好。」

雙手搭上了他的肩，許姿仰起頭，閉上眼，溫熱的唇瓣廝磨著，在天色越漸暗沉的河岸邊，他們纏綿的深吻，越過旁人的目光，不顧時間流逝，一直延續著。

——番外〈倫敦蜜月〉完

番外　寶寶

第二年的七月中，許姿肚子裡的寶寶也已經五個月大了。

她天生就是偏瘦體質，再加上每天都保持適量運動，只有小腹隆起成了小圓球，四肢仍是纖細。

「老公，你說我是不是懷了雙胞胎啊？」

一日夜裡，許姿靠在床頭，身後墊著舒服的枕頭，她太愛美了，就是懷孕，也要穿合身的睡裙。

剛洗完澡的俞忌言，換上了舒服的棉質睡衣，吹乾頭髮後，坐上床，抬起她的雙腿放在自己身上。

每晚，他都會幫她按摩腿部。一回生二回熟，手法嫻熟得不比外面的按摩師差。

「妳剛剛說什麼？」吹頭髮時，俞忌言沒聽清。

被他揉揉，許姿舒服得聲音都輕飄飄的，「我說，我覺得我懷了雙胞胎。」

「為什麼這麼覺得？就因為酸兒辣女這個說法？」

「嗯。」

懷孕後，許姿天天都嚷著要吃酸辣粉。

俞忌言低眉笑道：「下個月檢查就知道了，讓我看看妳的直覺準不準。」而後，抬頭盯著她，手指揉動的動作忽然變得撩人起來，「也看看，我是不是這麼厲害。」

「哼，明明前三次都沒射中。」許姿踹了他一腳。

俞忌言捉回了那雙白細的腳踝，撓著她的腳板，癢得許姿揪住了枕頭，「你幹嘛！」

他不要臉地命令：「老公不能損，要誇，才會進步。」

「我又沒亂說，你的確是三次都沒射中嘛。」

應該是要求饒的情況，許姿反而繼續糗他。

鬧歸鬧，俞忌言下手還是有分寸的，「誇我。」

也行，許姿忽然想玩玩他，「那我們俞老闆撒撒嬌，我就誇。」

像俞忌言這種姿態高傲的人，所有不成樣的撒嬌都心甘情願地給了她，「老婆，我想要妳誇誇我。」

每回這隻老狐狸一撒嬌，許姿心就軟了。

許姿往前一俯身，捧住他的臉，千嬌百媚，「我老公特別厲害，會賺錢，會做飯，又很疼老婆，還……」眼神一勾，語氣情色起來，「很會做愛。」

最後這四個字，像火焰燒過兩人的心間。

孕期調情，不是沒有過，但都止步於口交或是打手槍，沒有真正做過。

對著此時炙熱的目光，許姿呼吸不穩地索要起來：「老公，我想要。」

俞忌言搖頭，「現在做還是不安全。」

聞言，她不滿地哼唧起來，小肩亂扭，「但是醫生說過，五個月時，不劇烈的做愛是可以的。而且，不知道怎麼回事，這個月我的性欲好強，好幾次晚上我都做春夢，底下都濕了。」

為了保護肚子裡的寶寶，俞忌言真的做了一次柳下惠，憋得再難受，也絕不冒險。

他摸了摸她的頭，哄著道：「睡吧。」

「不想睡。」

「睡吧。」

幾輪僵持後，許姿輸給了俞忌言。

隨後，他關了燈，屋裡只剩百葉窗下淡淡的月光剪影。

不知過了多久，月光斜照到了另一頭。剛剛陷入沉眠裡的俞忌言，身子像被什麼異物壓住，還扯開了自己的褲子。

他猛地睜開眼，「姿姿！」

只見妻子跪趴在自己身上，扯下睡褲後，又扒下了內褲，此時正握著勃起的陰莖。

他敏感得胸口一緊，「想含？」

「嗯。」她撅著嘴，「但是，含完要插進去。」

俞忌言摸摸她的腦袋，「乖，好不好？」

身體裡像是鑽進了一群螞蟻，許姿徹底忍耐不住了，「我們輕一點，不會有事的。我真的好想要，底下好濕。」

「我幫妳舔舔。」俞忌言還是不允許她亂來。

許姿委屈地哀號道：「你舔完，我就更想要了。」

她探出溫熱的小舌，在陰莖上舔了一圈，試圖勾起他心底的燥熱。

她半抬起眼，繼續索要，「十分鐘，好不好？」

這幅主動勾引的模樣，讓她像極了饑渴難耐的人妻。可她也沒料到，自己孕期裡的性欲比平時更強。

床頭櫃邊縈繞著加濕器的水霧，裡面加了大西洋雪松的精油，舒服寧靜的木質香。

房間裡，卻充斥著不平靜的聲音。

「啊啊……嗯……嗯……」

許姿用了女上的姿勢，跪坐在俞忌言身上，絲質睡裙剛沒過臀，他稍微頂頂，裙角就往上掀，露出了正在被插幹的私處。

其實，他真的沒太大力，但或許是許久沒做過，一下子讓她有些不適應那根巨物的尺寸。

「老公……好、好脹啊……」她呼吸急促起來，還咽了咽唾沫，下面湧來一陣陣刺激的快感。

入到佳境裡時，俞忌言目光蘊著火，「怎麼幾個月不做，就記不住老公大小了？」

陰莖只是埋在裡面輕輕地撞了幾十下，那種空癢被填補的感覺，就讓許姿舒服得輕吟出聲。

「喜不喜歡老公的雞巴？」

「嗯。」她顫著音，「喜、喜歡……」

「動給老公看看。」

「嗯。」

幾個月沒做，那種全身過電般的爽欲，將俞忌言推向了峰頂。他大幅度地打開雙腿，頭枕著雙臂，就這麼欣賞著自己懷孕的妻子，主動用穴眼磨著自己的下身。

「自己畫圈。」

「嗯。」好像除了這個字，許姿發不出其他的音了。

她反手撐在他小腿上，抬仰起身子，腰朝後壓下，小穴在粗紅的陰莖上轉著磨動。

她好煩，要是沒懷孕，她就可以更用力地磨了……但此時，磨動的快感還是差了點火候。許久沒做，小穴還是一如既往的敏感，沒磨多久，蜜液就濕答答地往外流，兩人結合處一片黏膩。

「叫得再騷一點，老公就給妳。」

過去一年多的時間裡，他們關係最大的改變之一，就是在床上。對彼此說再騷再浪的話都無所顧忌，甚至是，愛聽。

許姿本來也不走什麼純情軟妹路線，她在床上，比他想像得還放得開。她喜歡這種完全釋放欲望的感覺，一聲比一聲叫得騷。

「嗯、嗯……啊啊……」

她雙手撐著他的膝蓋，小腰左右扭著，眼裡的嫵媚勾人魂，「老公，我很會磨，是不是？」

俞忌言下腹一緊，「嗯。」

用口、用手到底比不過被那緊窄的小穴包覆來得舒服。而且，她的技巧的確越來越嫻熟，次次都能把他夾得發麻。

磨累的時候，許姿忽然撫住了隆起的小腹，看得俞忌言緊張起來。

「姿姿，怎麼了？不舒服嗎？」

剛剛寶寶在肚子裡發出了點動靜，不過一會兒就停了。許姿把它當成了「寶寶的生氣」，她羞驚地捂著小腹，「完了，寶寶都看到了。」

欲望沸騰時，俞忌言抬起臀，朝上面連接的下體裡緩緩一頂，「那就讓他看看自己的爸爸，有多厲害。」

話音落地，頂動的速度明顯加快。

挺著隆起的圓滾小腹，許姿撐在他膝蓋上的手臂，不停地發抖。他說是說輕輕來，但真做起來，哪裡能輕，小穴吃力地咬含著那根極粗的陰莖。

一整根嚴絲合縫的灌入，插幹到許姿頭昏腦脹，睡裙的兩條肩帶落到了腰間，懷孕後胸部又脹大了不少，此時顫晃起來，更加情色。

她被撞著問道：「沒有馬甲線，是大肚婆了，我醜不醜？」

「好美。」俞忌言手掌輕輕撫摸著她隆起的小腹，彷彿看到了他們的結晶，「妳和寶寶，都好美。」

他不是哄人，是越來越會表達真心話。

扶上她的側腰，繼續挺動，細細的汗珠順著兩人的肌膚滑下。

可能是不太想女上了，許姿提出了換姿勢的要求，「老公，後入我，好不好？」

在穴裡又深頂了十幾下，俞忌言喘著粗氣，聲音低到發啞：「不是說只做十分鐘嗎？」

「不夠。」許姿的欲望，越做越強烈，「想要，還想要……」

不過一會兒，許姿便跪趴在床頭，手臂撐著，盡量讓小腹保持在舒服的狀態。粗硬的陰莖又一次插入她的下體，在腿心間深深淺淺地出沒。

好久沒做，突然蓄力地做一次，他們都爽到不想停。

「嗯嗯……啊啊啊……」陰莖捅插的速度加快，許姿被撞到雪白的肌膚紅得發燙，耳尖也熱，雙眼一片水霧濛濛，「好喜歡……不要停……再深一點……嗯！」

隨著撞入花心的一記猛頂，她被壓得喘不過氣，下頜一抬，修長的脖頸仰高，喊到嗓子都啞了，又氣又撒嬌地道：「啊啊啊……俞忌言……我要趕緊把孩子生了……我要天天和你做愛……」

是，她捨不得此時的快感，她好想天天要。

男人結實的臀不停地朝前頂，將白花花的臀肉撞出了水波感，粗長的陰莖直往深處頂，拍擊出層層疊疊的水聲。

俞忌言的獸欲被徹底點燃，做得越來越凶，但比起以往，這種凶狠還是收斂了許多。

但即便收斂了，還是帶給兩人帶來了一定程度的快感。

他感覺到她有多不想結束，小穴緊咬著陰莖，根本不想讓它離開，想要吸乾它。

就像是囚禁後，突然擁有了自由的籠中鳥，只想在天空中享受更久的快樂。

終歸是懷著寶寶，許姿的戰鬥力削弱了許多。即使她想做更久，想多換幾個姿勢，半個小時下來，體力仍是快透支了。

她也不能讓寶寶出事。

身後的男人很有默契，俞忌言加快衝刺了幾波後，濃燙的精液射在了保險套裡。

拔出陰莖後，疲軟的許姿，聲音能軟出水，「裡面還有一點沒弄出來，你幫我弄弄，難受……」

她高高地撅著臀，被操到深紅軟爛的小穴，就這樣赤裸裸地對著俞忌言。

他跪在她兩腿間，將兩隻併攏的手指伸進去，不停地在裡面翻攪，水聲比剛剛更淫穢。

「啊！」

疲軟的雙腿痙攣般地抽搐，許姿緊咬下唇，剛剛高潮的餘波未消，濕穴裡忽然不停地流出水，像是壞掉的水龍頭，她幾乎是帶著尿意，瀉出了這幾股水。

私處下的那隻結實手臂被淫水弄濕。

得到徹底滿足後的許姿，慢慢地轉過身，膝蓋下的床單全濕了，她張開手臂，嬌豔的面容此時還皺著，「老公，抱我。」

俞忌言立刻將她擁進了懷裡，兩人濕熱的皮膚黏膩相磨，是事後溫存的幸福。

臉埋在他滾熱的胸上，她聲音又柔又嗲，「我好舒服，你呢？舒不舒服？」

「嗯。」高潮的刺激還在，俞忌言五指用力撐開，大掌包住了她的後腦，親了親她的頭頂，聲音比呼吸更炙熱，「我好愛妳，老婆。」

抱著他，貼著他，許姿笑得更甜了。

俞忌言用另一隻手摸了摸她的小腹，聲音更輕柔了些：「我也很愛我們的孩子。」

明明是一句更甜的話，他們卻同時哽咽了。

對許姿來說，或許是處在孕期裡的敏感。

對俞忌言來說，因為這是他作過一百次的夢。此時，不再是抓不住的虛影，是能撫在手心裡的溫度。

——番外〈寶寶〉完

番外　滿月

四個月後是深秋。

許姿在預產期後的三天，也就是十一月十日在私人醫院產下了一對龍鳳胎。出院後，俞忌言將她接去了成州頂級月子中心調養身體。

許姿入住的是最好的獨棟老洋房，有花園、獨立客廳、餐廳、嬰兒護理區，還有營養師和中醫一起研製菜譜，一個月費用大概在三十萬左右。

秋天坐月子，從氣候上來說算是舒服。

不過，生完寶寶的許姿，脾氣好像變差了。俞忌言按她要求去買了好幾條寬鬆又漂亮的裙子，但她就是不喜歡。

後來經過醫生診斷後，她之所以脾氣變差，應該和懷孕時敏感有關。

因為她膽子小，再加上懷的是龍鳳胎，臨近預產期時，整夜因為緊張和害怕睡不好。好幾次半夜，她都抱著俞忌言哭說好怕，想讓他去替自己生。

面對孕婦的敏感，俞忌言給了她全身心的愛。取消了所有外地出行，下班後幾乎時刻陪著她，夜裡她醒，他也不會睡，會安撫她，哄她入睡。

這天，剛好是兩個寶寶滿月。

許姿不想大擺宴席，俞忌言便讓費駿找了策劃公司，就在洋樓裡擺滿月宴。策劃公司的鮮花都是從荷蘭真空運來，把一樓客廳打造成了 baby 小花園，既夢幻又童真。

鮮花和白、綠色的氣球簇擁著賀卡板，上面印著兩個寶寶的名字，俞寄恩和許寄朗。

關於名字和姓，是兩家一起商量的。

他們選擇了「寄」這個字，寓意為寄託。

男孩隨許姿姓，是因為俞忌言希望兒子不要像他，他的童年太陰暗，想要兒子像媽媽那樣，擁有陽光般的灑脫和開朗。

女兒是俞忌言的心頭肉，完全就是他捧在手心裡的一顆明珠。幫她取名「寄恩」，也是希望她永遠念情，念恩。

一大早，許姿起來化了全妝，從懷孕到坐月子，她都沒怎麼能好好捯飭自己。今天她特地穿上了俞忌言新買給她的墨綠色絲綢裙，透過鏡子看去，她的身材沒變，還是那麼纖瘦，整個人看起來相當輕盈優雅。

「我最近皮膚好像變好了。」許姿挽著俞忌言往樓下走，是登對又養眼的夫妻。她握著他的手，抬起來，「你摸摸看。」

俞忌言輕輕摸了摸，她的皮膚的確飽滿又嫩滑，「嗯，手感不錯。」

「是不是比恩恩的還好？」

一個完全不會撞槍口的問題，他卻猶豫了，而後嘴角上揚，「還是恩恩的好。」

許姿無語了。

好像只要談到女兒，俞忌言眼裡都是星星。雖然吃女兒的醋感覺有些怪，許姿此時的臉還是鼓成了小包子。

生了寶寶的她還是那麼幼稚可愛，俞忌言不禁親了親她的臉，「我老婆，又嫩又香。」

在樓梯上猝不及防的調情，許姿面上嫌他噁心，心裡卻美得冒泡。

「姿姿。」

剛從門外走進來的靳佳雲，向許姿打了聲招呼。

一年前離職後，她一直在紐約生活，鮮少回國。雖然還是留著風情萬種的大捲髮，也喜歡穿緊身裙，但整個人蛻變了，渾身充滿著自信。

許姿故意只簡單點頭，嗯了聲，其實是和靳佳雲逗著玩。

「寶寶都生了，還在生我氣啊？」

靳佳雲走過去挽住許姿的手，她們雖然不常見面，但一見面還是很親密。之前，她們的確因為離職的事，發生了一些不愉快。倒不是因為許姿自私非要留她在自己身邊，而是捨不得朋友離開。

「我生氣，妳就會回來嗎？」

「妳不會逼我回來的。」

事實上，許姿不捨歸不捨，但的確不願讓靳佳雲回來。她一直覺得自己沒什麼本事，很多時候都是靠家人，如果真放她獨自出去闖，一定滿身是血地回來。

但靳佳雲不同，她雖然長得千嬌百媚，內心卻藏了匹野獅，她應該有更廣闊的發展空間。

這時，身後傳來了男人的腳步聲，是俞忌言。

「靳律師要是有空，可以常回來幫幫我。」

以前靳佳雲面對這位大老闆還會膽怯，如今她可以毫不畏懼地與他平視，「俞老闆，怎麼說？」

俞忌言看了一眼許姿，輕笑道：「讓許律師分點心，讓我的日子好過點。」

靳佳雲忍著笑，「姿姿是有點小作，但怡情。」

拖了幾秒，俞忌言才應：「嗯。」

「你嗯什麼嗯？」許姿面色一沉，她剛揪住他衣服想鬧騰幾下，他人就被長輩們叫走了。

等俞忌言離開後，靳佳雲湊上前道：「欸，我發現你們家俞老闆變了，竟然會開玩笑了！」

是，他是變風趣了，但有時候那張嘴也是真氣人。

許姿哼道：「要是以後不滿意了，我也是可以換人的。」

靳佳雲「嘖」了聲，掏出手機。

許姿覺得大事不妙，果然，只見靳佳雲點開了微信的對話紀錄。

「也不知道是誰，成天給我發一些沒羞沒臊的話。」

「好了好了，別念出來。」許姿算是怕了她。

但靳佳雲偏要念出來，甚至還學了許姿的語氣，「我老公真的好厲害，昨天晚上又做了兩個小時，用了四種姿勢……佳佳，這個世界上，肯定找不到第二個和我這麼有默契的男人了……我們真是絕配……這月子什麼時候結束啊，好想和他做……」

直到許姿封住了她的嘴，靳佳雲才沒念出最後那個羞恥的字。她鬆開手後，靳佳雲翻出了一張截圖，「給妳看個噁心的東西。」

「噁心的東西幹嘛給我看……」

看字的音還未落，許姿笑了，截圖裡的話對外人來說是挺「噁心」，但對她來說，卻是滿分的甜。

是俞忌言發給朱賢宇的聊天紀錄。

「**老朱，人家都說結婚後會膩，但我怎麼感覺越陷越深呢**。」

抿嘴笑了一會兒，許姿跑到了俞忌言身後，環抱住他，嬌羞地貼在他背上，加入了大家庭的聊天。

聊了會後，兩個月嫂將睡醒的寶寶抱到了外面的嬰兒床上。兩個小天使一出現，客廳裡立刻安靜了，都悄悄地圍過來。

寄恩是姐姐，寄朗是弟弟，兩個寶貝躺在雲朵被子裡，粉嘟嘟的臉蛋閃著光亮，皮膚嫩得能掐出水。

「我覺得姐姐像俞老闆，」靳佳雲捏了捏寄恩軟綿綿的小手，「眼睛、眉毛和俞老闆一個模子刻出來的。」

心裡雖然對兩個孩子是一視同仁，但只要見到女兒，俞忌言嘴角就合不攏，女兒就是他心裡一顆怕含化的糖。

靳佳雲又揉了揉弟弟的小手，「姿姿，寄朗的眼睛怎麼能這麼像妳啊，妳看他，笑起來眼角彎彎的。」輕輕摸了摸他的胸口，「以後啊，你肯定和你媽媽一樣，桃花旺，招人喜歡。」

靳佳雲嘴甜，聽得旁邊的長輩喜笑顏開。

但俞忌言眉目冷下，咳了幾聲。

靳佳雲拍了拍許姿，「我說妳招人喜歡，妳老公吃醋了，哄哄吧。」走去一旁時，笑著扔下一句，「兩個幼稚鬼，的確是絕配。」

那頭，許姿黏在俞忌言身上。

兩個人在一起久了，是會有所謂的夫妻相。生活不再那麼緊繃後，俞忌言的面相都溫和了很多，尤其是抱著寶寶時，眼神裡的溫柔都快融化了。

另一頭，靳佳雲接了一通電話。

電話那頭像是會議散場後的吵鬧，男人深呼吸一口後，聲音低啞：「今天的會結束了，好想妳，妳什麼時候回紐約？」

耳朵貼著手機，靳佳雲邊說邊往花園走。

電話收尾的時候，她無意間在花園的小屋旁，看到了兩個熟悉的身影。女人被男人推倒在牆上，並不情願地被強吻著。

靳佳雲並不八卦，掛上電話就進了屋。

一大團簇擁的花影晃動，小屋邊的女人奮力推開了男人，還給了他一巴掌。

男人濃眉大眼，高挺俊氣，氣質放在人群裡極其出挑。他眼裡沒有柔和，甚至是怒和恨，「妳不是喜歡玩嗎？讓妳再玩玩我，怎麼就不要了？」

女人漂亮得像隻小狐狸，只是眼眶紅了一圈，「我沒那麼無聊，我要進去找我哥……」

高跟鞋剛往前挪動一步，整個人卻被有力的手臂扯了回去，拽進了小屋裡。

關上門的最後一句話是——「妳把我吻硬了，讓我射出來，我就放妳走。」

「路今……」

辦一場滿月宴，還是很費體力的，尤其是對於身體還沒有完全恢復的許姿來說。下午結束後，她在樓上睡到了晚飯時間才醒。

關於帶孩子這個話題，全家商量過會請月嫂，但晚上的時間，許姿想和俞忌言親自帶。他們認為，這是父母該做的，孩子的感情要從出生開始培養。

洗完澡後，許姿穿著寬鬆的睡裙，坐在弟弟的嬰兒床邊，哄寄朗睡覺。寄朗很乖，幾乎不怎麼哭，給他哼點小曲，一會兒就能睡著。

姐姐寄恩則交給了俞忌言，照著月嫂抱寶寶的姿勢只學了一次，他就學會了正確的姿勢。一隻手掌撐住寶寶的屁屁，另一隻手輕拍她的背。

寄恩特別乖，很喜歡爸爸的懷抱，兩隻小手扒著他寬闊胸膛，偶爾發出幾句哼唧聲，幾乎快融化了俞忌言的心。

他發現自己，好像很喜歡哄孩子，一點也不覺得累。

忽然，嬰兒床裡的寄朗哭了起來，但哭得不凶。通常這樣哭哭，表示他餓肚子了。

「我們朗朗餓了是不是？」

許姿輕輕抱起寄朗，坐到了床沿邊，將自己胸前的釦子單手解開，那對白皙稚嫩的胸部便彈了出來。

她拍著兒子的背，哄他喝奶，「我們朗朗喝完奶就睡覺，好不好？」

寄朗嘬著乳頭，吮吸了會兒後，舒服得睫毛垂下，閉上了眼睛。

許姿沉浸在給寶寶餵奶的畫面裡，一直低著頭，看著寄朗，撫摸著他，輕輕搖晃著身子。

忽然，身邊的光影被遮住了一半。

男人的聲音是嫉妒，也是委屈的索求，「寄朗喝完，我也要喝。」

「……」

——番外〈滿月〉完

番外　哺乳期play

寄朗和寄恩被哄睡著後，許姿腰還沒有直起來，俞忌言就雙手橫繞到她腰前，將人抬起，放倒在床上。

裙子都捲到了臀上，許姿拍他的手，「別鬧了，快睡覺。」

俞忌言灼熱又委屈的目光，是他的鬧法。

想起剛剛他那句「寄朗喝完，我也要喝」，她又一次忍不住想笑，食指用力壓向他的眉心，「俞忌言，剛認識你的時候，怎麼沒發現你這麼幼稚呢。」

而當事人，就是不說話，只抬抬下頷——他就要喝奶。

這男人有多磨人，許姿這一年來深有體會，如果磨到最後沒成功，他還會硬來。

為了讓自己今晚能入睡，她只好鬆口：「那你只能喝一小口喔。」

那一聲低笑是拒絕，沒給她一點準備，俞忌言將她人擺正靠著床頭，他用小孩喝奶的姿勢，橫臥在她的腿上，仰起頭，「給我。」

想過他會隨便嘬兩口，沒想到他如此不要臉，還把自己當成了小寶寶。許姿有點煩，但又不敢大聲說話，怕吵到兩個孩子。

「俞忌言……」她嬌聲反抗。

顯然無用。

許姿被迫用上了餵奶的姿勢，一手摟著他的肩，一手將胸口的釦子解開，露出了一團圓潤的白奶。剛剛被寶寶吮吸過，乳頭還有些紅腫，乳暈邊也有幾滴未乾的奶水。

光是這樣看著，俞忌言已經喉嚨發緊。他用手捏住奶子，飽滿的乳肉從指間溢出，濕熱的舌頭剛剛在軟肉上舔舐一小會兒，許姿就敏感得小腹緊縮。

「嗯……」還有一聲呻吟。

淺淺的舔舐對俞忌言這種人來說哪夠，唇口完全含住奶子。許姿的胸在孕前就不小，在哺乳期又飽滿了一圈，他就是喜歡這種含不住的感覺，邊含舌頭邊輕壓著乳頭。

「啊……」許姿揪住枕頭，「別、別用力，疼……老公、疼……」

怕自己玩得過火了，俞忌言鬆開嘴，大掌撫上她的臉頰，「對不起。」

她有些低低的哭腔，「剛剛寄朗喝奶的時候，咬了我幾口，很痛。」

聽起來像是在告狀。

「這傢伙！」俞忌言也不知怎麼就竄起了火，盯著那張嬰兒床裡的無辜小寶寶，「等他長大一點，我一定要教訓他一頓。」

許姿擠眉笑了笑，又撥了撥他的頭髮，「請問這位大寶寶，你還要喝嗎？」

「喝。」

一粉一白嬰兒床裡，兩個像糯米糰子可愛的寶寶，蓋著雲朵小被子，在他們純淨的夢境裡酣睡，床邊散落下來的白紗帷幔，是他們與大人世界的屏障。

床上的男女已經換了姿勢，許姿整個上身被撐到了牆上，兩個細白的手臂只能朝兩邊打開，男人拴住她的腰，鑽進了睡裙裡，臉埋在胸上，發出一串串羞恥的吮吸聲。

「啊啊……老公，別……」以前被俞忌言這樣吃奶，許姿就受不了，更何況是在更敏感的哺乳期，她被弄得嗚咽不已，「我底下都濕了……你別、別這樣弄我了……我好想做……」

她恨不得主動去抓那根許久未碰的粗物，並恬不知恥地將其塞到自己饑渴的小穴裡。

但她不能，還有一個月，他們才能安安穩穩地行房。

頭髮凌亂地貼著臉，剛剛腦袋裡閃過的那道白光，讓她失去了最後一絲理智，她咬唇亂吟：「嗯嗯、嗯……我好難受……嗯啊……老公，讓我吃一口……」

俞忌言比她的忍耐力更差，如果妻子不是在哺乳期，他恨不得將她抵在床頭，站著抬起她的腿，從正面狠狠插她，讓她哭著向自己求饒。

但他必須忍住。

一對胸部被玩到發紅發熱，許姿整個人迷茫得睜不開眼，但她感覺到奶水溢了出來，那個不要臉的男人正津津有味地舔入口中。

「真香。」俞忌言舔了舔嘴唇，嫩滑的汁液入到了腹中，另一隻手還揉著奶，「我老婆哪裡都香，奶水也香。」

餵奶的裙子很寬鬆，但男人的腦袋還是差點撐破衣領，許姿捧起他的臉，「我也想吃。」

妻子要吃自己的下面，俞忌言怎麼會不滿足她。當他那些壞心思都用到夫妻情趣上時，兩人間的欲火，一發不可收拾。

他故意站在許姿身前，高大的身軀壓下了床裡一半的光，盯著她，慢慢地褪去身上的衣物。她真是服了這個騷男人，竟然連內褲都沒穿，睡褲一脫，猩紅粗長的陰莖翹起，還彈動了幾下。

他下面早就硬了，此時挺立的角度正好對著許姿的胸，雖然看過、吃過很多次，但只要配上他獸欲勃發的氣勢，她還是會覺得有壓迫感。

底下早已泛濫成災，腿心極度濕黏，現在的她早已不逃避自己對性的渴望，甚至很多時候，她覺得他們在床上就是天作之合。

內心的燥熱衝破了許姿僅剩的意識，她蹲下身，含住了他的陰莖，技巧比第一次口交時熟練太多。

她撅起臀，剛吞了幾口，內褲便濕透了。她把那種想做但做不了的癢意，全部用在了口中，不停地吮吸又吞入。

「嗯———」每次被她舔，俞忌言都能瘋一次，他咬著牙，抓著她的頭喘著粗氣悶哼，甚至還爆出了一聲細弱的髒話。

一張櫻桃小口都含磨紅了，許姿眼前水霧迷濛，可能是剛剛含得太深，她嗆到了，皺著眉咳嗽，都沒顧得上擦拭掉唇邊掛著絲絲精液，臉色坨紅，小口微張，舌上的口液裡也混著灼灼白液。

俞忌言想去扯紙巾，但許姿抓住了他的大腿，仰起頭，纏綿嫵媚的眼神，能勾死人，故意先舔了舔嘴唇，然後將精液全部吞入了腹中。

望著她輕輕滾動的喉嚨，他俯身，箍住她頭，狠狠深頂吻入。

而後，他扯掉她的內褲，「讓水都流出來。」

剛剛扯到手中，他便看到白色的內褲上沾滿了淫液，視線一抬，陰毛上全是瑩亮的光澤。

許姿想夾緊小穴，但根本止不住，水順著穴縫不停往外流。

原本俞忌言還想玩玩乳交，忽然嬰兒床裡傳來了哭聲。

是寄朗醒了。

前所未有的羞恥感浮上心頭，許姿無情地推開俞忌言，套上睡裙，爬到床頭，抱起寄朗，柔聲細語地哄他。

「我們寄朗怎麼了？怎麼哭了呢？是不是又餓了？」

床上，俞忌言慢慢套著睡衣，不悅地低喃：「一個男孩子，哪那麼容易餓。」

也不知為什麼要幼稚到和自己兒子爭風吃醋。

許姿在心裡朝他翻了白眼，「你的兒子像你，容易餓。」

掀開帷幔，穿上拖鞋，俞忌言走過去，從身後抱住了許姿，頭放在她肩上，伸手摸了摸寄朗白嘟嘟的臉。

「你啊，哪裡像爸爸都行，但不要隨爸爸的自卑，要比爸爸勇敢，知道嗎？」

靜下來，撫摸著兒子小小的眼眉，情不自禁地說出了壓抑已久的囑咐。

這是他最想對兒子說的話。

還在坐月子的許姿，情緒很敏感，根本聽不得這些，她吸了吸鼻，眼角溢出一點淚。

她輕輕地抓住了俞忌言的手，一起包住了寄朗的小手，而寄朗一下子就不哭了，那隻軟綿綿的小手，是他們生命的延續。

「他一定會很勇敢的。」

——番外〈哺乳期 play〉完

番外　中秋節

這是寄恩和寄朗來到大家庭裡的第三個中秋節，但去茶園過節的前夜，兩個小寶貝又耍起了小脾氣。

寄恩的五官越來越像許姿，尤其是那雙葡萄般的圓圓大眼。除了長相像她，愛美這點，小小年紀也略見雛型。

只是去茶園待一晚，她就嚷嚷要帶三條裙子。

許姿跪在地毯上摸摸寄恩的腦袋，「恩恩，告訴媽媽，妳為什麼要帶三條裙子呢？」

寄恩粉嘟嘟的臉頰，能萌化大人的心，「我想拍照。」

「拍照也不需要帶三條啊。」

「我想帶嘛。」

小可愛一嘟嘴，誰拒絕得了呢。

但弟弟寄朗完全隨了俞忌言，冷淡少語就罷了，還毒舌，總喜歡偷刺姐姐。

他坐在地上玩小火車，滑動著車輪說：「妳又不是大明星。」

寄恩還有一點像極了許姿，就是嬌氣。她是住在城堡裡的小公主，不容許任何人說自己不是。

被弟弟說了一句，她的眼淚便像珍珠一樣連連掉下。

一時間，悅庭府裡都是寄恩的哭聲。

一般週末，許姿都會讓阿姨回家，她和俞忌言自己帶，但每次遇到兩個孩子鬧矛盾，她真是一個頭兩個大，她發現自己真的不是什麼有耐心的媽媽，也會煩自己為什麼會懷上龍鳳胎。

「怎麼了？」

見完客戶的俞忌言恰好回到家中，車鑰匙還沒放，寄恩就從地上爬起來，衝過去抱住了她的大樹。

「爸爸……爸爸……」

寄恩都不用細說，只要委屈地哭哭，俞忌言就知道出了什麼事。

許姿轉身去收拾他們的衣物，一副不想管的樣子。

而寄朗默默玩著自己的車車，「爸爸，你就是太寵她了，她才會遇到一點問題就哭。」

才三歲，就理智冷漠到可怕。

沒辦法，誰叫女兒是自己的掌上明珠呢？俞忌言把寄恩抱到書房的椅子上，讓她把剛剛發生的事都說了一遍。

他半蹲著，捏著寄恩軟乎乎的小手，「那恩恩覺得自己是不是大明星呢？」

「嗯。」寄恩臉都鼓了起來，含著淚點點頭，「恩恩是……大明星……很漂亮的那種……」

俞忌言笑容輕柔，手掌撫上她的頭，「既然認定自己是大明星，為什麼弟弟隨口說妳一句，妳就要哭呢？」

寄恩撇嘴，答不出來。

從桌上扯了幾張紙巾疊好，俞忌言溫柔地替女兒擦拭著眼淚。成為一名父親後，他脾氣溫和了太多。

他認真地說給女兒聽：「恩恩，不是每個人都會像外公外婆、爸爸媽媽還有奶奶那樣，天天對妳說好聽的話。如果妳覺得自己是公主，是大明星，就更不能隨隨便便地被氣哭，不然他們就得逞了，是不是？」

「嗯。」寄恩自己擦了擦淚，笑了。

隨後，俞忌言把寄朗叫了進來，寄朗抱著咪咪坐到了沙發上。

「過來。」對兒子，他相比之下更嚴肅。

寄朗放下咪咪，聽話地走了過去。

俞忌言摟著他問：「你為什麼說姐姐不是大明星？」

寄朗很直白地回答道：「大明星是電視裡那些演戲唱歌的。」

小孩子的世界就是這麼單純。

俞忌言另一隻手摸著兒子的肩，「那姐姐是不是家裡的大明星？」

「是。」寄朗點頭。

教育兒子，俞忌言通常會更費心，「姐姐和媽媽是家裡的女孩子，也是我們家裡的大明星，我們兩個男子漢，是不是應該好好愛護她們，不能讓她們掉眼淚？」

寄朗誠懇點點頭，「寄朗知道錯了。」隨即，他朝寄恩伸出手，「姐姐，對不起。」
寄恩也不扭捏，兩隻小小的手就這樣握上了。
一場姐弟戰爭，就此落幕。

晚上，俞忌言要先哄完兩個孩子才去洗漱。說來也怪，姐弟倆都特別黏他，他有時候覺得，這可能是對他童年缺失的一種彌補。
兩個軟軟的身子趴在他身邊，和他一起看著平板裡的動畫片。
姐弟倆，感情好的時候拆都拆不開。
「恩恩，要不要刷牙？」
許姿拍了拍寄恩的屁屁。
「嗯～不要～」寄恩扒著俞忌言的手臂，「我還想聽爸爸說故事。」
許姿又拍了拍寄朗的屁屁，「你呢？」
寄朗也搖頭，「我也想聽爸爸講故事。」
一道灼熱的視線從兩個孩子的縫隙間穿過，許姿看到俞忌言朝自己挑了挑眉。
好不容易把兩個孩子哄睡著了，俞忌言將剛準備躺下的許姿直接橫抱起，疾步走出了房間。
「幹嘛？」
「去我們的祕密基地。」

他們的祕密基地是，書房。

因為孩子，書房裡那些淫穢的片子都藏了起來，屋裡大多是童稚的玩具，弄得此時他們正在做的事，竟有一些羞恥。

許姿跪坐在俞忌言身上，吊帶裙被他扯到了腰間，豆腐般的胸部被他揉紅。她撐著他的雙肩，不停地抬臀，小穴被粗紅的陰莖插得痠脹，想叫出聲的時候，還會下意識看看門有沒有關緊。

「好煩啊，都不敢大聲叫……」

俞忌言吻了吻她的鎖骨，下面凶猛地往上頂，喘著粗氣說：「新房在裝修了，以後三樓的花園書房，留給妳叫。」

「啊啊……」許姿被撞出了哭腔，她只能靠在俞忌言身上，任由他操弄自己。

許姿貼在他的頸窩邊，輕輕咬了咬他的耳垂，「老公，我還是好喜歡和你做愛。」

她的耳邊落下了三個熾熱的字，「我也是。」

隔日是中秋節。

兩家人都去茶園過節，或許是喜事進家門，許姿生下龍鳳胎的那一年，許老的身體忽然好轉，至少還能在堅持一、兩年。

寄朗和寄恩說要坐外婆的車，於是俞忌言和許姿有了短暫的二人世界。

而一路上，他們聊起的是一個久違的人。

後來的韋思任，答應了紀爺兒子的幫忙，讓自己的事業起死回生，再次享受起名利世界裡的紙醉金迷。

而他在半年前被這幫富豪擺了一道，頂罪入獄，被判刑五年零六個月。

許姿望著車窗外那片蔥郁的茶園，她還是會想起韋思任在少年時期的模樣，乾淨的面容，澄澈的目光，意氣風發的笑容。

還有那一句對理想的宣誓。

「許姿，我一定會好好讀書，未來一定會成為一個優秀且正義的檢察官。」

現在回想起來，顯得極為諷刺。

三輛車陸續駛入茶園，許岸山老早就在門口等，心裡惦記著這兩個小寶貝。

「曾祖父……」

寄朗和寄恩經常來茶園，下了車就奔到了許岸山懷裡，一人給了老人家一個吻。

寄恩箍著許岸山的脖子，聲音又奶又甜，「曾祖父，您身體好一點了嗎？」

寄朗則幫他捶起了背，「曾祖父，一會我幫你按摩按摩，順便念詩給你聽，好不好。」

許岸山蒼老虛弱面容上是掩不住的幸福笑容，「好……好……」

一家人在客廳裡其樂融融地吃著水果，聊著天。兩個小寶貝坐在地毯上玩著玩具，偶爾幾句童趣的插嘴，把大人逗到前仰後合。

許姿和俞忌言則在廚房裡包餃子。

「許律師。」

俞忌言早就不這麼叫許姿了，每次想這樣叫，一定是故意找碴。

許姿知道他想說什麼，立刻把自己包的餃子塞到了一堆餃子裡。

「許律師，我教了妳四年，妳包的餃子還是立不起來。」

許姿見廚房裡沒有其他人，她調皮了一下，用腿嫵媚地勾了勾俞忌言的小腿，「我的餃子立不住沒關係，但我老公的能立得起來就行。」

「妳啊……」

這便是他們的日常情趣。

餃子晚上才吃，中午一家人先簡單吃了一頓，飯後，兩個寶貝嚷著要爸爸帶他們去茶園裡玩。許姿和爺爺在書房裡聊了會天後，見家裡的三個連體嬰還沒回來，她先回房躺躺。

陽光茂密，一層薄薄的白紗簾輕輕被風捲起。

九月底的茶園，連午後的風都是溫柔的，許姿剛躺下沒一會兒，就舒服地睡著了。

睡眠不深，那層淺淺的光暈裡，闖入了一隻煽動翅膀的粉色蝴蝶，帶著夢境裡的她朝茶園湖邊走去。

忽然，畫面一換。

她回到了十六歲那年，穿著新買的粉色泳衣，在湖裡享受夏日的靜謐。游累了，她爬上岸，想去喝一口水，卻在蟬鳴聲裡，聽到了大樹後有腳步挪動的動靜。

「誰？有人嗎？」

她不敢往前，站在草地上，輕聲喊。

就當她以為是自己出現了幻覺的時候，真有人從大樹後走了出來。她視線移過去，是一張非常陌生的面孔，男生瘦瘦高高的，皮膚還有些黑，鼻梁上架著一副古板的眼鏡，身上看不到一絲光彩。

他手裡握著一封信，慢慢往前走，連頭都不敢抬，直到眼底出現了少女筆直的雙腿。

「你、你是誰？」她害怕地退後了幾步。

男生見她害怕，便不敢再動。

不知過了多久，那層波光從他的身上浮動到了腳邊，他才將手裡的信抬起來，明明鼓足了勇氣，卻還是磕磕巴巴，「我、我……」

她盯著情書，等著他下一句話。

終於，男生還是抬起了頭，看著自己朝思暮想的少女，將自卑碾碎，勇敢地說出了那四個字：「我喜歡妳。」

臥室裡，睡夢中的許姿，彷彿作了一場真實的夢，眼尾擠出了幾滴溫熱的淚。但似乎有人替她抹掉了眼淚，且動作相當輕柔。

她緩緩睜開眼，睫毛被淚水沾濕。

俞忌言俯身站在床邊，上身罩住了陽臺上的光線，「怎麼哭了？」

剛睡醒，許姿的聲音有些啞：「我在夢裡，聽見你在湖邊和我表白了。」

有些事，終究成了一場遺憾。如果能在夢裡悄悄實現，好像也不晚。

在柔情的對視裡，俞忌言怔了片刻，而後撫摸著她臉頰邊的髮絲，似乎還在想要說些什麼。

許姿卻抓住他的手腕，撐開他的手掌，十指緊扣住，聲音很輕很輕：「俞忌言，我好愛你。」

陽臺花盆邊的蝴蝶，撲著漂亮的翅膀，從二樓飛到了院子裡，潺潺的泉水邊，是被孩子們折騰出的一片小天地，沙子上堆放著各種玩具。

可蝴蝶沒再飛向嬌豔的花叢，而是停落在了小小的沙子城堡上。是上午兩個孩子在這裡玩耍時，親手堆出來的，下面還用木棍畫了一副稚嫩的全家福，還歪歪扭扭地寫了一行字。

我們的爸爸是俞寄言，媽媽是許姿，恩恩和朗朗是他們的兩個大寶貝，我們是全宇宙最幸福的一家人。

——番外〈中秋節〉完

番外　紀念日

這是俞忌言和許姿結婚的第五個週年紀念日，溫馨而平淡的日子總是過得很快，而相處對於他們來說一點也不難，因為他們的性格剛好互補，一個沉穩，一個活潑，一個雖然偶爾在小事上作了點，但恰好另一個包容心夠足。

他們的兩個寶貝，寄恩和寄朗也已經五歲。

俞忌言對孩子是開放和自由式的教育，一切遵循他們的意願和喜好。寄朗隨他，喜歡戶外運動，尤其是馬術；寄恩愛美又嬌氣，隨了許姿，特別喜歡芭蕾舞，想做一隻漂亮的白天鵝。

可不管孩子占據了他們多少時間，他們永遠都會製造兩人世界。

五週年紀念日這天，寄恩和寄朗被外公外婆接去了茶園，於是，俞忌言帶許姿去了成洲新開的度假飯店享受二人世界，這家飯店他也持有股份。他一直覺得許姿就是自己的「貴人」，因為她，他努力變強，也因為她，事業順風順水。

晚上十點多，他們在樓下的花園裡，享受完了一場浪漫自由的派對。

許姿喝了點雞尾酒，但她酒量本身就一般，沾一點酒精就臉紅，踩著一雙細高跟身子不穩地攀著俞忌言的肩膀，跟他說著話，臉頰明顯已經燒了起來。

俞忌言從電梯的鏡子裡欣賞起自己的妻子，即使已經是兩個的母親，但身材、氣質甚至比婚前更嬌美。

一段好的婚姻，的確養人。

「老公，我還是想讓寄朗讀國際學校。」許姿手指在俞忌言的手臂上摸來摸去。

俞忌言還在猶豫，他其實想讓孩子在重點學校讀書，不想讓孩子從小有階級感，可是許姿不同，她比較溺愛子女，就想給孩子最好的一切。

他拍拍她的手背，「我再想想。」

許姿一哼，還刻意拉開了距離，站到一旁的角落裡，「俞忌言，你就是徹底得到我了，就開始不重視我了，我說什麼你都不聽……」

她是有點喝醉了，說話時暈暈乎乎。

俞忌言伸手拉她，「過來。」

許姿還在鬧情緒，「不要！」

「過不過來？」

她沉默。

對於哄許姿，俞忌言還是有一手的，他直接走過去將她攬到懷裡，不說話，就是輕撫她的頭和背，直到她不再掙扎，才親了親她的額頭說：「我聽妳的。」

她忽然就笑了，「真的？」

「嗯。」

許姿仰背靠在俞忌言的手掌上，勾了勾手，「老公，你低頭，我有話和你說。」

他聽話地俯下臉，只聽見她調皮地在自己耳畔道：「老公，你好帥，我好愛你。」

叮，電梯門拉開後，許姿挽著俞忌言快步地走去了套房。

刷卡剛進到房間，許姿就撲上去了。

她對眼前這個男人，早就從厭惡變為了無盡的貪圖男色。一旦有了感情，她眼裡的俞忌言渾身都有魅力，包括夜裡那件事，她喜歡聽他喘息，聽他強勢地命令自己。

一個纏綿的濕吻，從玄關輾轉反側到了床邊。

許姿背後的拉鍊已經被俞忌言扯到了底部，一隻手掌不由分說地探進了光滑的玉背裡，她只貼了兩片小小的胸貼，飽滿的乳肉擠壓在他胸口前，他掌心用力一摟，兩隻晃蕩的白奶像是要被擠爆的感覺。

俞忌言頂著許姿的額頭，在她的鼻尖喘息，「寶寶好像很久都沒吃老公底下了，要不要吃兩口？」

「你討厭。」她羞澀地撇開目光。

俞忌言繼續挑逗，「我餵妳。」

許姿臉蛋埋在他的胸膛上，點點頭，「嗯。」

床邊只開了一盞昏柔的壁燈，牆面上女人的影子正在前後伏動，許姿含著粗長的陰莖，將沾著口液的碩大龜頭吞了進去，呼吸漸漸凌亂，臉也燒了起來。

太長太粗，快要頂到喉嚨，許姿差點嗆到，俞忌言將陰莖從她的口中拔出，扯了兩張紙，替她擦了擦嘴邊的液體。

「好了。」

但許姿並沒有停下，她握著陰莖，用舌尖舔了舔了龜頭前端，在小孔上打轉，沒一會兒，就有液體流進她的嘴裡，一頭長髮跟著她頭部的動作，全傾瀉到了鎖骨前，有幾根還黏到了陰莖上。

俞忌言替她將髮絲撩到了背後，「我老婆好棒。」

許姿聽到誇獎後，將口微微張大了一些，再度把整個肉棒含了進去，甚至抵到了喉嚨。肉棒已經比剛剛長粗了一圈，也硬了許多，在她的喉嚨間做著上下進出的動作，一會兒深一會兒淺。

纖細的手指握住腫脹的陰莖，指縫裡是拉絲的淫液，許姿挑逗地問：「老公，還想要寶寶含得更深點嗎？」

俞忌言閉著眼應了一聲。

許姿的嘴又張大了一些，將肉棒完全吞入口中，舌頭在陰莖的中間和末端來回移動，她的舌頭不厚，但只要稍稍使力，壓著肉棒摩擦、吸吮，那種舌上的壓力刺激，便讓俞忌言爽到腦中一片空白。

「舒服嗎？」她將陰莖從嘴裡抽出時，嘴唇邊還掛著幾絲黏稠的精液。

俞忌言點頭，「嗯。」

沒低頭，對著他的視線，許姿又用舌尖從下往上的舔舐著硬到駭人的肉棒，甚至還將舔舐到的液體吞入腹中。

吞下去時，不小心沾了幾滴在唇邊。

一切都色情到讓俞忌言心底的野獸在咆哮，他快要憋不住，只想按著她，操到她噴水，操到她哭著求饒。

音響打開了，爵士樂嗡嗚地震著桌面。

窗簾沒拉，不過高空對海，敞開更是一種情趣。從玻璃窗裡往裡看，女人撐著男人的胸膛，纖細的雙腿跪在兩側，溫熱又黏膩的小穴壓上了他的小腹。她撅起翹臀，用那早就濕成一片的小穴磨著他的腹肌，線條太過硬朗，那些前後磨動時的阻力，卻剛好能刺激她的身體。

沒一會兒，他的小腹上塗滿了白液。

「老公……」

「嗯？」

不覺間，許姿已經舒服得仰起了脖頸，掌心在俞忌言的胸膛上撐出了熱汗，「我好像把水都蹭你身上了，你會不會嫌棄啊……」

俞忌言扶著她的側腰，「還不夠，再多流一點，流到老公的雞巴上，好不好？」

她明顯感覺到底下又流出了幾股水，磨動腹肌時，更加濕滑了一些。

在正式做之前，俞忌言還想玩一次69的姿勢，他捧著許姿的蜜臀，「試著坐我臉上。」

許姿小心翼翼地往後挪，又往下壓，直到整個臀肉觸到了他的鼻尖，她不敢再往下，他還想更深點，悶著發聲，「再往下坐一點。」

「啊啊……」

她坐下去時，穴裡就猝不及防地伸進了舌頭，俞忌言的臉被壓著，但帶著一種壓迫感的姿勢，讓他舔得更來勁。

「嗯嗯……啊啊……」許姿喜歡被舔，他的舌頭很靈活，次次都能弄到她快高潮，她上身懸空地晃著，「好舒服……」

一張臉只剩下動情的灼紅。

舌頭從穴裡帶出的水聲越來越快，也越來越響，小穴遏制不住的敏感，使許姿反手抓住了床板。

「不行了……要不行了……」白花花的奶子已經從裙子裡晃出了一半，肩頸全紅了，她從求饒變成欲求不滿的索要，「老公……想要你……插進來……」

音響裡的交響樂的鼓點像震著地板和床面。

距離剛剛已過去十幾分鐘，許姿跨坐在俞忌言身上，那饑渴不已的小穴已經被滾燙堅硬的大雞巴塞滿，被灌得頭暈發脹。

「啊嗯……啊啊……」

軟綿又細的呻吟實在好聽，俞忌言挺起臀，陰莖朝穴裡頂動，還故意加快了點速度，許姿整個上身像被拋了起來，臀肉狠狠撞向他的大腿，淫靡的拍擊聲響徹整個房間。

「好重……太重了……」那根又粗又長的陰莖幾乎灌入了她的小腹裡，頂得她微微痙攣。

床單早就濕了。

咬紅的奶子被鬆開，俞忌言又躺了下去，命令道：「自己揉胸，自己動。」

要不是被挑逗到按奈不住的燥熱，許姿哪會願意這麼乖。她意識混沌地搓揉著自己的奶子，臀部在賁張的陰莖上磨動，肉穴被極大限度地撐開。

「嗯嗯嗯……」許姿仰脖，閉著眼揉著奶，呻吟酥入魂，「老公，舒服嗎……」

俞忌言吞咽了幾下，眼裡滿是欲火，「老婆的小穴太會磨，很舒服。」

她嬌羞一笑。

床上的人已經換了個姿勢。

俞忌言的雙腿撐開在床沿下，他讓許姿面對面坐在自己的身上，雙手環抱著她纖細的腰，下體不停地朝上頂。

才維持這個姿勢不到十分鐘，許姿整個人都感覺都要被震碎了。

抱著他的脖子，許姿仰起頭，白皙的頸部上被一層細密的汗覆住，吊帶早就滑到了肩下，兩顆飽滿的奶子亂顫，乳暈邊還有被把玩的紅印。她雖然面帶痛楚，卻又很享受被他插入的快感，身體渴望著被他填滿。

俞忌言大腿繃緊，直直得朝上聳動，龜頭又在她的小穴裡一刺到底，「我出差的這兩個禮拜，晚上有自慰過嗎？」

底下濕潤的小口一點一點艱難地吃著那根碩大的肉棒，許姿咬著唇，點了點頭。

「嗯。」

「爽嗎？」俞忌言眼裡帶著火。

「嗯。」

「自慰爽還是被雞巴幹著爽？」

面紅耳赤的她想避而不答，但底下那一下下要命的深頂，還是不得已做了選擇，「被、被雞巴、幹著爽……」

得到了滿意的答案，俞忌言將許姿攬進胸膛裡，由下至上地抽插了幾十下後，他將她抱到了鏡子前，她的吊帶都掉到了手肘間，凌亂的髮絲貼著臉頰。

她羞恥得不敢看鏡中的自己。

啪啪啪！

劇烈的撞擊聲在檯子邊陣陣迴盪。

每次被俞忌言後入，許姿都有種前所未有的快感，她本是一個好勝的人，但卻格外享受被身後這個男人征服的感覺。

「啊……」這一下插得許姿魂丟了一半，「啊……好重……插太重了……」

龜頭在穴裡被咬得很緊，但還是狠狠地把紅豔的穴肉破開，俞忌言結實的臀肌不停地朝前聳動，她叫一聲，他就扇一次屁股，清脆的拍擊聲刺激著兩人，他又將臀肉朝兩側一掰，看著自己那根猩紅的陰莖插進又拔出。

就算許姿不想看鏡子，還是被迫抬起了頭，她睜開眼，看到身後的男人上身火熱到發紅，汗珠就掛在豐厚的胸肌上，粗壯的手臂壓著自己的腰，凶狠地操幹著自己。

俞忌言按著她的側腰，陰莖在小穴裡進進出出，啪啪的皮肉交合聲太響，他認真操起人來，毫不留情。

許姿快被他這番操弄插得腿都發軟，小腹在抽搐。

換了兩個姿勢的俞忌言，陰莖並沒有絲毫疲軟，反而又硬了一圈。

此時的許姿和幾個小時前完全不同，軟到能掐出水，她雙腿被他大幅度掰開，他低頭看著被自己操到血紅的穴肉，特別有成就感。

「嗯嗯、啊……嗯……」

因為動作不深，許姿叫聲不高，跟著律動，緩緩著擺動著身體，肉棒的火熱從下體一直燒到小腹，她好喜歡這種被填滿的感覺，舒服得不想停。

而此時，許姿整個人被俞忌言抱到了床沿邊，頭髮凌亂地散落在床沿下。

「嗯、嗯……」他低哼聲太性感。

壓著她的身軀不停地劇烈起伏，繃緊的臀肌狠狠發力，抽插的水聲快要蓋過皮肉聲。

接下來的場面完全失控。

粗碩的陰莖在許姿的穴裡飛快地抽插，底下床單全濕了，俞忌言的背幾乎全紅，跟被開水澆過一樣的滾燙，深色的囊袋不停撞向她的臀肉。

四目炙熱相對，彼此都捨不得挪開眼，就是皺眉猙獰，也都能激發出來身體裡疊加的快感。

一層層地湧來，淹沒著兩人。

一點都不會膩，反而越做越愛。

整個肉棒都插進了她的體內，腹部像被一團火在燒，許姿幾次都快要承受不住。

「啊……」俞忌言喊出了聲，低沉又短促，還帶著些許沙啞，整個後背、頭皮都麻到發疼，精幹的雙臂抵在她頭的兩側位置，下體狠狠地拍擊著她。

只想壓著她，將她幹到失禁。

「俞忌言……老公……」她換著稱呼喊他，好像感覺真要噴出來了，顫著求饒，「讓我先噴出來……好難受……」

俞忌言暫時將陰莖拔了出來，眼朝底下看，她小腹痙攣得厲害，幾股止不住的水不停朝外流。

她舒服了很多，但也知道自己身體的反應有多羞恥，真被他幹到失禁了。

「別動。」他捉住了她亂扭的腿，「還沒流完。」

過了好一會兒，水終於流完，床單已經濕到底層，俞忌言沒管，扶著還粗硬的肉棒再次塞進了穴裡，剛抽插幾下，許姿就抓著床單，嗚咽了起來。

他揉著她的鬢角，「要不要再噴一次？」

「不要……」她眼尾是淚，雙眼水霧迷濛。

音還沒落，俞忌言雙手繞到她背後，將人攬入懷中。

「嗯嗯……你慢點……」

「啊啊啊……」

屋裡淫靡的交歡，不知過了多久才結束。

床上凌亂不堪，令人不忍直視，床單幾乎每一角都有被淫液沾染過的濕痕。

許姿又一次被幹到下不了地，她仰面躺在床上，眼前還是一片水霧。

最後一次，是俞忌言抱著許姿在浴室裡解決的，的確又讓她在浴缸邊失禁了一次。

這麼多年過去，許姿確實佩服這隻老狐狸的體力，在這件事上從不知疲累。她想了一下，或許他們感情能這麼好，也是因為夫妻關係和諧到幾乎是天作之合。

窗戶敞開了一半，只裹了條浴巾的俞忌言坐在椅子上抽著菸，煙霧從浴室瀰漫到窗外。

剛淋浴完的許姿，綁好了睡裙的腰帶，擠了一些潤膚乳在手心裡，邊走邊搓熱，然後跨坐在了俞忌言的大腿上，她沒給自己塗，而是全抹在了他的脖頸、胸口上。

她還閉眼聞了聞，「我老公真香。」

俞忌言一掌將許姿撈到懷裡，溫熱的掌心撐著她纖瘦的後背，一雙灼目盯著她，「姿姿，我真的很愛妳。」

每一次做完，他都會深情款款地表達愛意。

好像永遠說不完，講不夠。

許姿捧著他的臉回答：「知道了知道了。」

隨後，俞忌言抱住了她，輕輕撫著她的背，「答應我，我們以後不要吵架，好不好？任何事都要好好商量，因為我希望的日子裡，每一分每一秒都是開心的。」

「嗯。」許姿親了親他的後脖，給了他最安心的吻。

俞忌言摸著她柔嫩的手，盯住他的雙眼說，「許姿，妳知道嗎？明明已經五年了，我還是覺得自己像在作夢。」

許姿捏著他的手指輕輕玩弄，「我們俞老闆，特別沒出息。」

「嗯。」他順著畫點頭，「我對妳，一輩子都沒出息。」

她湊到他鼻尖，柔聲細語的回應他，「放心，我會愛你一輩子。」

——番外〈紀念日〉完

——《異常現象》全系列完

BH024

異常現象 下

作　　者	西　耳
封面設計	MOBY
封面繪者	톳　추
責任編輯	林書宜

發　　行	深空出版
出 版 者	星巡文化有限公司
地　　址	臺北市中正區重慶南路一段 57號 3樓之 5
法律顧問	泓準法律事務所 孫瀅晴律師
電　　話	(02)7709-6893
傳　　真	(02)7713-6561
電子信箱	service@starwatcher.com.tw
官網網址	www.starwatcher.com.tw
初版日期	2025年 09月

總 經 銷	聯合發行股份有限公司
地　　址	新北市新店區寶橋路 235巷 6弄 6號 2樓
電　　話	(02)2917-8022

國家圖書館出版品預行編目(CIP)資料

異常現象 / 西耳著 . -- 初版 . -- 臺北市 :
星巡文化有限公司出版 : 深空出版發行 , 2025.09
冊 ;　公分
ISBN 978-626-74127-0-1(第 2 冊 : 平裝). --
857.7　　　　114006233